棄女成凰
卷三
奪后之路
木子西 著
好讀出版

目錄

大順皇朝後宮品位

正　宮　皇后
正一品　皇貴妃
從一品　貴妃
正二品　妃
從二品　昭儀
正三品　婕妤
從三品　充儀
正四品　貴嬪
從四品　嬪
正五品　貴人
從五品　才人
正六品　常在
從六品　答應

第五章 權掌六宮

我突覺著自己原來未曾真正瞭解過他，不明白他怎能對寵愛十幾年的女子那般翻臉無情，難以理解這樣無情的人，竟在太后重病時顯露出執著和絕望……

或許我總小心翼翼保護不讓自己受傷害，不讓他闖進心坎中，而他卻是全心全意信賴著我。

二十六　借刀殺人

院中櫻花冒出一朵朵花蕾，眼看著又將繁花似錦，溫煦晨光照得人暖洋洋的。

我剛起身梳洗完畢，立於迴廊下逗弄著幾隻小翠鳥。小碌子突地從迴廊拐角處，慌慌張張地跑過來稟道：「主子，淑妃娘娘差人來說，說是宏皇子不好了。」

宏兒自小失去親娘，麗貴妃養了些時日又交由淑妃養育，皇上雖說不如疼愛睿兒般疼愛他，但隔三差五總會關心問上幾句，去南院看睿兒時也時常兼去看看宏兒。

我得悉後，命人取來披風匆匆趕至萬福宮，一進屋便看到淑妃和皇后守在床前。

我放輕腳步走上前去，低頭看著酣睡得正香甜的宏兒，悄聲問道：「皇后姐姐，淑妃姐姐，宏兒情況還好吧？」

淑妃見我到來，立時紅了眼眶，萬分疲憊地起身答道：「太醫開出方子，一晚上連著服了兩次，到破曉才沉沉睡去。」

「沒事就好，沒事就好。」我趨前柔握她的手，連聲安慰道。

正說著話，門外守門的小太監尖聲通傳：「皇上駕到！」

我和淑妃俱是一愣，不明所以的對望了一眼，觀她的表情我已知她未曾稟報皇上。皇后卻笑盈盈地起身朝門口迎去，我二人趕忙跟上。

小玄子撩開簾子，皇上踏進屋來。我三人早已跪在門口接駕，「臣妾恭迎聖駕！」

「如何，宏兒還好麼？」皇上攙起我三人後，急奔床側。

皇后迎將過去，笑道：「皇上，宏兒已然無事。他不過是鬧了點肚子，我們實是過於緊張，故才驚動了聖駕。」

皇上走近床榻，看著安穩熟睡的宏兒，甫鬆了口氣，這才轉過身微笑著對我們道：「孩子無事就好。」

皇上正說著，皇后突地跪落道：「都怪臣妾不好，見宏兒有恙就慌得六神無主。淑妃妹妹本說再看看，可臣妾心中畏懼得緊，難捺住性子，立刻催人趕去通知皇上。如今累得皇上剛下朝便匆忙趕了過來，備添操勞，臣妾有罪！」

皇上看著跪落在地自責不已的皇后，心底一軟。皇后畢竟打小進宮服侍，勞累過度掉龍胎後便沒了生養，好不容易太子長大成人卻又被麗貴妃那賤人所害，也難怪她而今如驚弓之鳥般，一有風吹草動便恐慌至極。

皇上忙親自攙扶起她，柔聲好言安慰道：「好了，休再自責。朕知曉你也是擔心宏兒，又怎地會怪你呢？」

皇上看著眼角掛淚的皇后，溫柔無比地伸手抹去她眼角淚水，道：「不許再傷心了，知道麼？」

皇后虛弱地微笑頷首，驀然臉色一陣刷白，身子微晃。皇上立生緊張，忙扶著她道：「皇后，你怎麼了？」

皇后搖了搖頭，抿緊嘴唇已然說不出話來。

倒是一旁的淑妃察看過皇后面色，回道：「瞧皇后姐姐的樣子，興許是方才起身之時過猛了，姐姐可是覺著頭暈目眩，眼前發黑？」

見皇后微微點頭，皇上才未喚傳太醫。

皇上略頓須臾，甫道：「皇后，你既然不適，朕送你回儲秀宮去吧。」

皇后復又搖頭，「宏兒才剛好轉，臣妾著實放心不下。」

我見狀忙道：「皇后姐姐身子向來虛弱，應當回去好生養著，此處交給嬪妾和淑妃姐姐便行。」

皇上如今對我已是萬分信任，同跟著說道：「是啊，此處大可交給她們，有甚事由她倆商量著拿主意即成。你別硬撐著，倘再病倒了怎行？」

皇后擺出一副無奈之樣，順從地頷首相應。皇上當即陪伴皇后回殿，我和淑妃二人跪下送駕，隱約聽到皇上對皇后輕言細語叮囑著，叫她好生養病，切莫過於操勞。

我聽著心裡一陣空落落的，直到二人走了好遠，才起身落坐一旁的椅上。

淑妃許是起得稍猛，腳下禁不住一晃，伸手支著額頭，一陣眩暈。虧得她身邊的海月及時扶住，她才未摔倒，伺候多年的海月姑姑看著疲憊的淑妃，不免心疼。

「主子，您就是太忍讓了。昨兒個晚上您在這裡照看了宏皇子一宿，那皇后今晨不過比德妃娘娘早來片刻罷了。她倒好，先您一步稟知皇上，看在皇上眼裡倒成了她的賢德，主子您的勞累又有誰知曉呢？」

淑妃微歎一聲，她亦知海月說得不差，可偏有甚辦法呢？誰教她向來笨拙，又是個丫鬟出身，怎麼及得上皇后？

「算了，這許多年都忍下來了，還有甚事懲忍不禁呢？」

我但笑不語，只冷觀著這一切，暗自思忖。

這日裡，我和淑妃同赴皇后殿中共商選秀沖喜之事。

我將理妥的名冊交予寧英姑姑轉呈皇后跟前，待皇后拿了名冊詳加查看時，甫細聲說道：「皇后姐姐，這是內務府依據各部官員千金的生辰八字所整理出之名冊，請皇后姐姐過目。若姐姐亦無異議，嬪妾便傳下話去，準備張羅選秀之事。」

「嗯。」皇后沉吟一下，專注看著名冊，半晌才緩緩開口道：「本宮看應不必大張旗鼓選秀了，趕明兒跟母后商量商量，看中了哪家德才兼備的妹妹就選進宮來，如此便成。」

「皇后姐姐，這連人的面都沒見著，可怎麼選啊？」淑妃詫然問道。

「淑妃妹妹此話大爲不妥！」皇后板起臉，肅聲說道：「選秀選的是品性和德才，容貌乃是其次，淑妃妹妹難不成想選些空有美貌之人進宮伺候皇上麼？」

「這……」淑妃被堵了個正著，面紅耳赤吐不出半個字來。

我忙笑著打了圓場，「看來兩位姐姐對此事尚存歧見，不如暫先斟酌，改日再議爲好。」

從皇后殿裡步出回轉月華宮中，淑妃一路忿忿難平。

我這廂則輕呷了一口彩衣新奉上的新茶，一派平和之態。

「哎呀，我說德妹妹，都什麼時候了，你怎地還這等若無其事？」淑妃見我不慌不忙的閒適狀，急得直跺腳。

我擱下茶杯，微微展顏，不緊不慢地說：「姐姐就算急出個三長兩短來，也改變不了這已然鐵板釘釘之事。」

「妹妹明曉我說的不是此事，卻喜跟姐姐兜圈子。」淑妃急道：「我心下所憂者，是從此這宮中再非你我二人共同掌管，只怕是以後都沒了我們說話的分兒！」

我只裝作沒聽懂她的話，她頓了頓又道：「她要是老臥病在床倒好，也不礙著咱倆行事了！」

「她要是不在，這後宮豈非就成姐姐的天下？」我順口接道。

淑妃萬沒料到我會如此語出驚人，臉色突變，轉頭四下察看，確認無人後才怯怯地說：「妹妹，這種話可不能亂講啊！」

我悠然呷著茶，半晌才道：「姐姐向來和善，不喜計較。如今姐姐代理後宮諸事盡心竭力，她卻處處為難於你，虧姐姐寬厚而不與她計較。眼下姐姐分明吃了虧，功勞反被她給搶去，連我做妹妹的也快看不下去哪。」

「這也是各人命不同，我不過一個丫鬟出身的宮妃，豈能與她相比呢？」淑妃說起來，語音中不免帶有些自怨自憐。

「姐姐若眞作此想，當初何不將宏兒讓與她便是，竟愣生生讓榮昭儀撈了個便宜，博得聖寵。」我似笑非笑地看著她。

淑妃臉色乍變，心虛低下頭去，我知已然擊中她心中那根軟肋，復一字一句道：「姐姐，你不會眞以為皇后拉攏榮昭儀，僅是因著元佑皇子如今入了皇上的眼，漸被看重之故吧？」

淑妃倏地抬起臉，驚道：「難道不是？」她隨即明瞭自己說了句空話，忙追問道：「妹妹覺著卻是為何？」

「這後宮素非皇后一人獨大，當初有麗貴妃，如今又有了姐姐與我，你覺著皇后所為何事呢？」我不冷不熱地闡析道。

「聽妹妹一說，還眞眞是那麼回事！她本想拉攏我來對付妹妹，不想我不願將宏兒讓與她，她便轉而聯合榮昭儀她們，先是在太后面前誣陷妹妹你假公濟私，一計不成，如今只怕又想好其他計謀了，難怪近來她成日存心挑刺爲難我們。」淑妃著急萬分，「妹妹，眼下我們該如何是好啊？」

我神態自若地抿著新茶，過得半晌工夫才緩言道：「辦法，也不是沒有，只是我擔心姐姐下不了那狠心……」

「哎呀，妹妹，如今與她已是無法相容之際了，你還吐出這種話，有甚辦法你倒是快說啊！」淑妃到底見識短些，經不起半點挑撥，恨不得立刻除了那人好大權在握。

我這才將手中茶杯放到旁邊几上，湊過頭附在淑妃耳畔悄聲道：「姐姐，妹妹前兒個在繡房裡瞧見一繡女，驚爲天人，長得竟跟皇上常日歇息那暖閣中的畫像有七八分相似……」

「眞的？」淑妃一副難以置信之狀，失聲低嚷。

「是啊……」

過得兩日，御書房裡添了個在皇上批閱奏章時專門爲皇上研墨、端茶送水的宮女木蓮，其嬌弱弱的模樣著實惹人憐愛。

到子初時分，小碌子來稟，皇上此時仍在御書房中，並未翻牌子。我不免稍生心疼，知他又在熬夜處理政事，就令小安子備了些糕點，親自送了過去。

守在御書房門口的侍衛早已與我熟識，見我前來，待要行禮。我輕輕擺了擺手，逕入正殿，朝殿旁書房行去。

正立於門口之時，卻聽得裡頭傳來清脆溫婉的聲音：「皇上，奴婢臉上有甚不對麼？」

「沒，沒有不對。」皇上聲音中夾雜著欣喜，「朕只是喜歡看著你。」

「皇上……」嬌羞的嗔怪聲傳來，那女子定然羞紅了臉頰。

我微微一笑，待要轉身離開，屋內卻傳來「哐啷」一聲瓷器摔碎的聲響。我大吃一驚，舉步而入，耳中卻清楚聞見男人沉重的呼吸和女人欲迎還拒的嬌呼聲，細一聽已然是嬌喘連連的呻吟之聲。

我心中百般滋味，默默縮回已邁出的那隻腳，轉身悄然出了殿。

門口的侍衛見我出來，輕聲道：「娘娘，您這是……」

我含笑道：「萬歲爺正忙著，本宮不便打擾。你等會喚衛公公好生伺候著，初春的天，可別讓皇上著了涼，染上風寒。」

「是，娘娘。」

我順著侍衛詫異目光，甫驚覺到手中的食盒又拎了出來，遂含笑將食盒遞過去，「大半夜的，你們值班也辛苦了，分給大夥兒享用吧。」

「娘娘，這……」那侍衛待要推辭，我不待他拒絕就塞將過去，口中直道：「快拿著吧，跟本宮還客氣什麼！」說罷攜小安子轉身離去。

翌晨我剛起身，小玄子便派人來報，說皇上一下朝即直奔月華宮。我但笑不語，只對鏡仔細梳妝後，跪在正殿門口接駕。

「言言，快起來吧，朕都說了多少次，私下不著這麼行禮。」皇上精神抖擻且容光煥發，上前扶了我一同朝暖閣走去。

小安子送上我一早吩咐人燉好的鹿鞭湯。我親手將湯端送到皇上跟前，柔聲道：「皇上，先趁熱喝了吧。」

皇上一看那湯，立時明瞭。細察我的臉色，見我平靜如常，皇上才接過青花瓷碗一飲而盡，將碗遞與小安子，示意他退下。

皇上扶我同坐貴妃椅上，小心翼翼問道：「言言，昨晚你去了御書房吧？」

「皇上如何得知？」他主動來找我，自是有話要說，我生什麼急呢，只與他敷衍著。

「朕瞧見那食盒，心中便有數了，一問果眞是。」皇上不自在地乾咳一聲，方才問道：「言言，你既然撞見，朕便就不瞞你了，你不會因而生怨吧？」

我輕捶他一拳，嬌聲嗔怪道：「都老夫老妻了，還吃哪門子的醋啊？皇上喜歡，就留著唄！」

皇上猶豫了一下，才道：「此事唯僅你一人知曉，按例她受了寵幸就該搬出來住到殿裡，可、可朕想留她在身邊多伺候幾日。」

「皇上看著喜歡就多留上幾日吧，只是這紙終是包不住火的，若然有他人知曉了此事，臣妾便要立時爲她安排落腳居處，屆時皇上可不許不放人。」

「是，是。」皇上嬉笑連連，伸手擁我入懷，「朕的言言越來越有持家風範了！」

「皇上！」我不依地朝他推攘著，作勢要起身。

他反手將我緊緊摟住，在我耳邊呢喃道：「言言，朕說過，無論寵誰，你對朕來說才是最重要的。

朕只是想起了一些事，一些事而已……」

不幾日，宮中便有蓮答應魅惑君王的風言風語傳入耳中，我只作未聞，也不理會。

這日午後，皇上去了軍機處，我拎上一小盒糕點入得御書房。木蓮自是認識我的，對我將她調往繡房亦滿懷感激，如今讓她到御前侍奉，她心甘情願。見我進來，她忙上前請安。

我笑著示意她起身，又說皇上不在則無須太過拘束，拉了她同坐椅上閒聊著。

我雖待她一如往常，可木蓮正襟危坐不敢多言，我瞧她緊張之狀，微笑拉著她的手道：「有段日子不曾見你了，如何，在御書房當值還習慣麼？」

木蓮雖知到御前侍奉難免被皇上寵幸，可今時受聖寵的她，心中仍覺著萬分對不住竭力提攜她的我。她羞愧異常，只微微點頭道：「是，衛公公他們待奴婢都很好。」

我略略坐近些，又問：「那皇上待你好不好？」

木蓮粉頰微微泛紅，低下頭道：「皇上待奴婢也很好。」

我滿意地一笑，細細打量著木蓮，小安子果未看走眼，當初單顯出青春嬌美的少女，如今做了新婦益發成熟動人。

「最近身子可好？御前伺候固然重要，可皇上時常熬夜，你自個兒身子也得多注意著。」我詳加囑咐著，「平日裡有甚難處、需要些什麼，只管來找本宮，知道麼？」

我如親人般的關懷引她眼中蒙上了霧氣，受寵若驚地連連點頭。

我又上下仔細打量木蓮一番，她身上除卻一對珍珠耳墜外再無別樣飾物。我拔下刻意簪上的那支雕鳳烏沉木簪，輕簪在她髮間，柔聲道：「還是淑妃姐姐想得周到，先給你備下了這份禮物。你如今在御前當值，怎地還這般樸素，趕明兒我也去尋幾套首飾給你送來。」

木蓮慌忙站起，正欲開口婉拒，門口的彩衣催道：「主子，時候不早，該回去了。」

我起身笑著跟木蓮告別，退出門外。

彩衣迎上前來，我小聲說道：「成了，快走吧，耽擱好一陣子哩。」

步下臺階，早已候在那裡的小安子扶我登上軟轎，一路直奔儲秀宮。

入得東暖閣中朝皇后問過安，呷飲著宮女奉上的蓋碗茶，我方才問道：「不知皇后姐姐今兒個喚妹妹來，所爲何事？」

「據聞皇上御書房裡新添了個隨侍宮女，妹妹可曾聽說？」皇后瞟了我一眼，淡然問道。

「妹妹聽說了，也不知皇上打哪兒調來的，只吩咐人到我跟前打聲招呼便留下了。」我不動聲色地回道。

「哦？連妹妹亦不知？」皇后一臉不信之色。

「是啊，妹妹本想一問，可既是皇上開的金口，妹妹便就不好多言。皇后姐姐怎生突地問起這樁，是否其中有甚不妥之處？」我一副不明所以的樣子。

「倒非何樁大事，純因爲本宮聽聞御書房中已然夜夜笙歌，說那宮女魅惑君王，甫請了妹妹來問問。」

「哦？有這等事？今日睿兒身子不好，倒是妹妹疏忽了。姐姐不妨把人喚來問問，不就明曉了麼？這傳言未必是眞啊！」

皇后頷首而應，吩咐寧英姑姑差人去傳木蓮前來問話。我復與皇后有一搭沒一搭的閒聊著，不一會寧英姑姑便過來稟報，說是木蓮拜見。

我含笑道：「姐姐，妹妹還是迴避迴避較妥。」

「怎麼？難不成妹妹畏懼見她？」皇后斜瞥了我一眼。

我笑應道：「皇后姐姐傳她前來問話，已然令她惶恐難安，倘妹妹同現此間，在那奴才眼裡還不成了三堂會審？到時來個愣不吱聲，皇后姐姐可不白傳了這一回？」

皇后甫笑道：「到底妹妹心思細些，想得周全。」說著示意我往內室而去，「既如此，就委屈妹妹暫避片刻。」

寧英姑姑領我入內室坐候，便退到皇后跟前伺候著。我起身立於門邊，透過繡簾縫隙細瞧著外間。

木蓮跟著宮女進了屋，雙腿一屈，「咚」的往地上跪落行著叩拜大禮，口中道：「奴婢給皇后娘娘請安！」

「先起來吧。」皇后平和聲音穩穩傳來，察覺不出有甚異樣，木蓮忐忑不安的心稍復平靜，暗自鬆了口氣。

因著皇后近日長時於儲秀宮中調養，今又在自己裡屋，穿得甚是簡單，髮髻上未插半件飾品，但那莊重的氣質已壓得木蓮心頭突突直跳。

「今日傳你來，是本宮有幾樁事情想問問。」半晌，皇后的聲音才再次響起，她說得輕鬆如常，可話中隱透的威嚴已令人不住肅然起敬，「這幾日都是你在皇上身邊伺候著？」

木蓮點頭回道：「是。」

「有多久了？」皇后又問。

木蓮想了想，「回娘娘的話，約有個把月。」

「皇上早已臨幸過你吧？」

木蓮不想皇后會說得如此直白，霎時面紅耳赤地低下頭去，算是默認了。

皇后微微蹙眉，「你可知宮中規定被臨幸過的嬪妃必須住進內務府安排的宮殿。你這是壞了規矩，知不知曉？」

木蓮臉上血色頓失，兩腿一軟跪坐在地，顫聲道：「奴婢不知，每日都是皇上派人到下人房中傳喚奴婢的。」

皇后瞧她那羸弱的身子，又說得百般可憐，心中略生不忍，歎了口氣軟言道：「皇上喜歡你是你的福氣，你初來不曉規矩便也算了，但你伺候皇上的時候應當注意分寸，不能為了討皇上歡心就做出此等魅惑君王之事。」

皇后語氣雖輕話意卻重，木蓮又是慌亂又是委屈，自覺已是萬分對不住德主子了，如今又招皇后冤枉，不自覺地握緊了手。她想也沒想便衝口而出：「奴婢不敢，奴婢沒有。若是奴婢品行不端污了皇上的聖明，奴婢甘願調去雜役房做粗使雜役。」

皇后微微一愣，萬沒想到眼前這個宮女竟有如斯脾氣和骨氣，心中倒對她添了幾分好感，索性將話挑明了說。皇后心想看她如何解釋，便又道：「宮裡最近傳言你當值之時御書房中夜夜笙歌，還時常吟些民間小調，可有此事？」

木蓮咬了咬唇，挺直腰桿直直盯著跟前地毯，回道：「那是皇上問起，知曉奴婢會唱，便命奴婢唱了一曲江南小調，統共僅止一回。奴婢不敢欺瞞皇后娘娘，娘娘可喚衛總管和殿前侍衛對質。」

皇后又一愣，仔細打量起眼前看似嬌弱的少女，未曾忽略少女挺直的腰身和身側微微顫抖的拳頭。皇后忽兒嘴角一勾，扯出笑容柔聲道：「寧英，扶她起來。」

木蓮猛吃一驚，她愣愣地抬起頭，看著皇后身邊的姑姑走到她跟前，攙她起身落坐皇后身旁。

皇后呷了口茶，將茶杯放在旁邊的几上，轉頭看著眼前的木蓮，笑容生生地僵在臉上。先時木蓮跪得遠皇后看不分明，如今坐到跟前，皇后才看清了木蓮那張秀氣絕美的小臉，心下明瞭皇上緣何召她入御書房，又為何令她吟唱那江南小調。

皇后甩甩頭，努力驅走心中那團不祥陰影，暗自安慰道：薛皇后已經去了，如今眼前這丫頭即便再像也代替不了薛皇后，自己切莫先亂了陣腳。

皇后一把拉住木蓮的手，一雙細長丹鳳眼凝神注視著她，歎了口氣道：「聽妹妹這麼說，本宮便就放心。只是妹妹不能再住在下人房，也不能再去御書房，晚些時候本宮會吩咐德妹妹給你安排個居處搬過去。」

皇后又再嘆道：「妹妹別怨姐姐我多疑多慮，只是這祖宗規矩本宮不能隨便破了。往後之日，還要靠妹妹多替皇上解憂才是。」

木蓮瞧皇后這等親切，又說得那樣真摯，心裡莫名生出幾分愧疚，她低下頭喃喃道：「奴婢無能，怕會辜負皇后娘娘的厚望。」

「怎麼會……」皇后笑著正要寬慰她幾句，倏地臉色一變，霎時住了口。方才木蓮跪得遠她不曾注意，坐在跟前又只注意到她那張酷似薛皇后的臉蛋，這會兒木蓮俯低著頭，髮間那支烏沉木簪才被看得一清二楚。簪尾鳳首被打磨得光滑鮮亮，甚至微微映射光澤。

「你……」皇后警覺地看著木蓮，一時心中轉過千百種念頭，她不會看錯的，那鳳簪分明和故去薛皇后曾有的那支一模一樣！她竟有如此心計仿製了這麼一支不成？

不，不可能。那支鳳簪乃薛皇后陪嫁品而非宮中之物，之後薛皇后便轉送他人了，況且薛皇后逝去時她還不曾出世，根本沒機會見到，更遑論仿製。

皇后審視著眼前的人兒，心裡又生出另一個念頭來：「難道是她？」一想到自己所猜測的可能，她頓生幾分心寒，握緊五指，手心裡已然一片濕冷。

「妹妹這髮簪好獨特，是皇上賞的麼？」皇后儘量穩住自己的語氣，存心試探道。

木蓮渾然不知，搖了搖頭答道：「不是，是淑妃娘娘賞給奴婢的。」

眞是她！皇后倒吸一口冷氣，一下嗆著，猛咳起來。

「主子，您怎麼啦？」寧英姑姑見皇后咳得厲害，焦急不已。

皇后撫著胸口，腦海裡雜亂異常，那些久遠往事忽從心底浮了上來，重現腦海。

——「主子，奴婢只盼能早日替您產下皇子！」

——「什麼奴婢不奴婢的，你今後要喚我姐姐了。妹妹，我把已故皇后姐姐贈的此物轉送予你，望你能沾上先皇后姐姐之福，早日有好消息。」

時至今日，她還鮮明記得當時的「她」是多麼興高采烈地接受了那支簪子，還一再承諾會好好侍奉皇上和皇后，好好珍惜鳳簪。

皇后瞥向前來扶她的木蓮頭上，髮間那隱隱閃光的鳳簪彷彿在嘲笑她的天眞、她的愚蠢，她從未想過有一天「她」會背叛自己，如此算計自己……香草！淑妃妹妹，果然是你！

皇后猛咳一陣，一時氣急攻心，身子朝後仰躺，暈了過去。

「皇后娘娘！」木蓮嚇得高嚷道。

「主子！」寧英姑姑也大驚失色。

我忙從內室疾步而出，三人合力，七手八腳扶皇后躺回榻上，趕緊差人通報皇上和太醫院。

須臾，皇上狂奔趕來，疾步走到床榻邊瞧看，皇后和衣躺在床上，臉色蒼白得如白紙一般。他也不理會跪了一屋子的人，劈頭便問：「到底怎麼回事？」

跪在一側的木蓮俯下身道：「皇后主子傳奴婢來問話，忽然咳嗽不止，跟著就昏了過去。」

皇上這時才注意到回話的人是木蓮，看著她那張焦急而蒼白的小臉，一句話哽在喉裡硬是說不得又吞不下。

寧英姑姑也道：「木蓮姑娘所言句句實話，奴婢方才一直伺候在旁，皇后主子原本好好的，還問起木蓮姑娘的鳳簪，直說獨特，誰知道忽然、忽然就……」說到此處，寧英姑姑已然哽嗚著，話不成聲。

「鳳簪？什麼鳳簪？」

皇上目光轉向木蓮，木蓮慌忙從髮間取下鳳簪，我目光陡地一斂，握著絲帕的手一下擰緊。我屏息等著皇上看那支鳳簪，不料門口華太醫已趕至，淑妃也跟著他後腳踏進門內。

皇上只晃了一眼，便轉到皇后跟前去。

我趨前一步，扶起愣在當場尷尬不已的木蓮道：「這兒人多事亂，妹妹先回去吧。」

「德妃娘娘，皇后娘娘她……」木蓮萬分擔憂地看向躺在床榻上的皇后。

我扶了她退至一旁，微笑著安撫道：「你放心，皇后吉人自有天相，更何況皇上和我們都在這兒，你不著過分擔憂。」

我順勢抽走了木蓮手中髮簪，不著痕跡地說道：「這個……還是先放姐姐這兒吧，我瞧皇上似有幾分掛懷。」

木蓮微微頷首，朝眾人磕了個頭，方垂首退出。

我暗自鬆了口氣，悄悄收妥鳳簪，才走回皇上身邊。

華太醫診脈完畢，還不待他開口，皇上便開口問道：「皇后身子如何？」

華太醫面色凝重，頓了頓才道：「回皇上，皇后娘娘體虛甚久，病中又受了刺激，一時氣急攻心甫才昏厥。微臣稍後開個溫和的方子，皇后娘娘服下後自會慢慢醒轉，只是皇后娘娘如今玉體甚是虛弱，需好生靜養，切不可再受半分刺激。」

「朕曉得了。」皇上轉頭對我和淑妃道：「德妃，淑妃，中宮之事由你二人全權掌管，有甚事你二人商量著辦即可，就不必再稟呈皇后。」

我二人對視一眼，鄭重地福了福身子，「臣妾遵旨！」

我轉身對著伺候榻旁的寧英姑姑道：「寧英姑姑，你趕緊隨華太醫去吧，往後皇后姐姐的藥膳一事就交給你了。」

「德妃娘娘，奴婢……」皇后病重，寧英姑姑自是不願離開。莫說在跟前伺候左右，就是讓她代皇后娘娘受病，寧英姑姑亦心甘情願。

我一掌按在寧英姑姑肩上，鄭重道：「姑姑，如今皇后病重，這藥膳之事最爲緊要。本宮知道皇后姐姐只信姑姑你，所以本宮亦只信你，本宮把此至關緊要之事交付給你，你切莫辜負了皇后姐姐和本宮對你的信任。」

我如此開言，哪還有讓她拒絕的機會。寧英姑姑本待再說什麼，見皇上在旁點頭稱是，她只得無奈地磕頭謝恩後隨華太醫而去。

二十七　危機四伏

整夜皇上和我二人守候在側，讓淑妃先行去歇著，光是餵藥就餵服三次。皇上不願假以他人之手，每次都是我和他一勺一勺地餵皇后喝下，徹夜守著，皇后稍有動靜便上前探視。

晨曦乍現之時，淑妃前來。

我看皇后還未有清醒徵兆，又怕皇上因此耽誤早朝，便請淑妃在旁伺候著，自己引了皇上到一旁，勸道：「皇上，天將破曉，眼看就是早朝時辰，您累了一宿還是稍微歇息較好，等會還得上朝呢。這兒就交給臣妾和淑妃姐姐吧，臣妾二人定會一步不離的守在皇后姐姐身側。」

皇上早已疲憊不堪，見我又說得句句在理，沉吟須臾後頷首道：「那朕便先去了，這兒就交給愛妃們。」

我忙跪下稱是，皇上又近前看了皇后一眼，方帶小玄子離去。

天色微明，床上的人動了動。我知皇后快醒了，拉了一旁的寧英姑姑道：「姑姑，你先去熬好早晨的湯藥，順便給皇后娘娘備點清淡的粥吧，依華太醫所言，皇后姐姐不多時便將醒轉。」

寧英姑姑熬了一夜亦是疲憊不堪，瞧看天色也知皇后主子快要醒轉，聽我如此一說，便就點點頭，朝外走去。

我又道：「淑妃姐姐，你先在這兒守著皇后姐姐，我去門口走走便進來。」

淑妃道：「妹妹守了一夜也乏了，到旁的殿裡梳洗梳洗，提提神吧。」

我朝淑妃遞眼色，她暗自點點頭，我遂跟著寧英姑姑出了門，入了旁的偏殿，讓奴才們伺候梳洗。

梳洗一番過後，我徐步往回走去。輕掀繡簾剛入暖閣，便聽見躺在床上的皇后微動嘴唇虛弱地呢喃道：「來人，水……水……」

我止步立於屏風後，看見淑妃起身從几上取了水，一勺勺送入皇后口中。皇后喘過氣來，同時稍稍恢復了神智。

「姐姐，您醒了？可有好些？」淑妃見皇后緩轉過來，溫和地問道。

皇后朦朧睜眼，蕩於耳畔的聲音讓她頓時完全清醒。她一轉頭，那側坐在床榻邊看著她的人不是「她」又是誰？

「你……」皇后的目光不經意地掠過淑妃頭頂，頓覺呼吸一窒，登時再說不出話來。

「皇后姐姐，您怎麼了？」淑妃愣了一下，隨即察覺皇后的目光死盯在自己髮髻上。淑妃刻意傾身讓皇后看得更清楚些，優雅地抬手整了整髮髻上插著的鳳簪，嫣然一笑，「姐姐可是在瞧此物，這般獨特的髮簪妹妹戴著好看麼？」隨即又一副恍然大悟的樣子，「呀，倒是妹妹糊塗了，想來姐姐還記得吧？這是薛皇后送給姐姐，姐姐轉送於我的。」

「香草，你……」皇后吐出半句話，突又劇烈咳嗽起來。

淑妃趨前溫柔地扶住皇后，拿了軟墊給皇后靠著，幫忙順氣。

「姐姐，我知道您最想要個皇子，做夢都想要個皇子啊！」淑妃喃喃低語，「即便是您有了太子，仍時刻憂慮，畢竟太子背後有皇上和太后，太子也不能保您后位無憂，於是，您想到了我。可眞眞是人算不如天算啊，妹妹我也沒生出皇子。」

皇后雖登六宮主位，可封后這二十年來，哪日不是戰戰兢兢如履薄冰，淑妃她每天都在皇后身邊，再清楚不過。

說到此處，淑妃話鋒一轉，立刻教皇后心頭一寒，「可如今不同了，沒了麗貴妃也沒了太子，我卻有了深受皇上喜愛的宏兒，可您卻偏偏想要搶我的宏兒。您知道麼，有了宏兒皇上便會時常來看我，有了宏兒我甚至勝過了您。我的宏兒即將成爲太子，您說，我怎會甘願把宏兒讓給您？」

淑妃像是要把這些年所受皇后的氣全發洩出來似的，眼中透出的瘋狂讓皇后不禁恐懼萬分，胸口一陣緊縮，痛得她張口喘息了幾下，這才勉強發出聲來：「你以爲沒有了太子，皇上就眞的會立宏兒爲太子麼？你可別忘了，除了宏兒，宮中還有其他皇子呢！」

淑妃微愣住，隨即溫柔地拿出絲帕替皇后擦去額上汗珠，爾後抓住皇后的手，挑眉笑道：「所以啊，皇后姐姐，您要快點好起來，我要您親眼看著我的宏兒成爲太子，承繼大統！」

皇后胸內一陣氣血翻騰，甫張口想要說話，卻吐出一口血暈死過去。

淑妃面無表情看著床上昏迷的女人，過得良久，忽像被針扎了般甩開皇后的手，霍地起身。她張皇失措地後退幾步，滿眼驚恐，慌忙轉身朝門外高喊：「快來人啊，皇后、皇后吐血了！」

我伸手拍打了背後的簾子幾下，方才疾步朝屏風前轉去。剛過屏風，背後已傳來一陣急促雜亂的步伐。

我轉頭望去，卻是個小太監掀了簾子，雲秀、雲琴兩位嬤嬤扶太后疾步邁進，我忙跪落迎接。

太后未看我一眼，直朝床榻而去。看著皇后口角的鮮紅和錦被上那灘猩紅，太后眉頭一蹙，厲聲問道：「太醫呢？怎麼不傳太醫？」

「不、不用了，母后……」皇后瞧見一路趕來的太后，頓時湧起些精神，轉頭虛弱地看著太后。

太后忙上前側坐，拉著皇后的手柔聲道：「快別說話，好生養著。」

「母后，臣媳時候不多了，想單獨跟您說幾句話，行麼？」皇后撐起身子，吃力說道。

太后略略沉吟，揮手示意眾人退下。淑妃萬沒料到太后會在這時候現身，此刻又聽說皇后要單獨跟太后說話，目露驚恐，惴惴不安地隨眾人行禮退下。

甫一出門，淑妃便悄悄上前拉住了我，俯耳低聲道：「妹妹，這可如何是好？皇后會否跟太后攛唆甚的啊？」

我側首不明所以的看著她，「皇后會跟太后攛唆甚呢？姐姐為何擔心啊？」

「我……」淑妃扭捏地睇了我一眼，低頭細聲道：「姐姐也是一時氣不過，才說了些不中聽的話來，這會子……哎呀，這可如何是好啊？」

看著淑妃急得像熱鍋中螞蟻的樣子，我心中冷笑一聲，就知你沉不住氣，要的就是你說這些個酸言酸語，好搬石頭自砸腳、自尋死路。

然我面上卻不動聲色地拍拍她的手，柔聲安慰道：「沒事，先沉住氣，屆時看看再說。皇后病得那麼重，到時候姐姐你來個抵死不認，誰又能奈你何？」

正說著，皇上已得悉消息而提前下朝趕來。皇上扶起正要行禮的我們，劈頭就問：「你們怎麼在這兒，誰在皇后跟前伺候著？」

「回皇上，皇后姐姐這會子在與太后說話呢。」我一副痛心疾首之狀，哽嗚道。

皇上待要開口，只聽得屋內太后連聲叫喚：「皇后，皇后，你醒醒！」

我們心下一驚，忙擁著皇上進得屋中。華太醫已在皇后跟前診脈，待他診完脈，皇上便迫不及待地問：「皇后怎麼樣了？」

華太醫搖搖頭，沉聲道：「回皇上，老臣盡力而爲，這就去開方子。」

眾人一聽，心情不由得沉重起來。皇上側坐窗前，看著已然失去知覺的皇后，呢喃道：「怎麼會這樣，怎麼會這樣！朕離開時人還好好的，怎地會突然急轉直下，甚至、甚至有了性命之憂呢？」

我和淑妃兩人跪在地上嚶嚶痛哭，我抬頭看著懊喪的皇上，眼淚嘩嘩直流，嗚咽道：「都是臣妾的錯，是臣妾沒照顧好皇后姐姐，都是臣妾的錯。」

「德妃，不關你的事，你休過分自責。」皇上扶了我，又示意淑妃起來，安撫了我們幾句，復守在皇后跟前。

「思儀，朕來了，你睁開眼看看朕，朕就在你身邊！」長年的陪伴，即便是沒有愛情、沒了恩寵，也釀成了親情。此刻皇后有性命之憂，他不禁紅了眼眶，聲音中透出難掩的哽嗚。

皇后的手動了一動，皇上又驚又喜，輕聲道：「思儀，你醒了？你覺得如何？」

皇后緩緩睁開眼，蒼白的嘴唇動了動，話未出口又是一陣撕心裂肺的咳嗽。

她覺著自己彷彿做了一個夢，夢見曩昔之事和過往之人。夢裡頭有年少風流的皇帝，有老成持重的薛皇后，有聖寵正濃的她，還有初入宮闈的賀彩麗，還有……她微一轉頭，一眼就看見了立於床榻邊哭得雙眼紅腫的香草。是啊，還有那最是青春嬌美、天眞浪漫又對自己忠心耿耿的丫鬟香草。

皇后虛弱喘息著，吃力地說：「皇上，臣妾方才做了個夢。」

皇上握著她的手，哽咽道：「眞的麼，思儀。那你都夢見什麼了？朕想知道，你告訴朕好麼？」

皇后苦澀一笑，長長舒了口氣，答非所問：「如今，夢醒了……」說罷疲憊地朝繡枕中靠去，慢慢闔上了眼，思緒飛遠，逐漸淡去的聲音發出最後呢喃：「我的好妹妹啊，我的好妹妹啊……」

皇上惴慄低頭道：「思儀，你怎麼……」他倏地睜大了眼，驚恐地看著點點朱紅在粉紅繡被上蔓延開來，手下意識地微微一顫，原本握在手中的纖纖玉指無力地滑落至床側，在春風中逐漸冰涼。

「不！」皇上閉目喊出撕心裂肺的痛嚷。

皇后雙目緊閉，蒼唇微啓，最後的呢喃淹沒在太后暈倒而眾人驚慌失措的喊叫聲中，無人聽見，更無人回答，而她，再也醒不過來了……

大順皇朝又一位國母的葬禮，在我一手指揮下有條不紊進行著。國母殤，皇朝百姓皆須服喪三日。

皇上先失太子，又失了皇后，一下子蒼老許多，也無甚選秀的心情。除了國事外，皇上泰半時光都花在幾位皇子身上，時常到我宮裡，偶爾翻翻其他姐妹的牌子。他一夕之間變得沉悶，也更加依賴於我。

太后受不住一波又一波的打擊，復再病倒，臥床一月有餘。

我整理完本月的帳目，正靠臥椅上閉目養神。

「主子，主子！」耳邊傳來小安子輕柔低喚聲。

我睜開眼看著不知何時進來的小安子在跟前小心翼翼呼喚我，疲憊地問說：「有甚事麼？」

小安子見我神情疲憊，躊躇了一下才道：「主子，衛公公派小曲子前來求見。」

「哦？」我立時坐起身，心知定然有事發生，否則小玄子不會冒昧派人前來，遂忙道：「快些帶他進來。」

小曲子一進門便跪落行禮，「奴才拜見德妃娘娘！」

「快起來吧。」因著小曲子曾冒死送暖爐救了我一次，我便讓小玄子將他從儲秀宮中調出來收著用，偶爾讓他送信跑跑腿等的。

不待我開口，小曲子又道：「娘娘，求您去勸勸皇上吧！」

「勸皇上？」我聞言一驚，月底月初有不少帳目待整理，我沒顧得上其他，想想也有幾日未見著皇上了。這會子提起皇上，我自是異常著急，忙問道：「皇上怎麼啦？」

「太后近日身子越發不見好，到前兒晚上竟陷昏迷，喃喃囈語，狀況垂危。皇上這兩天便日夜守於太后病榻前，衣不解帶，寢食不安，所有湯藥和膳食聖上皆親力親為，不讓旁人代勞。奴才們苦勸不得，皇上說只要太后一日不醒來，他便一日不離去。昨夜萬歲爺便在太后榻前席地坐了整晚，一聽太后發出半分動靜，立即上前察看。」小曲子早已淚流滿面，哽咽道：「娘娘，皇上自太后昏迷之日起至今，已然兩晝夜未曾闔眼、進食。今兒入夜，萬歲爺還是不聽勸阻，奴才們也是沒法子了，衛公公才派奴才過來求娘娘跑一趟，勸勸萬歲爺。」

我一聽，又驚又怒，厲喝道：「這天大的事，怎不向本宮稟報？」

小曲子未見過我橫眉怒目之樣，嚇得渾身一抖，顫聲回道：「回娘娘，是皇上攔著不讓奴才稟報，說是這宮裡大大小小的事已使娘娘萬分操勞，再者娘娘又懷身孕，就莫讓娘娘您再添擔憂之心了。」

我聽此回話，心裡一暖，喉嚨不住地緊縮，鼻頭發酸，都這節骨眼了，他還替我著想，我尚有甚可說的？

我吸吸鼻子，將眼底霧氣逼將回去，沙啞著嗓子吩咐道：「小安子，把披風取來，赴寧壽宮！」

待抵得寧壽宮，我見皇上仍坐在太后榻前，腰挺得直直的，面上冒出許多鬍渣，頭髮也略顯凌亂。跟著他整整四年了，四年來，我曾見過他同我嬉戲時高興的表情，見過他遇事時氣惱的表情，見過他談古論今時自信且自豪的表情，也曾見過他失望的表情，尤見過當太子、皇后離開時他心痛不已的表情，但從未見過他如斯疲憊與絕望的表情。

往日的神采飛揚如今卻充滿著憂傷，雙眼中盈滿的是深深的絕望。

我倏地想起那日在端木晴房中太后之語，是啊，這麼多年來，母子兩人風雨同舟才走到了今天，霎時明瞭太后對他而言是不可取代的最重要之人。

我默立於一旁，還未出聲，皇上連頭也沒抬，疲憊又無奈地開口：「他們違背朕的意思告訴你了？連你也是來勸朕的麼？」

我正要開口否認，剛喚了聲「皇上」，他忽拉高嗓門截斷了我的話，「爲何你們都要勸朕？難道朕身爲人子，連爲自己母親盡點孝心都不可以麼？」

被他這麼突如其來一吼，我驚得身子不由發顫，一個趔趄。他驚慌失措地起身扶住我，往旁邊椅子上一坐，連聲道：「言言，都是朕不好，你可有怎樣？傳，傳太醫！」

我心裡一酸，如今的他猶如驚弓之鳥，半點小動靜都令他倉皇失措。我愣生生扯出個笑容，心疼地拍拍他的手好安撫那顆不安的心，柔聲道：「沒事，皇上，您別急，臣妾只是一時驚嚇罷了。」

他黯然凝視我許久，輕歎一聲後道：「言言，朕不是想凶你，只是朕覺著這宮裡唯你最能理解朕，卻沒想到連你也來勸朕！」

看著他六神無主的落寞神情，我忍不住跟著歎了口氣，「皇上，臣妾不是來勸您的，臣妾知道您和太后之間母子情深，臣妾未動念勸您離開。臣妾今日過來，只想告訴皇上在照顧太后時亦得保重龍體，您若也倒下了，那太后又該依靠誰呢？」

皇上眼睛乍亮，眼中閃過一絲激動和欣喜，摟我入懷。他緊緊抱著我，將頭靠在我肩窩處，在我耳畔綿綿低語：「言言，朕就知道，只有你……只有你一直都懂朕……」

這夜我便陪同皇上歇宿寧壽宮，就在太后隔壁屋裡，歇息前皇上一再交代奴才務須小心伺候著，一有動靜便立刻喚醒他。

沉沉睡去的他，連睡夢中都眉頭緊蹙，喃喃囈語。我心中萬般滋味，本以為自己多少瞭解他的，現下突覺著自己原來未曾眞正瞭解過他，我不明白他怎能對寵愛十幾年的女子那般翻臉無情，也不明白他怎能萬分冷漠地接受太子的叛離。

我難以理解這樣一個無情的人，竟在太后重病時顯露出此般執著和絕望……

或許，是他一直沒進到我心坎，抑或是我並未完全用心去瞭解過，更確切的說是我總小心翼翼保護著不讓自己受傷害，更不讓他闖進心坎中，而他，卻是那樣全心全意信賴著我。

我五味雜陳，久久難以平靜，愣看著身旁的他而不知何時熟睡過去。

朦朧醒轉，身邊已是空無一人，我心裡一驚，忙起身抬頭四處尋去，卻見皇上已梳洗完畢，神清氣爽地立於銅鏡前。

他聽見動靜，轉過身道：「言言，你醒了？天色尚早，別急著起身，多躺會兒吧。」

我看著眼前冷靜自信的他，吊在嗓子眼的心甫才落回原處。我知道，熟悉的那個他又回來了！我欣慰地舒了口氣，掀開被褥起身下床，彩衣忙上前替我換上早派人從宮裡取來的素淨衣衫。

剛梳洗完畢，正一同用著早膳，忽聽得外頭小玄子的聲音響起：「皇上，時辰到了，該起駕了！」

我放下手中銀筷，抬起頭有些不解地看著他，暗道：「他不是說太后不醒便寸步也不離麼？怎麼這時又說起駕，難道今日他不留在寧壽宮了？」

「皇上要出去麼？」

「朕今日將赴祭壇為母后祈福，乞求上蒼別帶走朕的母后。」

原來他是要去為太后祈天，他與太后的感情是真真切切深厚異常，看著他鎮定的神情和堅毅的目光，我知他已然下了決心。

「去吧，皇上，早去早回，臣妾在這兒守著太后。」

我對他點了點頭，起身跟隨他走到正殿階上。

外頭正降大雨，他毫不在乎，邁著穩健步伐大步跨出，淹沒在雨中。

「皇上，您至少撐著傘吧！」

小玄子拿起後頭小太監備好的傘就要追出去，我一把拉住了他。

「衛公公，讓皇上就這麼前去吧，萬歲爺是在向上天表達赤誠之心！」我頓了頓，又吩咐道：「你且帶了人跟上，小心伺候著，保護好皇上的安全。」

小玄子聞言恍然大悟，連聲說道：「娘娘心細，倒是奴才疏忽了，多謝娘娘指點！」

我頷首作應，示意他快些跟上皇上，「你快去吧！」

他朝我一拱手，告了聲「是」便跟著冒雨奔出。

兩人身影漸在雨中變成了一點，直至完全消失。我收回遠望的眼神，轉身返歸殿中坐在太后榻前，替皇上守候著他最親的母后。

興許是皇上孝心感動上天，又或是太醫們的全力以赴見效，在祈天當夜，太后終於自昏迷中甦醒了過來。

皇上欣喜若狂，坐於床榻旁，拉著太后的手痛哭落淚，哽嗚道：「母后啊，您終於醒來了，實在太好了！」

我示意屋裡所有奴才都退出門外，自己則默默遞了絲帕給皇上。待他稍穩定情緒之後，又端起放在案上的溫水走上前去，側坐榻前柔聲道：「太后，您醒了，先喝點水潤潤喉，臣妾已吩咐奴才們熬粥去了。」

「朕來吧！」皇上躬身親扶太后起身，又拿了引枕墊在太后背後，這才接過我手中茶杯，小口小口餵著太后。

我立於一旁，見太后喝下幾口水甫放下心來，慢步朝門外走去，想往廚房瞧看清粥熬得如何。

剛近門口掀開簾子，就看到雲秀嬤嬤用托盤端著一盅清粥進來，我忙側身讓她進了屋。

雲秀嬤嬤將托盤輕擱於太后榻前的小几上，我示意雲秀嬤嬤退至一旁，親上前揭開蓋子，舀了兩小勺清粥倒進青花瓷碗，拿銀勺稍攪拌幾下，舀起小勺放入口中親自試食。

未幾，又用銀勺舀了清粥進另一只青花瓷碗中，盛滿一小碗才放下銀勺。我端起小碗，用小銀勺攪拌著並輕輕吹著氣，緩步送到太后跟前。

「皇上，清粥可以用了。」

皇上見我親自爲太后試食，勉力克制住激動之情，將茶杯遞與伺候在旁的雲秀嬤嬤，方伸出顫抖的手接過青花瓷碗，轉頭輕聲道：「母后，您剛醒來，身子還虛得很，要好好調養，先食點清粥吧。」說著用手持小銀勺在碗裡舀起一小勺，小心地吹著氣，確定不燙了才送進太后口中。

看到太后喝完一小碗粥後沉沉睡去，皇上疲憊的臉上方有了笑容。他知道，上蒼終是聽見了他的聲聲祝禱，沒有在帶走他的太子和皇后之後，又殘忍地將他的母后一併帶走。

我趨前接過空碗，遞還雲秀嬤嬤，後扶皇上落坐於旁邊的楠木椅，又取軟墊爲他鋪墊，柔聲勸道：「皇上，太后病情已然穩定，您也安心了，剩下的就交給臣妾和宮裡的姐妹們吧。皇上，您該好生歇息。朝政之事臣妾雖不懂，可臣妾知曉皇上荒廢不少時日了。」

「可是母后剛剛醒來，朕……」皇上看著沉穩熟睡的太后，微被說動，偏又放心不下。

「皇上，您是臣妾的夫君，是太后的皇兒，可您更是大順皇朝的國君！請皇上務以國事爲重，照顧太后的事就交給臣妾吧！」我端跪於他跟前，細聲堅持道。

他微歎口氣，起身扶起我，「朕知道，可你如今幫著打理後宮且懷有身孕，倘又添上照顧母后，朕怕你身子吃不消。」

我莞爾一笑，回道：「此不煩皇上操心，臣妾已然想妥。太后跟前有雲秀、雲琴等幾位嬤嬤悉心照料著，自然不用擔心，但太后素喜熱鬧，現下身子虛弱、行動不便只恐寂寞，依臣妾愚見，不妨讓平日跟太后親近的宮中姐妹們每日輪流陪太后講經念佛，閒話家常。如此將更有益於太后調養身子，皇上亦可安心。」

皇上聽了連連點頭，上前輕撫太后的額頭，又替太后整了整蓋著的錦被，甫擁著我出了房，欣慰道：「言言，幸好有你，真的，有你是朕的福氣！」

我但笑不語，陪他走到宮門口，送他上了小玄子早已備好的龍輦，目送他離去。

太后在眾人悉心照料下奇跡般地好轉，只是大病了一場，身子已明顯不若從前硬朗。

起先，我日日必到跟前端茶送水、噓寒問暖，且儘量抽空陪太后閒話家常，可不知怎的，原本孕喜不甚嚴重的我，這次竟破天荒喜食酸果，又孕吐得十分厲害。太后見了不忍，便叫我不必每日過去陪她。我知皇上掛憂太后，也不放心，只嘴上答應著卻仍每日過去，待皇上忙完政事前去探望太后後方才一道離開。

如此幾番，太后只好讓皇上下旨，免了我照料她的值，嚴令我在月華宮中好生調養，不著太過操勞。一時之間，我竟成了宮裡最清閒的人。

二十八　半開半掩

昨兒夜裡覽看本月的支出明細，略歇得晚些，今兒醒來已是日上三竿。

短暫的陰雨天氣後，復又放晴，一天天暖和起來，院中櫻花含苞待放者居多，但已有三三兩兩的小花綻於枝頭，迎風怒放著，不時送來陣陣清香。

今歲的櫻花，看樣子在月底便即將滿開。異於往常的害喜使我慵懶許多，梳洗完畢後，我立於窗前賞著院中一片盎然春意，心情也不由得開朗起來。

「彩衣，叫人去吩咐玲瓏，把睿兒抱過來給我看看。」我轉頭吩咐道。只有看著半歲大活蹦亂跳的睿兒，我才湧起一股做母親的自豪，才覺著只要能平安生下孩子，百般辛苦都是值得的。

我不由伸手撫著肚腹，深切希望這次能產下女兒，以彌補我心中失去潯陽的那塊缺口。

如今中宮無主，宮中諸事由我和淑妃共同掌理，偏她大字不識幾個而大抵依賴著我，我只須常問她的意思、捧她幾句，她便找不著北，大小歸我說了算。可我不敢過分大意，仍吩咐宮裡眾人小心，又只讓跟前幾個貼身可靠之人負責我的飲食起居。

「言言，在想什麼呢？」

皇上不知何時進來，我連忙迎上去福了一福，含笑道：「臣妾恭迎聖駕！」

皇上親將我扶起，他今兒個狀似心情大好，含笑攜了我一同立於窗前。

「皇上，春日又至。」迎著徐徐春風，我深吸一口氣，欣喜地說道。

「是啊，又是一年春來到，言言這院中的櫻花又即將盛開了。」說到這兒，他忽地話鋒一轉，「言言，你好些了麼？這幾日還孕吐得厲害麼？」

我微微笑道：「多謝皇上關心，臣妾已見好許多。也不曉怎麼回事，此回竟孕吐得厲害。」

皇上神祕一笑，靠上前來對我耳語道：「宮裡有經驗的嬤嬤都說，愛妃此是生皇子的徵兆，朕早就盼著與言言兒女成群，如今終要如願以償。」

我心下大驚，這是打哪兒來的謠言？我偷覷著他的神色，見他一副欣喜若狂之樣，倒不像是存了別的心思欲試探我，想來不過隨口一說罷了。

然他隨便一語，倘若隔牆有耳傳出去還了得，我煞費心思建立的好形象難免受到影響，只怕會前功盡棄或功虧一簣。可見他神采奕奕的表情，我又不能明著說了。

左右為難又躊躇一番後，我才黯然委婉開口道：「臣妾倒希望此胎能生個女兒。」

「這是為何？生個兒子，睿兒不也得了兄弟為伴麼？可以一同念書，一起騎馬射箭，多好啊！」皇上興致盎然地說著。見我垮下臉來，他有些不解的輕聲問道：「言言，你這是怎麼啦？是不是哪兒不舒服？朕叫他們傳太醫！」

我一把拉住正要轉身的皇上，心疼地看著已如驚弓之鳥的他，這兩年他承受的實在太多了，而其中或多或少總與我有關，潯陽去後，我越發心冷如鐵，發起狠來算計著身邊的每一個人。看著疲憊不堪的他，我時常在想，我帶給他的究竟是痛苦多於幸福，抑或是幸福多過痛苦呢？

「言言，言言！」他輕柔地呼喚，我這才驚覺自己竟然走神了。

回過神來，我連忙扯出個笑臉，回道：「皇上不是說要與臣妾兒女成群麼？如今有了睿兒，再生個小公主，就真真是兒女成雙了，如此豈不更好？」

他卻是全然不信之狀，目光炯炯地盯著我，一字一句用決然語氣拆穿了我的偽裝，「言言，你有事瞞著朕！」

我心裡咯噔一聲，靜默地低下頭，吸吸鼻子，眼底蒙上霧氣。他伸手勾住我的下頷想抬起我的頭，我卻順勢撲進他懷中，滾落的熱淚滴淌在他單薄的錦緞中衣上，半晌才哽嗚道：「肅郎，我想起潯陽了！我時常在午夜裡夢見她回來，還是那般聰明伶俐，那般乖巧懂事！」

皇上重重透了口氣，閉眼仰頭而立，過得好一會才道：「言言，潯陽安穩地睡在靈山，有她的兄弟姐妹和母妃們陪伴，她不會寂寞的。」

「可是、可是臣妾時常在想，她們都不是她的親生娘親，她年紀又小，她們會不會不疼她，會不會欺負她？」我淤積在心中的悲痛再次迸發出來，忍不住失聲痛哭。

「不會的，不會的。」皇上輕拍我的背，安撫道：「有列祖列宗們瞧著，皇后薛佳瑩坐鎮靈山，無人敢欺負咱們的小寶貝。」

皇上扶我同坐貴妃椅上，輕言軟語啜哄我，半晌我才止住了哭，輕抽著氣。

門外響起小安子的通傳聲：「主子，玲瓏和寧嬤嬤抱睿皇子求見！」

我一聽睿兒來了，忙用絲帕拭去眼角淚水，吸吸鼻子，沙啞道：「快讓她們抱進來！」

話音剛落，小安子便掀起簾子，玲瓏領著懷抱睿兒的寧嬤嬤入內。

一見皇上也在，寧嬤嬤忙上前跪拜道：「奴婢拜見皇上，拜見德妃娘娘！皇上萬歲萬歲萬萬歲！娘娘千歲千歲千千歲！」

睿兒在寧嬤嬤跪拜時已然認出了我，咿咿呀呀地伸出小手勾過來，寧嬤嬤一不留神，重心便隨著睿兒移了出去，她臉色乍變，忙一把將睿兒摟進懷裡。原本興奮不已的睿兒被這一嚇，癟了癟小嘴，哇哇大哭起來。

「哎喲，寧嬤嬤，你可小心著，摔了小皇子，你有十個腦袋也賠不起！」小安子在旁同感驚嚇，不禁怒從中來，開口教訓起寧嬤嬤。

玲瓏忙伸手從愣在當場的寧嬤嬤手中接過睿兒，寧嬤嬤方省悟過來。

寧嬤嬤撲通一聲跪倒在地，連連磕頭，「皇上饒命，娘娘饒命！」

我回轉過神，驚魂未定地示意玲瓏將睿兒抱上前來，摟在懷中輕聲哄他。

皇上沉著臉，皺眉看了看寧嬤嬤，張口卻未說什麼，轉頭拿詢問目光睇看我。我懷中的睿兒已止了哭聲，一雙墨黑大眼滴溜溜盯著皇上。

我見睿兒無事，念及寧嬤嬤照顧睿兒向來最是上心且經驗豐富，平日裡睿兒在她和玲瓏的照顧下，我省卻不少心，這會子想來也是未料到睿兒會認出我而要靠向我這裡，才差點出了事。

我微微一笑，和氣地說：「算了，那老虎也有個打盹的時候呢，寧嬤嬤一向細心穩重，況且如今睿兒不好好的麼？寧嬤嬤快起來吧，以後小心著就是。」

皇上點點頭，讚賞地看了我一眼，轉頭沉聲道：「德妃心善，既然她開了恩，朕也便就不再追究。寧嬤嬤，你乃是朕在內務府精挑細選名單中欽點的人選，可別令朕失望，往後切要好生伺候小皇子！」

寧嬤嬤這才舒了一口氣，磕頭道：「謝皇上恩典，謝娘娘恩典！」

我舉目瞟過去，見她已是滿頭冷汗，也難怪了，在鬼門關晃上一圈回來，想來她的背上中衣也是濕了一片吧！

我瞅向立於一旁的小安子，吩咐道：「小安子，帶玲瓏和寧嬤嬤去偏殿歇息，叫奴才們好生伺候著，晚些時候再過來接小皇子。」

兩人規矩謝了恩，才隨小安子躬身退出。

懷中的睿兒彷彿對皇上的衣袍興趣正濃，滴溜溜看了半天，伸出胖嘟嘟的小手輕觸一下，確認沒有危險，又興奮地伸出兩隻小手直往那明黃錦袍上探摸，咯咯笑個不停，到後來索性毫不客氣地伸手抓住不放。

我一手摟著他，一手伸去抓住他的小手欲拉開來，弄了半天卻是白費勁，他像來了勁想跟我作對似的，竟死死抓住不放，還將身子也湊上前去。

我弄了半天也拉不開，只好無奈地放棄，用無辜的目光朝皇上看去。

皇上哈哈大笑，伸手從我懷中接過睿兒抱在懷中。

睿兒更加如魚得水霸占著皇上的錦袍，雙手緊抓不放，連小臉蛋也貼上去摩挲不停。我無奈又好笑地看著他，歉然朝皇上笑笑。

皇上不以爲意，將睿兒摟得更緊了，樂呵呵說：「看來朕的小皇子對朕這龍袍情有獨鍾啊！朕的小寶貝，快快長大！你若喜歡，朕就將這錦袍賜與你便是了。」

我笑意愣生生僵在嘴角，皇上今兒個怎麼老圍著這分上說個不停啊！我顧不得揣測他的心意，起身退了幾步，端正跪落下去，平靜地說：「請皇上收回口諭！」

皇上見狀大吃一驚，連忙趨前一手抱著睿兒，一手拉我起來，口中急道：「言言，你這是怎麼了？怎地好好的說跪就跪呀，你如今可是有身子的人，別動不動的就跪。」見我不爲所動仍堅持跪在地上，皇上又道：「此處除你我二人外別無他人，你有甚話但說無妨。朕都說過多少次了，無外人在的時候不著行禮，更不用跪來跪去。」

我這才起身，扶住他手中的睿兒，同他一起坐回榻上，氣惱道：「臣妾不也是被皇上您嚇壞了麼？

您動不動便說『將這身上龍袍賜與睿兒』之語，君無戲言，臣妾能不跟您急麼？」

皇上微愣住，隨即呵呵一笑，「朕不也是隨便說說麼。」

「皇上，您千萬不能老這麼隨便說說，臣妾可快嚇掉半條命了。」我忍不住抱怨道：「都說這世上沒有不透風的牆，皇上此句戲言倘被別人聽去，宮裡朝上又將掀起一陣驚濤駭浪了。」

皇上見我略略不滿的神情，奇怪問道：「言言，難道你不希望咱們的睿兒有日能身著龍袍，君臨天下麼？」

「普天之下莫非王土，哪個當母妃的人不冀望自己的兒子有日能登上皇位君臨天下，淑妃姐姐冀望，榮昭儀冀望，宜婕妤冀望，臣妾亦然！」我目光灼灼望著皇上，一字一句道：「只是自古以來，皇子眾多而皇帝只有一位，臣妾不希望皇上因著偏愛臣妾而偏疼睿兒，便要傳位於他，畢竟那皇位不是人人可坐的。臣妾每日裡伺候在皇上身邊，別人不曉，可皇上的苦衷和難處臣妾再清楚不過了。人人都道做君王好，可他們又哪知君王的難處。立儲乃國家大事，請皇上與朝中重臣好生商議，謹慎處之。立儲唯賢，如果那時睿兒有了這等才能，臣妾當是自豪萬分，睿兒若無這樣的才能，臣妾也毫無怨言。請皇上明鑒！」

「好，好，朕的好妃子！」皇上連連讚許道：「不枉朕對你賜號『德』字，言言，只有你受得起這個封號！」

我紅了臉，俯下頭細聲道：「皇上，臣妾句句皆是肺腑之言！」

「朕知道！」皇上含笑瞅看我，邊逗弄著懷裡的睿兒，「都老夫老妻了，你面皮還是這麼薄，朕才誇你一句，便羞紅了臉。」

「皇上……」我不依地拉著他的胳膊，把頭靠到他肩上。

他一手抱著睿兒，一手伸過來摟著我。二人深情對望一眼，幸福就這樣圍繞我們一家三口，時光彷彿停在這瞬，除了睿兒咯咯的笑聲，屋子裡只餘一股曖昧瀰漫空氣中。

「皇上！」簾外傳來小玄子的輕喚聲。

「進來吧！」皇上惱火地蹙緊眉頭，不情願地放開了我，將睿兒遞給我，朝簾外高聲道。

小玄子忙掀簾入內，跪地行禮，「奴才給皇上請安，給德妃娘娘請安！」

「起來吧！」旖旎氣氛被打斷，皇上不免微微生怒，「小玄子，有甚事麼？」

見皇上一副火氣湧升之狀，小玄子煞時白了臉，小心翼翼道：「回皇上，哎……」

「有甚事？速速稟來。」見小玄子遲疑地望了我一眼，皇上又道：「德妃又非外人，有事只管道來便是。」

「稟皇上，邊關傳來捷報，西寧將軍定於三日後班師回朝，兵部尚書袁大人等在軍機處求見！」

小玄子得了聖諭，這才細細稟道。

我心下驚道：「他回來了！」

皇上懷著歉意看我，柔聲道：「言言，朕先去瞅瞅，晚些時候再過來。」

「呃……」我回過神來，忙掩飾道：「好的，皇上，國事爲重！」

皇上走後，我隻身在殿裡逗弄著睿兒，卻總心不在焉。獨自在貴妃椅上玩耍的睿兒爬著爬著，累到無力趴在榻上，見無人理他，哇哇大哭出聲。

我慌忙抱起睿兒，高聲吩咐候在簾外的小安子喚玲瓏和寧嬤嬤進來照顧睿兒。

不知不覺間，院中櫻花已競相怒放。

我靠臥在院子裡小安子命人搬來的躺椅上，觀看小碌子他們一朵朵精挑細選採集釀製新酒的櫻花，笑著吩咐他們仔細腳下，可別摔了。

把守殿門口的小太監高聲通傳道：「小曲子公公到！」

小安子忙轉身迎上去，在迴廊拐角處將小曲子領進。

小曲子一見躺臥在椅上的我，忙跪落行禮道：「奴才見過德妃娘娘，娘娘萬福金安！」

「瞧你這小嘴，眞是越來越甜了。」我笑道：「小安子，還不快扶起小曲子公公，喚人看茶！」

秋霜奉上沏好的新茶，小曲子也不客氣，接過來連啜了兩口，笑道：「還是德妃娘娘最好，奴才每回來總能討到口熱茶喝！」

「瞧你說的，這宮裡誰不知你小曲子如今是衛總管跟前的大紅人了，請還請不來呢！今兒個是什麼風把公公給吹來啦？」

「哎喲，娘娘，您這樣說不是折煞奴才麼！宮裡的奴才誰不知娘娘您是最宅心仁厚、體貼下人的，一聽說有往娘娘您這邊的活兒，誰不是擠破了頭想過來？這不，奴才費了九牛二虎之力，才搶到了這門差事，巴巴的就往娘娘這兒來了。」

「被你這麼一捧，本宮若不賞點什麼，倒顯得本宮小器啦。」我被他逗樂了，順手褪下手腕上那串墨色瑪瑙，遞將過去，「賞你的！」

小曲子本就深受我的恩澤，當著眾人之面和我鬧騰著也就圖個熱鬧，謹防隔牆有耳罷了。如今見我眞要賞賜，他倒躊躇起來，接也不是，不接也不是，一時愣在當場。

「喲，瞧你這臉皮薄的！」我忙取笑道：「方才還厚著臉皮欲跟本宮討賞呢，這會子倒又扭扭捏捏了。」

他聽我這麼一說，方歡歡喜喜地上前雙手接下瑪瑙，高聲道：「奴才謝娘娘賞賜！」寒暄過後，小曲子坐在軟凳上笑道：「娘娘，明兒個西寧將軍凱旋回朝，皇上大悅，又因著太后喜歡熱鬧，便欲打算在寧壽宮中備下筵席，爲西寧將軍接風洗塵。皇上國事繁忙，特命奴才前來轉告娘娘，請娘娘籌辦筵席。」

他眞的回來了，這個除卻皇上外唯一與我有過肌膚之親的男人！每每想起他來，我心中百味雜陳，自己也說不清究竟是甚感覺。算了，不去想那些了，既是無緣之人，何必多情留恨呢？

我點點頭，沉聲道：「請公公回稟皇上，本宮定當盡心竭力。」

這是我掌權後宮以來頭一次獨力籌辦盛筵，我心知要想順利拿到中宮令，此次千萬不能出半點紕漏，心中不免有些緊張，面上卻不動聲色。我強作鎭定，一來怕別的宮那些人笑話了去，二來怕小安子他們跟著亂了陣腳。

午膳後微瞇盹了一下，我親自往御膳房中查看膳食糕點。院子裡靜悄悄的，正殿內也空無一人，想來都在忙碌吧。

穿過迴廊朝後院走去，剛到院門口便聽得院子裡嚷嚷開了。我停下腳步，立於院外細看，原來是一名廚子和管庫房的宮女吵了起來。

只聽那宮女堅持道：「汪副廚，你摔壞了御膳房的菜碟，按規矩就該賠。我今兒只是來告知你的，不是來問詢你的意見。」

「喲，小丫頭片子，你說賠就賠啊？你親眼瞧見我摔了麼？憑甚叫我賠？再又說了，每日在這御膳房中辛苦爲主子們打點膳食，摔破幾樣東西也是自然不過。」那叫汪副廚的毫不相讓，振振有辭。

「這是胖御廚定下的規矩，你摔壞了東西就得賠！」那小宮女同是個拗相公，氣勢半分也不遜於汪副廚。

「胖御廚？你曉得胖御廚是誰麼？胖御廚可是我師傅！你識相的快點滾開，否則，可甭怪我不客氣了！」汪副廚索性耍起無賴。

「你！你怎地這麼不講理？」那宮女想是沒見過如斯無賴之人，頓時氣紅了臉、雙眼鼓張，卻半天說不出話來。

汪副廚見那宮女氣呼呼模樣煞是可愛，忍不住有些心癢癢，老毛病又犯了，湊上前去低聲笑道：「要不，你讓哥哥我親上一口，我就賞你二兩銀子，塡了那菜碟的缺。」

「你，流氓！」那宮女綠了臉，怒斥道，一巴掌甩將過去。汪副廚躲閃不及，被打個正著，「啪」的一聲脆響。

院中三三兩兩的人登時都停了手上活兒，朝他們看去。

汪副廚見便宜沒占著反倒挨了巴掌，這會兒又有人看到，怕丟失了面子，急怒之餘遂厲聲喝道：「賤人，給臉你還不要臉！」說罷緩緩舉起了右手。

我看得滿腔怒火，心中斥罵幾句，正要出聲喝住，卻聽得院中傳來一個中氣十足的怒喝聲：「住手！汪三，親一口怎麼夠？要不要今晚去陪陪你啊？」

汪三一聽這聲音，高舉的手驟僵在半空，心頭直發怵。循聲望去，果然見到原本在屋內午憩的師傅胖御廚不知何時已站在院中，冷眼看著他，嚇得汪三雙腳一軟，「咚」的跪在地上，尷尬辯白道：「師傅，您老啥時來的？怎也不喚徒兒去伺候您起身呢？」

「剛來，倒也趕得上看清你幹的好事！」

胖御廚當眞人如其名，人胖胖的又留個光頭，更顯臃腫。我瞧來者應本是面善之人，今刻卻板起臉冷看著跪在地上的徒弟，此情狀微有些格格不入，引人發噱。

「沒，沒，師傅，徒兒純粹是跟安寧姑娘開個玩笑，打趣罷了。」跪在地上的汪三，猶自做著垂死掙扎。

我立於院外不出聲，想瞅瞅這名御膳房管事會如何處置此事，一方是自己的愛徒，一方是自己定下的規矩。

「玩笑？」胖御廚冷哼一聲，「那爲師的也跟你玩玩。你知曉爲師的近日迷上飛鏢，這樣吧，你頂著個蘋果在頭頂，爲師蒙了眼睛拿菜刀扔過去。若是劈中蘋果，此事便雲淡風輕，權當沒發生過，就算安寧姑娘告到衛總管和淑妃娘娘、德妃娘娘跟前，師傅也稱絕無此事，但若沒劈中，師傅我只能按規矩辦了！」

我一聽，差點當場忍俊不禁笑出聲，這擺明了是玩汪三呀，那樣大一把菜刀在面前晃呀晃的劈來，估計沒被劈死也嚇走半條命了。

果然，汪三立時白了臉，連連磕頭，帶著哭腔道：「師傅饒命、師傅饒命，徒兒知錯，徒兒再也不敢了。」

「這麼說，你是自個兒認罰了？」

「是，徒兒認罰！」

「好，既然你自個兒認罰，莫怪爲師的執法不留情。」胖御廚面色一肅，沉聲道：「來人呀！御膳房副廚汪三違反宮規，妄自辯駁，又調戲宮女，罪不容赦，罰月俸三月、杖責三十，即刻送往行刑司，不得有誤！」

「是！」立時宮裡便有兩人應聲而出，上前扶了早已癱軟在地的汪三，朝殿外走去。

「慢！」我輕呼一聲，緩步從暗處走出，跨進院中。

胖御廚微微怔愣，隨即跪拜道：「奴才拜見德妃娘娘，娘娘千歲千歲千千歲！」

院中眾人一聽，忙跟著跪拜道：「奴才們拜見德妃娘娘，娘娘千歲千歲千千歲！」

「都起來吧！」我柔聲道。

眾人謝過恩，起身規矩立於一旁。

「胖御廚，本宮方才全看見了。胖御廚執法公正森嚴，堪稱宮中典範，不過……」我頓了一下才道：「今兒本宮在此代汪三向胖御廚討個人情，不知胖御廚可否通融？」

「娘娘，您既已都見到，亦曉得像汪三這種無恥下流之人，不是奴才要重罰他，而是他實在……」

胖御廚說起汪三來，一副扼腕痛心之樣，眼中猶存深深的不捨。

院中早有人小聲傳開我親臨御膳房之事，許多人都放下手中活兒逐漸聚過來，少頃工夫，院中即已擠滿了人。

我索性朝胖御廚道：「胖御廚，你吩咐他們都先停下手中活兒，聚過來，本宮有句話跟大家說。」

「是，娘娘。」胖御廚得了令，轉頭朝屋裡高聲喊道：「德妃娘娘來了，快都住了、住了，都到院裡來拜見娘娘啊。」他這麼一吼，剩下那爲數不多的人也一併全湧進院子裡。

侍人都到齊了，胖御廚這才領了眾人跪拜道：「奴才們拜見德妃娘娘，娘娘千歲千歲千千歲！」

我滿意地點點頭，看來這個胖御廚除了燒得一手好菜外，也將手下大幫人管得極好。我睇了睇眾人，和聲道：「都起來吧。」

眾人謝了恩，起身垂手而立。

「想來大家都知道汪三的事了，本宮同瞧見他的所作所爲，實是罪不可赦，胖御廚罰得好也罰得對。可大家亦知，今宵皇上於寧壽宮宴請眾妃及皇親國戚爲西寧將軍接風洗塵，此乃宮裡大半年來難得的喜宴，本宮不希望出半點紕漏，爾等全都得上心了，打起十二分精神好生伺候著，切莫出了差池。倘在這節骨眼處罰副廚，恐對宴膳料理造成虞害，大局爲重，本宮願賣面子替汪三討個情，這月俸照罰，那頓板子呢，就先記著，給他個戴罪立功的機會。若今晚表現差了，兩罪並罰，若今晚表現得好，那頓板子還罰不罰哩？」我頓了頓，呵呵一笑，「你既欺負了安寧丫頭，這板子還打不打，就由安寧丫頭拿主意吧！」

眾人一聽樂了，低聲笑著。

汪三則掙脫了架著他的二人，奔上來「咚」的跪落我跟前，連連磕頭謝恩道：「奴才謝娘娘厚愛，謝娘娘給奴才改過自新的機會！」

我睇了他一眼，淡然說道：「你若眞是想謝我，今晚就多多上點心，把膳食都備妥，本宮便即寬心。」

「娘娘放心，奴才定然不辱使命！」汪三倒也是血性之人，一磕頭，起身便往屋中而去。

胖御廚歉然朝我笑笑，我不以爲意地含笑輕道：「都散了吧，各自忙去吧。」

眾人又謝過恩，方才離散。

胖御廚陪笑著對我說道：「娘娘，您別介懷，奴才那徒兒其實有副好手藝，偏偏不時愛拈花惹草的，奴才罰過他許多次了。」

「嗯。」我點了點頭，「好苗子應當好好培養，可他那劣習定得改除，否則事情鬧大之日本宮也保不了他。本宮看得出來，你對他很是疼愛，就多費點心吧。」

「是，娘娘。」胖御廚連連稱是，須臾又道：「娘娘，奴才帶您四處瞧瞧去吧？」

我頷首作應，胖御廚便帶我查看了出爐的幾樣糕點，我親口品嘗了一些，又四處查看正在處理備用的膳食材料，甫放心地朝殿外走去。

「胖御廚啊，不著本宮說，你亦應知曉此回宴會至關重要，就勞你多多上心了！」我叮囑道。

「奴才省得，不用娘娘吩咐，奴才也明白，奴才定不會教娘娘失望。」胖御廚連連點頭，一再向我保證道。

二十九　雕蟲小技

我出了御膳房，直奔寧壽宮而去。

寧壽宮正殿內，小安子正吩咐奴才們仔細打點，擺設桌椅。

我坐在殿中吩咐小安子該注意的細項之時，雲秀嬤嬤走了過來。雲秀嬤嬤路過我身邊時，悄聲說了句：「太后起身了。」

我忙示意小安子在旁盯著那群奴才好生擺設，自己則攜了彩衣疾步入東暖閣。

剛抵門口，正巧碰上雲琴嬤嬤帶著伺候太后梳洗完畢的宮女掀簾出來，我忙上前客氣道：「雲琴嬤嬤有禮！」

雲琴嬤嬤見是我，回了句：「德妃娘娘有禮。」隨即展顏，轉身讓我進入暖閣。雲琴嬤嬤趕在前頭，高聲道：「太后，德主子過來了！」

我跟著轉過屛風，見到銅鏡前的太后，忙笑臉迎上前去，福了一福，「臣妾給太后請安！」

「德丫頭來了啊，快起來吧！身子重就別老顧著行禮了。」太后端坐鏡前，兩個小宮女正爲她梳頭，太后中氣十足的話音中足可聽出她身子確實大好。

我靜立於一旁，太后待小宮女梳完頭，對鏡左瞧右看，未幾眉頭輕擰，貌似不甚滿意。

小宮女到底見得多，瞧太后神情有異，忙福了一福，問道：「太后娘娘可是不滿意？奴婢重爲您梳過吧。」

「罷了……」太后正欲張口回拒。

「今兒大喜日子，太后您不妨梳個富貴朝陽髻，」我含笑上前道：「再配些豔色的髮髻，才更顯得喜氣。」

「眞的？」太后見我說得篤定，微微動心。

「太后若不嫌棄，就讓臣妾為您梳回頭吧！」

見太后未露反對之意，我逕自上前揮退正冷汗淋淋的二人。爾後我動作輕柔地拆下太后頭頂的白玉珠簪和翡翠玉如意，又打散了髮髻，取用臺上檀香木梳重梳著髮髻。

「德妃啊，你身子好些了麼？可還孕吐得厲害？」太后雙目含笑，慈藹地從鏡中看著我身影，關切問道。

「多謝太后關心，臣妾服了御醫開的方子，已然好多了。」我邊替太后梳著頭，便陪她閒敘。

「那就好。你如今代理六宮，瑣事纏身，可要自個兒保重身子，那些個不打緊的事就交給奴才們去做吧，不著事事親力親為。倘累壞了身子，別說皇上，哀家也會心疼的。」

「謝太后關心，臣妾曉得，臣妾定會照顧好自己的。太后您更要好生調養，別老掛記著我們，累壞了身子，皇上可心疼著呢！」

談話間我已梳好髮髻，舉目在妝臺上的首飾盒中掃視一圈，伸手拿取那頂金鳳吐珠皇冠簪於正中，又揀了幾只湘紅珠釵斜插兩鬢，兩手悉心整理端正，才微退兩小步仔細端詳。只見鏡中原本微顯蒼白的臉在金黃紅豔的頭飾襯托下，竟顯得富貴萬千，臉色紅潤而神采奕奕。

太后對著銅鏡細瞧半晌，這才滿意地頷首笑道：「好，好，好極！哀家竟不知德丫頭還有這樣一雙巧手。」

我扶起太后往鏤空雕鳳楠木椅走去，陪笑道：「太后謬讚了。太后若不嫌棄，臣妾便時常過來為您梳梳頭，陪您說說話。」

「啊……不可，不可！」太后落坐楠木椅，呵呵一笑，「且不說你忙得抽不出空閒，也不說哀家心疼你的身子，只怕是不出幾日，便有人上哀家這兒要人了！」

我一愣，頓時明瞭她所指何人，畢竟這大半年來厄事連連，皇上已很少翻宮裡嬪妃的牌子，我偏偏在此時懷了身孕，可謂不言而喻，大家心裡明得跟鏡兒似的。只是如今我和淑妃代理六宮，太后又大病初癒，眾人是敢怒不敢言罷了。

我心下一驚，面上卻露嬌羞之色，嗤笑道：「太后這不是取笑臣妾麼？臣妾都這把年紀了，早已是昨日黃花，更何況如今臣妾又有了身子，哪還會像初時那般濃情密意呢。」

「德丫頭過謙了，宮裡誰不知皇上向來對你最是上心，如今你有了身子，也沒見皇上翻別人的牌子。聽你這麼一說，皇上也沒在你宮裡啊？這可奇了，難道這宮裡就沒有能入他眼的嬪妃麼？」

太后貌似不經意地提說，我頓時恍然大悟，原來她兜了半天的圈子，竟是想說這件事。我躊思片刻，順水推舟道：「太后，既然說到這兒，臣妾正有一事，想問問太后高見？」

「呵呵，哀家老啦，不中用了，宮裡之事由你們該拿主意的拿了便成，不著特地來問哀家的意思。」太后推諉一番，復又笑道：「不過，德妃倘信得過哀家，想說給哀家聽聽，哀家也就聽聽，看能不能幫襯到德丫頭了。」

我忙正色柔聲道：「太后您這是哪兒的話呀，此樁事關皇室顏面、皇家血脈，自然要稟了您，由您定奪。」

「既然德妃誠意至此，你不妨跟哀家說個分明。」

「好的。前些日子，本打算從朝中世族大臣府中選些品貌兼優的妹妹們充實後宮的，偏生……此事擱到而今還未辦，臣妾原想趕緊辦了，偏生太后身子不爽，臣妾不敢拿瑣事攪擾太后，這般大事又不敢自行拿定主意，拖到今時才來稟告太后，請太后示下。」我恭敬稟道。

「哦，原來是這樁啊。」太后一副恍然大悟之狀，沉吟片刻才道：「此事哀家曾聽故去的王皇后提起過，說你們意見歧異遂便擱置，後來……算了，不提那等不愉快之事。這大肆選秀，依如今情狀，皇上早沒了心思，而哀家亦無精力，後宮能主持此事者恐只德妃你一人，偏巧你又有了身子，哀家憂心你一人忙不過來，又乏人能夠幫襯。依哀家之見，不妨就依去了的王皇后一次，你用點心，挑幾位好姑娘，宣進宮來也就成了。」

我點點頭，鄭重回道：「是，太后。臣妾挑些人選，呈給皇上和您過目，合適了，再宣進宮來侍奉皇上。」

「嗯，好，好孩子！」太后連連頷首，微頓一下又問：「丫頭啊，你可會不舒坦？」

「哪裡會呢？」我含笑回道：「臣妾蒙受聖恩擢升爲妃，已產下皇子，今又有了身孕，本就不宜再侍奉皇上。臣妾感恩還來不及呢，又怎會嫉妒？再者說了，使後宮雨露均霑本乃臣妾的職責，臣妾只望宮裡姐妹們都能早日產下皇子，爲皇家開枝散葉！」

「嗯！」太后滿意地點點頭，「丫頭啊，你果能如此想，哀家眞眞放心。」

我又與太后閒話幾句，太后才道：「時候不早，德妃啊，你也別淨顧著在這兒陪我這老太婆了，快出去瞅瞅吧。」

「太后，您一點都不顯老，明明風華正盛呢！別不時說自己老，臣妾可不愛聽。」我笑道：「您先歇會兒，臣妾出去瞅瞅，稍晚再來接您。」

「好，好！快去吧。」太后笑著揮揮手催我前往正殿，頓了一瞬又道：「德妃啊，吩咐人把睿兒抱到哀家這兒來吧，今晚哀家幫你帶著。」

我點頭稱是，福了福身子退出來，甫出東暖閣就瞧見候在一旁的小安子。

小安子察覺我的身影，忙迎上前來，「主子，都備妥了，您去瞅瞅，看還差些什麼？」

我頷首而應，和小安子疾步進了正殿，仔細察看，一一查點。

得益於胖御廚的協助，把宴上每個人的喜好盡皆摸透，根據各人口味上了甜品。剛準備妥帖，便有人陸續入席，三三兩兩的閒聊著。

待到賓客都來得差不多，我估摸著皇上和太后隨時可能駕臨，命人通告胖御廚著手燒菜。正想著，門外傳來小太監尖聲唱喏：「太后，皇上駕到！」

我和淑妃相視一笑，攜手帶領後宮嬪妃們排成兩列，立於殿中迎接聖駕。

皇上扶著太后喜笑顏開地入了殿，我等忙跪拜道：「臣妾恭迎皇上、太后！皇上萬歲萬歲萬萬歲！太后千歲千歲千千歲！」

皇上扶太后一路走過，途經我身旁時略略止步，甫又慌忙趕上太后的步伐。我身子一顫，差點笑出口，強自憋忍住。

待二人坐定後，皇上抬手示意小玄子。

小玄子深吸一口氣，高聲道：「皇上有旨，平身！」

「謝皇上、太后恩典！」眾妃嬪謝過恩，方回到殿左側位，依次按位分入座。

剛落坐，端王爺便引領今兒列席宴會的皇親國戚、朝中大臣入內參拜，後依次按品級入了右側位。

西寧楨宇和吾父自然在列，看著父親意氣風發的得意模樣，我心下冷哼一聲：「還眞眞是豬拉到京城還是豬，標準的小人得志相，一見就教人倒胃口。」

收回目光，我低頭躊躇半天，才鼓足勇氣瞟去，卻見西寧楨宇神態莊重、不苟言笑，形若石雕般端坐條桌前，目不斜視，眞如傳言般冷面無情。

我不禁憶起那日在小屋中的瘋狂纏綿，不由羞紅了臉，忙將視線轉開，竟察見對面端王拿癡迷目光追隨著我。我心下一驚，只作未見，輕蹙眉頭，忙側首看向太后和皇上。

雲秀嬤嬤不知何時抱著睿兒立於太后背後，玲瓏緊跟在側。

我瞧見睿兒，眼神立時轉趨柔和。太后順著我的目光，也睇見雲秀嬤嬤懷中的睿兒，便含笑朝我頷首示意。

酒過三巡，皇上轉頭輕喚：「小玄子！」

「是，皇上。」小玄子微一躬身，轉身從小曲子手上取過早備好的明黃卷軸，托於右手高高舉起，趨前兩步高聲道：「原正五品定遠將軍西寧楨宇接旨！」

西寧楨宇起身行至殿中，一抬袍襬端正跪落，沉聲道：「臣西寧楨宇接旨！」

小玄子展開卷軸，高聲宣旨：「正五品定遠將軍西寧楨宇，於祁關大敗祁軍，剷除匪患，靖國安民，功在社稷，特晉封爲正四品忠武將軍，服緋色，賜寶帶、金銙。欽此！」

「臣西寧楨宇謝主隆恩！」西寧楨宇威嚴的聲音中聽不出喜怒，他端正地磕頭謝了恩，從小玄子手中接過聖旨，復又入座。

端王見氣氛冷清下來，忙舉杯笑道：「來、來、來，大家一同舉杯，恭賀西寧將軍！」

皇上和太后同舉杯，眾人忙跟著起身舉杯恭賀。

西寧楨宇見此盛況，甫才扯出個笑臉回應道：「同喜，同喜！皇恩浩蕩，微臣受之有愧！」說罷，一飲而盡。

「西寧將軍過謙了，你可是當之無愧啊！」端王滿臉堆笑連連吹捧。西寧楨宇那廂卻不怎麼熱乎，端王自是討了個沒趣。

我正隨同眾人一塊漫飲櫻花釀，不想西寧楨宇忽然抬頭瞅看了一眼雲秀嬷嬷懷中的睿兒，又轉過頭直視於我。

我心下一慌，嗆了個正著而咳嗽起來，酒也灑了滿身。

淑妃微吃一驚，輕道：「妹妹，小心些，今兒可別出了差池。」說著，忙取了絲帕替我擦拭著裙襬上的酒漬。

我留神著舉目望去，見眾人正喜洋洋地相互敬酒，根本無人發現我的失儀，連那罪魁禍首此刻亦正忙著和旁人寒暄，沒再瞧過來。

我忙向淑妃致謝，接過絲帕自己揩擦。爾後我見宴會將入正題，朝立於門口的小安子微微點頭，小安子趕緊喚小碌子去忙活。

未幾，便見太監宮女們陸續端送新出鍋的美味佳肴，依照各人口味喜好擺上桌。

眾人說了這會子話，見到滿桌熱騰騰又合口味的菜肴，自然都覺腹中饑了，登時不禁食指大動，紛紛動筷。

「嗯，今兒佳肴甚合哀家的口味，德妃，你費心了！」太后一嘗，連連點頭誇道。

「太后謬讚。臣妾分內之事，太后中意便是臣妾的福氣。」我忙起身朝太后福了一福，恭敬回道。

其他人還未來得及應言，雲秀嬤嬤懷中的睿兒聞見菜香，又瞧眾人光顧著吃而沒人理他，索性鬧起脾氣來，揮著兩隻小手直朝太后那邊傾去，嘴裡咿咿呀呀說個不停。

太后一樂，呵呵笑道：「瞧瞧，連哀家的乖孫兒都聞到味，吵著要吃哩。」說著邊揮手示意雲秀嬤嬤，「來，抱到哀家這兒吧。」

乖巧窩在太后懷中吃著豆腐羹的睿兒，頓時成了殿中眾人目光投注的對象。

戶部侍郎率先開口：「太后，您懷中想來便是六皇子，睿皇子吧？」

「哦？」太后轉頭反問道：「關愛卿何出此言？」

「本朝潯陽長公主聰明伶俐、乖巧可愛，人人皆知。太后懷中這位小皇子神采奕奕，雙目炯炯有光，誠然一個粉妝玉琢的娃兒，可見必為一母所出，不知微臣所揣是否屬實？」那關侍郎一副討巧賣乖相，我驀地想起他女兒關鶯鶯也在本次選秀之列。

「盼德妃娘娘用心養育，莫如潯陽公主徒成一段佳話，留下萬分遺憾！」端王在旁涼涼說道。

我一聽，臉色突變，僵在當場，「你……」

原本雙目含情望著太后懷中睿兒的西寧楨宇，瞬時收回目光，凜凜掃過端王復又低下頭去，假意飲著酒。

「端王，好好的怎地又提起那些個不開心的事？你若再提，哀家可要生氣了！」太后雙目直盯著坐在右側位首的端王。

「是，是，母后，兒臣失言！」端王嚇得正襟危坐，連聲道。

「依臣看，六皇子天庭飽滿、聰明伶俐，面對眾人毫不畏生，頗有大家風範。一看便知傳承自皇上，是那真正有福之人。」西寧楨宇見氣氛肅冷，展顏開口替端王解了圍。

眾人忙又圍著睿兒誇讚個不停。端王朝西寧楨宇投去感激目光，西寧楨宇卻只作未見，獨自埋頭飲著那櫻花釀。

睿兒全然無視殿中眾人，吃得不亦樂乎。太后低嚷：「哎喲，哀家的小皇孫呀，怎生抓得滿手都是飯粒呢！」轉頭順口吩咐道：「雲秀，快，拿絲帕過來擦擦。」

太后轉頭的空檔，小傢伙又如發現新玩意似的興奮不已，咿咿呀呀鬧將起來，逕撲向那一片明黃。

我看在眼裡，不由急在心中，暗道：「哎喲，我的小祖宗，你就再別鬧亂子了！」闔眼拜禱一番，再睜眼看他時，心中乍然一片冰涼。小傢伙果如我所料，是發現了皇上龍袍，此刻已從太后懷中伸長手，一把抓住龍袍，掌邊小飯粒馬上黏在了龍袍上頭。

眾人登時皆倒吸一口氣，我再度閉上雙眼，伸手揉額，暗自祈禱眼前這一幕純是做夢，睜眼便會消失一空。

可憾……事實已成，菩薩不顯靈！待我睜開眼，雲秀、雲琴兩位嬤嬤已衝上前欲拉回睿兒，睿兒怎樣也不放手，雲琴嬤嬤心急之下，用力捏住睿兒的小手，希望他能感到疼了就放手。

我看此情狀，不由心疼起來，我的睿兒被人這般使力捏住，必定很疼吧！我一著急，甫要起身，卻被旁邊的淑妃一把拉回位上，低聲道：「妹妹，不可！」

「可是……」我心疼地看著睿兒。

「姐姐知曉，可妹妹，這場面你萬萬不可踰矩。你一動便落人口實了，忍住！」

淑妃此時冷靜異常，我雖心裡恨道「你當然忍得住了，又不是你的孩子」，可亦知她說的是實話。

小手被捏得發紅的睿兒仍不放手，小嘴一癟，抽鼻子就要哭了。太后微擰著眉頭，雲琴嬤嬤嚇得急忙撒了手，這等大喜日子是不可有人哭的，喜氣被衝撞須得遭受懲罰。

眾人的心都提到嗓子眼了，這時皇上卻伸手從太后手中接過睿兒，笑道：「朕的小皇子想跟朕親近親近呢，你們都別攔著了，乖乖，父皇抱抱！」

原本要哭的睿兒終可名正言順地對著明黃袍子抓個不停，立時咯咯直樂，眾人甫才鬆了口氣。我懸著的心同樣落了回去，而西寧楨宇仍舊面無表情看著桌上的美味佳肴，持酒之手頓了一瞬，復一飲而盡。

皇上哄了哄，雲秀嬤嬤忙從皇上手中接過睿兒。雲琴嬤嬤取來絲帕欲替皇上除去飯粒，皇上阻攔道：「行了，朕待會換過一套便成。」說罷又轉身同眾人把酒言歡。

淑妃瞅看我一眼，轉頭朝太后笑言：「太后，近日入了一批伶人，新排了霓裳舞，要不喚上來幫大家助助興，太后以爲如何？」

「嗯，宣上來吧。」太后一聽，頷首道。

淑妃舉手輕拍兩下，殿外便有兩隊紅衫綠裙的妙齡少女從殿兩側緩緩步入，在殿中圍成圓圈，配合琴聲歡快地舞著。忽地，眾舞伶變換陣式齊齊蹲下，跪臥圈中的少女緩緩抬頭，婀娜起身。

眾人不由倒吸一口氣，那圈中少女有著彈指可破的瑩白肌膚、修長勻稱的玉腿、盈盈一握的纖腰，長長睫羽遮著明亮大眼，秀氣小臉配上高挺鼻梁，櫻桃小嘴嬌豔欲滴，好一個風華絕代的美人兒！

場中男子的目光無不追隨著這名美若天仙的少女，淑妃瞥了我一眼，一抹冷笑自唇邊露出。

我抿嘴而笑，這淑妃眞眞小家子氣，我近來這般奉承賞足她面子，她猶自顧自打著小算盤，只是這招未免略嫌膚淺了吧！我舉目朝皇上看去，卻見他也正目不轉睛地盯著那紅衣少女。

對面的西寧楨宇則對殿中養眼美色視若無睹，自顧自享用盤中佳肴，彷彿那才是世間難求一般。

我心下歎了口氣，這麼深情之人，怎就偏偏得不到幸福呢？那桌上菜肴，是我命人特意爲他所烹製端木晴生前喜愛的菜色，想來他亦當知曉，幾乎悉數都吃進了肚裡。

一曲終了，眾人這才回過神，盡露出意猶未盡之樣。

皇上看著場中謝禮的女子，笑道：「來人，賞！」

對面眾卿均忍不住多看幾眼，心知過了今晚，興許這女子就成了娘娘主子，再不能這樣肆無忌憚地看上一眼。那女子在眾大臣的目光意淫下，早已身無片縷。

我左右周圍射出無數道嫉恨的目光，倘若目光也能殺人，那少女身子這會兒只怕已是千瘡百孔而體無完膚。

皇上略頓一下，又道：「西寧愛卿，朕記著你尙未娶妻吧？貌似連侍妾也還沒有一個？」

西寧楨宇起身回道：「是，皇上，臣尙未娶妻！」

「呵呵，正所謂美人配英雄！」皇上睇看我一眼，才道：「如此美人，朕就賞給你吧！」

此話一出，眾人一片譁然，表情各異。淑妃愣在當場，難以置信之狀；眾嬪妃皆鬆了口氣，提到嗓子眼的心落回原處，甫覺著場中這女子相貌親和；對面那些男人一副又羨又嫉的表情，恨不得自己便是西寧楨宇，今晚好洞房花燭，與美人共度良宵。

西寧楨宇微怔愣一下，巡視的目光掠過我，沉聲道：「臣感謝皇上恩典！請皇上收回成命，皇上前次爲臣賜婚時，微臣曾向皇上表明，已立誓終身不娶！」

「西寧楨宇，難道你敢抗旨麼？」太后嚴斥道，冷覷著當眾人之面給皇上難堪的西寧楨宇。

「微臣不敢！」西寧楨宇信步走了出來，當庭而跪，不卑不亢地回道。

「罷了，罷了！」皇上素悉西寧楨宇脾氣倔，怕他和太后對上了，自己夾在中間左右爲難，忙出聲解圍道：「眞眞是本朝第一癡情漢！朕不強人所難，待你哪日想開了，相中哪家姑娘來求朕賜婚時，看朕怎生刁難你！哈！哈！」

皇上金口這麼一說，氣氛頓顯輕鬆，眾人跟著呵呵大笑。

西寧楨宇叩首道：「謝皇上恩典！」

端王起身一拱手，笑道：「皇兄，你本想做個媒，不想西寧將軍不領這情。還是讓臣弟成全皇兄，求皇兄把這美人賞賜給臣弟吧！」

「皇弟既然開口了，朕不同意都不行呀！」皇上哈哈一笑，語氣中透出一股許久未見的爽朗，「朕准了！」

「謝皇兄成全！」端王仍舊維持慵懶之態，躬身謝道。

「母后，瞧瞧這端王，一副得了便宜還賣乖的樣子，貌似他向朕討去這等如花似玉的美人兒，倒像是幫了朕大忙似的！」

「好了，好了！」太后同展顏露笑，連聲道：「瞧你們兄弟倆，打小就愛吵吵鬧鬧！當著這麼多人的面，成何體統，也不怕被人笑話！」

皇上哈哈一笑，「母后，此處並無外人，就不必過於拘禮了。」語罷轉了話題，傳喚宮裡伶人上來表演些雜耍好添熱鬧。

我轉頭瞟了瞟淑妃，她放在桌案下的手死死地擰著絲帕，輕咬嘴唇，看來內傷不輕。也難怪，耗費時日的算計卻在一夕之間落空，心中有些落寞，難以接受也是可以理解的。

看來淑妃確是不懂男兒本性啊，誠然天下男人皆好色，皇上也是男人，好色在所難免。可她偏偏忽略了皇上已然年近五旬，那些個風花雪月早未如昔日上心，況且近兩年皇上經歷許多事，受了深重打擊，對如今的他而言，親情遠比美色來得重要。

她這步棋，從一開局便錯了，如今滿盤皆輸亦在意料之中，只歎她到最後仍不明白自己輸在哪處。

那日宴席過後，太后和皇上更加放心地把後宮的事交給我全權代理。今兒剛選出秀女名單送往太后宮裡，與太后細細斟酌幾番，太后滿意至極，聽從我的建議，宣了威遠將軍之女孫美金、兵部尚書之女袁柳紅、吏部侍郎之女余雪青及戶部侍郎之女關鶯鶯四人入宮。

我令內務府將四人接進宮，並安排德高望重的老嬤嬤教授四人宮中禮儀。待諸事結束，又同淑妃二人傳了四人前來相見。

我和淑妃端坐殿中，俄頃四人列隊入殿，朝我二人端正跪拜道：「婢妾拜見淑妃娘娘、德妃娘娘，娘娘千歲千歲千千歲！」

「都起來吧！」淑妃含笑柔聲招呼四人起身。

「謝娘娘！」四人規矩謝了恩，起身垂手立於跟前。

「前些時日太后玉體有恙，選秀因此暫擱，近來察見幾位妹妹德才兼備實在難得，這才宣了幾位妹妹進宮來。幾位妹妹可要用心伺候皇上，努力爲皇家開枝散葉才是！」我等了半天也不見淑妃開言，遂先啓口道。

「臣妾謹遵娘娘教誨！」幾人忙又跪落回道。

「行了，別動不動就跪的，都落坐吧。」我揮揮手，示意她們全起身入座。

我笑著朝淑妃道：「姐姐，幾位妹妹都是這等蘭心蕙性的佳人，安排幾位妹妹入住哪處好呢？」

「這個……」淑妃稍稍沉吟，甫道：「妹妹心中可有甚想法？」

我笑道：「妹妹能有甚想法，只念著幾位妹妹長得水靈可人、乖巧懂事，眞眞歡喜罷了。看姐姐宮裡如今沒住什麼人，不如姐姐和我宮裡各住兩人吧，我們本就住得近，如今又多了四位妹妹，平素多多往來也添熱鬧。待往後幾位妹妹侍過寢，晉了位再行安排便是。」

「我看如此甚好，就依妹妹之見！」淑妃看了看四人，笑道：「那就這麼著吧，此刻坐姐姐近些的孫妹妹和余妹妹就住姐姐宮裡，坐德妃那邊的袁妹妹和關妹妹就住德妃宮裡吧。」

我笑道：「就依姐姐！」

幾人又敘上半晌，待淑妃帶走孫美金和余雪青後，我才吩咐彩衣引領袁柳紅和關鶯鶯二人，安排在我宮中住下。

待二人出去後，我撐不住疲憊闔上眼，躺靠貴妃椅深深吸了口氣。

小安子立於一旁，瞭然地輕聲問道：「主子，您在擔心甚的呢？」

「呵呵，小安子你說，這後宮爭鬥何時是個頭啊？」我眼中滿是倦意，心中早已麻木。

「沒有個頭啊，娘娘！」小安子恭敬回道：「後宮三千佳麗的心思全用在唯一的男人身上，只要這個男人在，爭鬥便日復一日、年復一年永無止息，至死方休！」

「呵呵，小安子，到底你看得明白！你這話對，也不對。後宮歷來爭的並非那個男人，而是權力，想盡千方百計引得那個男人的注意，獲取那個男人的寵愛，最終爲的不也是權麼？本宮今時總算看明白了，所謂的情呀愛的，不過都是些騙人玩意兒，靠得住的唯有權力！」

「娘娘能作此想，就代表娘娘有了在這後宮生存的本錢，奴才可放心啦。」小安子聽我這麼一說，反倒鬆了口氣。

「然而這權是那麼好爭的麼？」我搖搖頭，「如今的我，看似風光無限，實則舉步維艱。」

小安子一驚，奇道：「主子，難道皇上他……」

「皇上那邊是與不是倒還沒個定論，只是太后那邊……」我輕歎一聲，「本宮無論怎生努力，她心裡總防著本宮，連這選秀之事也是她兜了個大圈提出來的，到底是怕本宮一人獨寵專房，獨攬大權。」

「那娘娘還擔心甚的，這宣進來的四人中除了美金小主外，其餘幾位皆是西寧將軍安排的，主子只須令人盯住了美金小主，便可高枕無憂。」

「我該讚你聰穎還是笨啊？」我無奈地搖搖頭，「這人都是會變的，本宮相信此時的她們定然一心向著本宮，竭力爲本宮辦事，可以後呢？你難道忘了當初連端木晴亦算計過我麼？看起來最無害的，往往才是最會落井下石的那個。如今本宮登后之路看似近在眼前，實則虛無縹緲，又偏偏迎來這些一個賽過一個的美人兒，指不定明日就添個婕妤、冒出甚貴妃的。再加上淑妃那廂也在跟本宮耍心眼，你沒見她巴巴的就把威遠將軍之女要去了麼？本宮如今是腹背受敵，這心裡萬分不踏實！」

「娘娘多慮了，幾個新人而已，不就圖個新鮮罷了。淑妃到底是個乏主見之人，掀不起大風大浪，倒是太后那兒，雖說身子大不如前了，娘娘仍得小心謹慎才是。主子的心思終究得花在萬歲爺身上，睿皇子聰慧過人，主子腹中如今又有了龍胎，都是萬歲爺心尖上的肉啊……」

小安子細細闡析著，我若有所思地頷首吩咐道：「讓人打探打探皇上今晚翻了誰的牌子。」

「是，主子。」小安子應聲而出。

直至子初，小安子才回來稟道：「主子，皇上今兒翻了美金小主的牌子。」

「嗯。」我點點頭，示意彩衣伺候我睡下。

次日起身時，已是日上三竿。

用過早膳後，我扶著彩衣徐步走至廊下，賞著滿園花草，逗弄廊下那幾隻鳥兒。甫站了半刻，忽覺頭暈，眼前一陣發黑。我忙伸手扶住額頭，連聲叫：「彩衣，快、快……」話未說完人便癱軟倒落，耳畔最後所聞是彩衣呼喚眾人的高聲求救。

朦朧醒來，眼前一片明黃，我不明所以的眨眨眼，猛然一驚，這明黃……作勢就要起身，口中喃喃道：「皇上，怎麼來了也不叫人喚醒臣妾……」驀地驚訝自己的聲音竟這般虛弱，這才憶起自己在廊下賞花時暈厥過去。

「言言，你醒了就好，快躺下、快躺下！御醫說你的身子虛弱得很，得好生調養。」皇上忙扶我躺落。

我虛弱地一笑，悄聲抱歉道：「讓皇上擔心了！」

「言言，別淨說這些跟朕見外的話，朕可不愛聽。只要你沒事，朕就放心了。」皇上坐在榻前，將我的手輕握在手心，柔聲道。

「是啊，娘娘，您得好生保重。皇上剛下朝，一聽說娘娘不好就急急忙忙趕來了，這會子還有一群朝中大臣在御書房候著呢！」小玄子在旁接口道。

「小玄子！」皇上沉聲喝道：「多話！」

小玄子嚇得打了個激靈，縮著肩膀俯首退至一旁。

我一聽，急了，「皇上，國事要緊，您快過去吧！臣妾已然無事！」

「可是，言言……」皇上微微猶豫。

「皇上若為了臣妾而罔顧朝政，那臣妾就真成了禍水，往後臣妾有個好歹也不敢告訴皇上了。」我目光堅定地凝視他。

二人對視著互不相讓，周圍的空氣彷被燒著一般灼熱，奴才們嚇得大氣都不敢亂出。過了好一會，皇上才輕歎了口氣，「哎，朕還眞拿言言沒辦法，你說你就不能像別人那樣依戀著朕麼？老這等理智又固執！」

我嘿嘿乾笑兩聲，「她們是她們，臣妾是臣妾，臣妾可不愛皇上拿她們與臣妾相比！」

「她們那些個鶯鶯燕燕怎能夠跟朕的言言相提並論，朕的言言是獨一無二的！」皇上笑著輕拍我的手，「你好生養著，今兒可不許再去管那些個瑣碎之事啦。」隨後起身指指立於一旁的小安子、彩衣他們，沉聲吩咐道：「你們好好盯著主子，仔細伺候著。若再有個好歹，朕唯你們是問！」

「奴才遵命！」小安子和彩衣幾人忙跪了答應。

皇上又轉身溫柔地看著我，輕聲道：「朕晚些時候再來看你！」

「謝皇上！」我含笑應聲，目送他信步離去。

我若知那日的堅持竟是親自送走了他最後一次的溫柔話語，決計不會那樣堅持讓他離開。那日離去時他說晚些時候再來看我，可他沒來，亦無捎來半句解釋。

往後的日子他也一直沒過來我宮裡，只頻頻翻著新近幾位妹妹的牌子，對四人中容貌最爲出眾的余雪青尤是寵愛有加，將其擢升爲雪貴人。

宮裡向是墊高踩低的地方，原本熱鬧的月華宮如今比起永和宮來乃天壤之別，淑妃在我面前自然也是眉目含笑、洋洋得意之狀。

我因著地位高又代理六宮，自然忍著不讓人瞧出半分臉色，平素除了處理宮中事務，就是赴寧壽宮陪太后講經念佛，閒話家常。

「德妃啊，近日怎地得空勤來陪哀家這老太婆講經念佛的？皇上最近都在忙甚呢？沒常去你宮裡麼？」太后瞇著眼，不經意地問起。

皇上在忙甚，只怕您老人家比誰都打聽得清楚吧！我心裡冷哼一聲，卻不動聲色地回道：「皇上素以國事爲重，況且宮裡有這麼多妹妹陪著皇上，臣妾自然就能好生調養身子。」

「哀家聽說皇上近日裡頻翻新近那幾位嬪妃的牌子，丫頭啊，你心裡沒梗著吧？」太后雙目炯炯盯著我，不放過我臉上半絲洩露心緒的表情變化。

我嗤笑一陣，紅了臉頰，「太后，您在說甚呢？臣妾是昨日黃花，況且又正懷著身子，能得幾位妹妹好好侍奉著皇上，臣妾歡喜得緊呢！只望幾位妹妹也能快些傳出好消息，再添皇子皇孫！」

太后聞言，示意我上前坐在她身側，拉過我的手柔聲道：「哀家還怕丫頭你心裡不好受，影響了腹中龍胎！」

「太后放心，這龍胎在臣妾腹中安穩的呢，宮裡那麼多姐妹，臣妾若要吃醋，早就變成老陳醋了！」我呵呵笑著。

三十 猜忌橫生

陪太后聊了好一陣，我有些乏了，遂告辭而出。

剛出寧壽宮門口，竟巧碰上來給太后問安的皇上。

我緊緊打量著他，多日不見的他憔悴了不少，我心裡驚道：「不是有眾位妹妹伺候著他麼，怎地會這般憔悴，又一副心事重重之狀呢？」

他抬頭看見緩步跨出的我，眼裡閃過一絲光亮，旋又暗了下去。

我立在門口，福了福身子，「臣妾拜見皇上！」

他跨前一小步伸出手來，隨即又止了步，站直身子，冷淡而疏遠道：「德妃平身！」

我怔愣了一下，眼中滿是傷痛，默然退至一旁，待他入得寧壽宮，方才讓小安子扶著離開。

回轉殿中，我細細將這些日子之事回想幾遍，仍沒能想出自己究竟有甚地方出錯。轉念一想，那日裡在皇上離開前曾聞說有朝中大臣於御書房候著，今日巧遇之時皇上又是那般神情，看來是有我所不曉而與我相干之事發生了。

我倏地睜眼，從貴妃椅上坐起身，「小安子！」

立於一旁伺候著的小安子忙上前問道：「主子有甚吩咐？」

「本宮越想越覺著不對，恐怕這問題不在新近幾位妹妹身上。你暗地問問小玄子，那日皇上從我這兒回御書房後發生了何事？」

小安子點點頭，迅速出門。我又躺回榻上，睡意逐漸襲來，須臾間便入了夢鄉。

醒來時，天色已晚，小安子早先返回。我稍事漱洗後坐在桌前用著晚膳，支開眾人，獨留了小安子在跟前，問道：「那事打聽得怎樣？可有結果？」

「回主子，奴才打聽過了，小玄子只說那日在御書房，聖上發了好大脾氣，後來大臣們告退，皇上一直獨自待在御書房中，連晚膳也只隨便用了一點。入夜之後皇上又宣吏部尚書端木大人進宮，兩人相談甚久，待端木大人離去，本以爲皇上會按例過來主子這兒，不料他卻傳小玄子呈上牌子，翻了美金小主的綠頭牌。」

我頷首道：「果真有事發生了，可究竟是什麼事，小玄子有無細說？」

「這個……小玄子也說不知，不過皇上卻因此舉止有異，時常獨自發愣，有時走近月華宮門口停步好半晌，又繞過進了永和宮。」

「哦？」我心知大事不妙，放下手中筷子吩咐道：「小安子，你再跑一趟，讓小玄子透過殿前侍衛那廂，請西寧將軍幫忙打探朝中是否出甚大事。」

「主子別急，奴才剛已說過，小玄子讓奴才回稟主子，說他會盡力而爲。請主子耐心等上兩三日，必將有結果。」小安子見我生急，怕影響到龍胎，忙匆匆回道。

「既如此，急也急不來，你陪我去御花園轉轉吧。」我起身扶著小安子的胳膊朝外走去。

火紅日頭已然沉落下，只留一絲餘光將天邊雲彩染成了緋紅色，明豔絢爛。

我一路從宮門口漫步至玉帶橋，輕倚白玉欄杆，眺望晚霞景致中平靜如鏡的湖水，微風呼過同步送來陣陣花香，引人心曠神怡。

忽聞岸對面傳來嬉笑聲，我黛眉輕蹙。

小安子悄聲道：「主子，好像是皇上和淑妃及幾位新晉的嬪妃在白玉亭中閒敘。」

「哦？既如此，我們便回去吧，可別擾了皇上的興。」說罷轉身欲離去。

「德妃娘娘，請留步！」

背後傳來小太監的高呼聲，我轉身即見小曲子不知何時朝我這邊直奔而來。

我立於原地，笑看著已近前的他。小曲子氣喘吁吁地跪落給我行禮，「奴才見過德妃娘娘！」

「起來吧，看你喘的，定定神再說吧。」我溫和笑言。

「謝德妃娘娘！」小曲子爬起身，頓了頓才道：「娘娘，皇上請您前往白玉亭品茗！」

「煩勞公公回稟皇上，說本宮身子不爽，就不過去了，先行回宮歇息。」我淡然開口婉拒道。

「這個……」小曲子一臉為難地看著我，「娘娘，皇上說了，奴才若是請不到娘娘，也就不必回去了！」

我歎了口氣，這是何苦呢？略略沉吟後，我甫啓口道：「如此，就勞煩公公帶路！」

小曲子沒料到我這麼快就拿定主意，滿臉驚喜，隨即又歉然看著我，「娘娘……」

「請公公帶路！」我凜然堅持道。

小曲子不再多言，默默在前帶路。

我跨進白玉亭，福了福身子，「臣妾拜見皇上！」

正與眾人飲酒的皇上連頭也沒抬，只漫不經心地說：「德妃來了啊？坐吧。」

我瞅了瞅，皇上坐在靠湖的位子，淑妃坐於左邊上首位，剩下四人分別坐在左右兩側，右邊上首位空著，我舉步朝那邊走去。

「皇上，德妃娘娘見了聖駕，爲何不行跪拜之禮？」我循聲望去，說話的原來是坐在最外面的孫美金孫才人。

「此事是你該過問的麼？」原本慵懶隨和的皇上頓時黑了臉，沉聲喝道。

「德妃娘娘如此，於禮不合，臣妾並未說錯！」那孫才人鏗鏘有力地堅持道。

我轉過頭去，瞧看著她堅毅的面容，突然覺著她有那麼幾分討喜。

「哎呀，孫妹妹，德妃身懷龍胎，皇上早就免了德妃妹妹的跪拜之禮，待哪天孫妹妹也有了好消息，皇上亦定會免了妹妹你跪拜之禮的。」淑妃看似熱心地替我解釋著，實則若有似無把某些字句咬得重，刮著我的耳。

我但笑不語，走至右首位落坐，宮女送上酒杯。我輕推開去，「給本宮換上茶來。」

「德妃不飲酒麼？」皇上打我現身便不時把目光投向我，這會兒更加炯然直盯著我。

「回皇上，御醫說飲酒對胎兒有害，即使是酒味極淡的櫻花釀亦該避去。」我對他迫人的目光視若無睹，淡然回道。

一時間氣氛微顯詭異，雪貴人見皇上目光始終定在我身上不移，不免生急起來，端了酒杯從淑妃身側走出，半跪在皇上跟前道：「皇上，德妃娘娘不能飲酒，讓臣妾陪您滿飲此杯吧！」

「好，好！」皇上嘴裡應著，視線仍未挪移半分。見我一副不以爲意之態，他索性一把摟雪貴人入懷，將雪貴人餵的酒一飲而盡。

雪貴人見皇上當著眾妃嬪的面如此濃寵於她，遂更肆無忌憚起來，柔弱無骨地偎在皇上懷中故作媚態，薄衫微扯，胸前豐滿的渾圓在皇上身上摩挲著。

淑妃蹙了蹙眉頭，孫才人神情嚴肅而若有所思，餘下二人雙頰緋紅，低頭擰著手中絲帕。我裝作不經意掃視過在場的人，低頭呷飲幾口茶彷若嘗著世間極品，周圍發生之事皆與我無干似的。

「皇上！」乍然的朗聲大喊，打破了亭中詭異氣氛。眾人一抬頭，卻見孫美金緩緩站起，行至正中對著皇上跪落下去，脆聲說道：「皇上，此處並非寢宮，皇上方才舉止於禮不合，有損皇室威名！」

眾人一聽，無不倒抽一口冷氣，她居然敢如此直言不諱！

我看著皇上難堪的神情，不免替孫才人擔心起來，厲聲喝道：「孫才人，本宮看你是喝多了，先退下吧。」說著又轉頭朝皇上陪笑道：「皇上，孫妹妹的意思是，雪貴人她……」

「德妃娘娘不消替臣妾解釋，臣妾所言皆是依據祖宗家法，絕無半句虛言。皇上和雪貴人今日所爲，確與祖宗規矩不合。」

皇上並非十分放浪之人，歷來恪守禮制，今日卻這般失態，見他神情想來也是因著我吧。

我心中微微歎口氣，忍不住怨恨起自己的倔強，只是爲著我這樣一個人，毀了多年辛苦樹立的威嚴形象，值得麼？

皇上貴爲天之驕子，哪容得下一個小小才人當著眾人的面指責於他。只見皇上立時氣得黑了臉，一把推開身側的雪貴人，厲聲喝道：「放肆！孫才人，膽敢如此詆毀朕？來人！」

幾位太監匆匆入亭跪了候命，皇上瞪著我，一字一句命令道：「傳朕旨意，孫才人悍嫉成性、目無君上，即日起貶為常在，打入冷宮！」

我張了張口，卻始終沒發出聲音，畢竟聖怒因我而起，我若再開口，只怕孫才人的下場會更淒慘。

那兩名太監待要上來押解孫美金，她卻低喝一聲：「放手，我自己會走！」語罷緩緩起身，理妥衣裙，挺直了脊背，朝我微微一笑後傲然而去。

如今聖寵全無的我替孫常在求不得半點情，只得吩咐冷宮的掌事嬤嬤好生照顧她，並暗示著她不過一時惹怒皇上才被貶入冷宮，過不了幾日便會放出。又令小安子給那嬤嬤塞了些銀子，那嬤嬤自是歡天喜地，滿口答應了。

我因著孫常在之事在殿裡悶了兩日，也沒出門，只盼能不讓皇上見著心煩，少惹他生些氣。小玄子那邊亦未有消息傳來，我不免稍感著急。

午憩時夢時醒的，索性喚人伺候起身。剛梳洗完畢，小碌子便進來稟道：「主子，寧壽宮來了個宮女，說太后有幾日沒見著主子，甚是想念，傳您過去閒話家常。」

我頷首而應，對太后特地派人傳我閒話家常感到奇怪。然既是太后找我，遂就不敢耽擱，忙對鏡打理儀容，便隨傳話的宮女去往寧壽宮。

「臣妾給太后請安。」我入得暖閣，規矩跪拜行禮。

「起來吧。」

我謝過恩後挪步至一旁的椅上落坐，說是閒話家常，我卻明顯感到今日氣氛非比尋常。太后靠在炕上假寐，身旁並無一人伺候著，想來是她吩咐她們出去的吧。

太后瞇起眼斜視著我，並不說話。

我一時間也不知該說什麼才好，只端正而坐，勉力維持著面上笑容。

登時偌大的房中異常寂靜，瀰漫一股詭祕的沉默氛圍。我僵坐在椅子上，心裡頭七上八下，瞧太后今日行徑，定是出甚事了。額頭上不知何時已布滿了密密麻麻的汗珠，我也不敢拿手去擦，只得略略垂首以掩飾內心的惶恐。

「德丫頭，你進宮將近五年了吧！」

終究還是太后先打破了這一屋的沉悶，不冷不熱地問道。

我雖然不知她這麼問有甚用意，卻也只能恭敬頷首回道：「是，臣妾是皇肅三十五年進宮的，過完今歲就整整五年了。」

「時光飛逝啊，你選秀之時的模樣還留在哀家腦中，哀家記得那時是皇上欽點的你，這一晃眼就已經快五年了！」太后像是在回憶過去的歲月，臉上露出了深思。

我可不會傻到以爲太后傳我來，純是爲了追憶往昔歲月的，遂就不敢胡亂應話，只含笑聆聽。

「哀家看得出來，這些年皇上對你很是上心，時常在哀家跟前提起你。」她慈祥地笑言，起身走過來落坐我旁邊的楠木椅，溫柔暖和的手覆上了我那擺在扶手上透著些許冰涼的手。

「承蒙皇上錯愛，臣妾沒有那般好。」聽太后這麼說著，我只能裝作羞澀，低下頭謙虛回道。

「你不著這般自貶，你向來溫婉嫻淑又明曉大義，否則皇上不會賜給你一個『德』字封號。」太后滿臉笑容誇獎著我，漆黑幽深的雙眼中竟不露半分心思，教我無從揣測。

「王皇后身子一直不是太好，貴妃去了後多虧你幫襯料理後宮事務，皇后去了後也都是你和淑妃在全權處理，是麼？」

「臣妾只是管管帳，大多數事宜還是由淑妃姐姐作主的。」

「瞧你這孩子，臉皮還真是薄，哀家不過誇你幾句，你就不必過謙了。你管後宮那些繁瑣帳目的本事哀家又不是不曉，就算當初的麗貴妃也是沒法比的，更何況淑妃向乏主見。」

聽她這麼一說，我猛吃一驚，太后不是提說那些個陳年往事，就是提甚料理宮中事務，再說了，這事怎地又牽扯到已去的麗貴妃頭上了？

我不敢作聲，只聽太后續言道：「只可惜啊，這麗貴妃聰明一世卻糊塗一時，竟和她父親兩人串通一氣，狼狽爲奸謀害太子，妄圖獨霸朝政。最後落得人財兩空，連命都搭上了。」她別有深意地說著，末了還意味深長地睇了我一眼。

我隱隱意識到眼下情況，原來她兜了那麼大圈子是在警告我。

警告我什麼呢？麗貴妃和賀相？難道是他那邊出事了麼？所以太后才急著傳我來，警告我別走麗貴妃的老路？

我一驚，猛然抬頭，睜大眼不明所以的看著太后。太后瞧見我的表情，輕歎了口氣，道：「好了，德丫頭，哀家說了這會兒話也乏了，你先回去吧。」

「是，太后。臣妾告退！」我恭敬地行了禮，躬身退出。

一路坐軟轎回到月華宮，即見神情著急萬分早等在宮門口的小安子。我剛一下轎，他便迎將上來，扶著我的手細聲說道：「主子，不好了，莫大人那邊出事了。」

我驚乍之餘，猛然想起太后的話，轉頭掃看周圍的人，低聲吩咐道：「進屋再說。」

一入暖閣，我旋打發了眾人離去，著急地追問道：「小安子，莫尚書那邊出甚事了？」

小安子先示意我稍安毋躁，甫娓娓道來：「原來那日裡朝中有幾位大人是準備在早朝時彈劾莫尚書的，因著娘娘暈倒，皇上便急急下了朝趕過來。御醫確診娘娘平安無事後，皇上在御書房會過幾位大臣，大發雷霆怒斥，不料幾位大臣以死相諫，皇上無奈之下傳了吏部端木大人，命他暗中進行調查。」

「哦？彈劾莫尚書麼？」我眉頭輕蹙，頓了一下又問：「知道都有哪些人麼？」

「當日進諫時並未在意，皇上又有意壓制此事，西寧將軍查得也不完全。小玄子細細回想過了，貌似以禮部榮尚書和吏部佘侍郎爲首，其餘幾人則記不清了。」

「榮昭儀麼？哼，皇后去後靠山沒了也不老實待著。」我伸手揉額，又忿忿然道：「那位雪貴人麼？入宮得了幾天聖寵就開始目中無人啦？一群烏合之眾，成不了半分氣候！」

小安子看著怒氣難平的我，撫慰道：「主子，您千萬別動氣，爲那些個不相干的人氣壞了身子可不值得！」

「莫新良啊莫新良，你害了我娘親一生還不夠，如今又來害我！」我斜臥貴妃椅上喃喃自語，「而今這情形，該當如何是好……」

「娘娘，您和小玄子不是對他恨之入骨麼？」小安子在旁顫巍巍說道，一副欲言又止之態。

我一聽，心下微動，睜眼緊盯著小安子，「你的意思是……順水推舟？」隨即輕笑起來，「呵呵，這倒是一箭雙鵰的好計策啊！」

「主子，奴才也就是這麼一說，您再衡慮衡慮，畢竟莫大人他……」小安子見我神情怪異，乍驚覺自己說錯了話。

「沒有畢竟！」我打斷小安子的話，恨恨地說：「莫新良啊莫新良，本宮本想再留你些時日，不想有人比本宮更容不下你！自作孽不可活，你犯了法自尋死路，本宮就幫你一把，讓你早死早超生！」

「娘娘，您、您眞的要……」小安子見我露出咬牙切齒之狀，知我已下了殺心，不由顫慄起來。

「小安子，你是否覺得本宮今時變得心冷如鐵，狠毒至極？」

「不，娘娘，不是，奴才……」小安子被我這麼直白一問，不免有些語無倫次起來。

「你知道麼，小安子，我可非養尊處優的小姐，我娘只是個青樓妓女，我爹的眾多小妾之一。我生下來時我爹一聽說是女兒，連看都沒看一眼就走了，我跟著娘過著連下人都不如的日子，直至有一天，管家突然出現，說老爺要見我。小安子，你知道本宮有多高興麼？只能用『欣喜若狂』來形容，可事實不過是他的愛女莫雪不願進宮選秀，他才記起了我也是莫家的女兒。」我呵呵笑著，眼淚卻如斷線珍珠般從眼眶中滾落而出，「入宮前，我求他善待我娘，保她後半生衣食無憂，他滿口應承。小玄子卻告訴我，母親受盡屈辱，重病而去。小安子，你說這樣一個薄情負心的男子，配擁有今日的風光榮耀麼？你說這樣一個言而無信，害死我從小相依爲命娘親的小人，本宮能容得下他麼？你說這樣一個貪贓枉法、中飽私囊的罪人，即便是本宮原諒了他，皇上饒得了他，可大順皇朝的律法能容得下他麼？」

原本立於一旁的小安子早已淚如雨下，跪落我跟前連連磕頭道：「主子，對不起。主子，奴才該死，奴才不應……」

我吸了吸鼻子，輕扶起小安子，緩聲道：「去吧，小安子，把本宮之意轉告給西寧將軍，請他授人上奏！」

佇立窗前看著院子迴廊處小安子消失的背影，我心中空落落的，一片木然。

我呢喃道：「娘，您看到了麼？那個負心漢就要受到應有的懲罰了，您高興麼？」

久久無語，我又輕歎了口氣，「娘，女兒知曉，您定不願女兒爲您報仇，只想女兒好好活下去。可是，娘，塵世間本就是個人吃人的地方，您善良仁厚，亦希望女兒如此。女兒也想善良，女兒也想仁厚，偏偏這個吃人之地容不下女兒如此，女兒實有難盡的無奈啊！娘，您若在天有靈，就保佑女兒達成夙願吧！」

混混沌沌不曉過得多久，直到彩衣進來點了蠟燭，我才驚覺已至掌燈時分。

側首之際正對上彩衣詫異神情，我伸手一摸，才察知面頰上猶掛著未乾的淚痕。

彩衣驚覺失禮，忙轉身出門端來溫水，默默伺候我梳洗。待梳洗完畢，彩衣方輕聲勸道：「主子，您多少用些晚膳吧。」

我輕輕搖了搖頭，實在沒甚胃口，長久以來對那個人恨之入骨，恨不能食其肉、飲其血，如今眼看著他就要遭難了，心裡又說不出的梗塞。

彩衣微歎一聲，又道：「主子，您不爲自己想，亦得爲腹裡龍胎著想呀。奴婢燉了您最喜歡的酸蘿蔔雞皮湯，您多少用些吧！」

我伸手撫摩已微微凸起的肚子，頷首相應，伸手讓彩衣扶了朝外走去。

用過晚膳，我躺靠貴妃椅上，彩衣在旁有一搭沒一搭的陪我聊著。小安子疾步掀簾進來，上前輕聲稟道：「主子，方才小曲子過來，說西寧將軍傳話給主子，今夜子時，老地方見！」

「老地方？」我猛然起身，奇怪道：「哪有甚老地方？」

轉念一想，難道他說的是……桃花源？

我抬首吩咐道：「小安子，派人打探看看皇上今晚歇在哪個宮裡。」

小安子應著轉身安排去了，我令彩衣揀件寬鬆素淨的衣衫給我換上，讓肚子不明顯，又梳了簡單髮式，如此出門便不引人注目。打點妥帖，我坐下來著急地等候小安子。

直至子初，小安子才返回稟道：「主子，皇上今兒歇在榮昭儀殿裡。」

我頷首而應，轉過身朝彩衣點頭示意，她依言上了榻，面向裡邊側身而臥。小安子將帷帳放落，吹滅了燈，扶著我緩緩步出暖閣，對守在門口的小碌子吩咐道：「主子睡下了，好生伺候著。」

「是，安公公，奴才省得。」小碌子低聲回應。

小安子四處張望，確認無可疑處後，扶我一路行至後院，從隱祕的小門入了桃花源。行至小屋前，一見此景不禁又憶起了這屋中曾有的曖昧情事，不免略生猶豫而躊躇不前。

「來都來了，又躊躇什麼？」屋裡傳來低沉的嗓音，帶有磁性卻冰冷異常。

我深吸了口氣，掀了簾子，舉步踏入屋中。

所幸屋中並無燈光，只能借著窗外餘光依稀辨出對方神態。幾年的軍中歷練令他成熟不少，也魁梧了不少，模糊不清的臉上添了歲月滄桑，眼中少了昔日的年少輕狂，神采奕奕卻多了幾分沉穩。

我們相對無語，昏暗燈光下清淺的吐氣聲瀰漫著滿室曖昧氣息，我幾次微微張口，卻不知該說什麼、該喚他什麼，還可以稱兄長麼？我心中慌亂萬分，連呼吸也隱隱急促起來。

「德妃娘娘！」終究是他打破了沉靜，冰冷的聲音澆熄了這一室曖昧氛圍，也澆滅了我心中那份不安的綺想。

「兄長，你……」是了，我忍不住自嘲起來，他心中始終掛念的唯只端木晴，我純不過是個意外而已，他根本就不曾動情更不會在意，自己又何必忸怩不安，何必自作多情呢？

「今日的德妃娘娘還是當年的言妹子麼？」西寧楨宇眼中一片冰冷，沉聲道：「微臣今日來，只是想從娘娘口中確認小玄子傳來的消息。娘娘眞要對付莫大人——你的生身父親麼？」

「是！」我冷然道：「小玄子所言正是本宮之意，請西寧將軍安排人上書彈劾！」

「你！果眞……」西寧楨宇斷無料到我會答得如斯乾脆直白，他毫不加掩飾，眼中閃過一絲不屑，咬牙切齒道：「果眞是天下最毒婦人心！」

我努力拋卻心中因那絲不屑而如針扎般的刺痛，淡淡地說：「隨你怎麼說！」

他眼中透出傷感，滿臉失望地盯著我。

我只覺委屈萬分，抑住盈滿眼眶的淚水，逞強假裝若無其事的道：「西寧將軍如無他事，本宮就不奉陪了！」

半晌不見他回應，我默默轉身朝門口走去。

「該死的！」他從背後衝將上來，一把抓住了我，將我推至邊牆，兩手壓抵牆板上，將我牢牢囚在他兩臂間。

我被眼前粗暴的他嚇得怔在當場，忘了呼叫也忘了哭泣，只愣愣地看著他，雙手死死護住小腹。

他喘著粗氣，一把抓住我領口處的羅衫，緊緊將我按向牆板，恨聲道：「你眞讓我痛心，你把我那溫柔善良的妹子藏哪兒去了？你這個權力薰心的女子，你爲了爭權奪利，連生你養你的父親也不放過！

你的良心都藏哪兒去了，被狗吞了麼？」

我看著眼前幾近瘋狂厲聲呵斥我的西寧楨宇，心頭怒氣如烈火般熊熊燃起，抑忍不住萬分悲憤，雙手反抓他的手用力掙扎著，張口低吼出撕心裂肺之語：「我權力薰心，我歹毒？你什麼都不知道，你憑甚在此空口白牙、言辭鑿鑿指責於我？」

他渾身一怔，手上立時失了力道。

我大口大口喘息著，半晌才輕聲道：「我歹毒麼？是，我親手殺死了親生女兒來陷害麗貴妃；我揭穿並利用麗貴妃和太子二人姦情，親手毒殺了貴妃；我在皇后故去後百般討好太后，手握後宮大權；如今，我連自己生身父親都不放過，要找人彈劾他。多麼歹毒的一個女人啊！」

我話鋒陡地一轉，緊緊盯著他的眼睛，厲聲問道：「可你知不知道，端木姐姐去之前我遭人陷害，險些也失了龍胎？你知不知道，我生潯陽時窗外廊下放了一碗毒藥？你又知不知道，潯陽中了毒才逼得我不得不走上殺女復仇之路，而那下毒之人正是麗貴妃！你還知不知道，太后早緊盯著我的一舉一動，我若再爲父親開口求情，下一個被打入冷宮萬劫不復的就是我和睿兒了？宮裡本就是個吃人的地方，寃魂遍地，命如薄紙，一個無權無勢的失寵嬪妃連確保自己孩兒性命無憂的能耐都沒有，更談不上給他似錦前程了。我每日裡小心伺候皇上，刻意討好太后，舉步驚心如履薄冰，連寢息都戴著面具，又是爲了誰？難道僅僅是爲了我自己麼？」

他滿臉驚愕，愣在當場，我卻再憋忍不住，淚水無聲淌落而下。

好半晌，我才哽咽道：「你說我連自己生身父親都不放過，你可知道在莫新良的眼中，二十年前的我是多餘的，他連停留在我身上一秒的目光都懶得施捨，而十六年後我卻成了他加官進爵的踏板。我母親癡戀他一生，伺候了他一輩子，卻在他滿口許給我娘衣食無憂的承諾中，縱容他人對她冷嘲熱諷、殘忍逼迫，最終含怨而亡。我對他殘忍麼？是他對他自己殘忍，他坐上戶部尚書之位後便私欲膨脹，貪贓枉法、中飽私囊，我容得下他，可天理能容麼？國法能容麼？我不過想爲娘親報仇，想確保睿兒和我母子在這宮裡不受人欺凌罷了。我這樣的想法錯了麼？我眞就殘忍歹毒到令人不齒麼？你告訴我，你回答我呀！」

我痛哭失聲，長久所壓抑一股不被理解的痛苦終得發洩出來，不住捶打著跟前的他。他卻如石雕般一動不動任我捶打，須臾才舉起手來欲安撫我，卻又無力地軟了下去。

如此再三，他倏地伸手擁我入懷，連聲呢喃道：「抱歉，抱歉！都是我不好，我沒能照顧好你們母子。我以爲、以爲有了玲瓏照顧睿兒，以爲你得了聖寵便可高枕無憂，我……放心吧，以後不會了，以後再不會了。」

突如而來的溫暖讓我有些手足無措，明知他只是出於同情，明知他心底始終只有端木晴，但多年寢食難安的宮門日子早已讓我如驚弓之鳥般疲憊不堪，我在心中默然道：「晴姐姐，對不起！就讓我貪念享受這一刻的溫適吧。」

我闔上眼，頭枕於他胸前，聆聽著他凌亂的心跳，任由他陽剛的氣息包圍著我，任由這曖昧氣息在一室靜暗中蔓延。

「誰？」門外傳來小安子的低喝聲。

我二人俱是一驚，猛地分開，我不禁紅了臉。

西寧楨宇往門邊一靠，一把拉了愣在原地的我往他背後一靠。我怔怔看著他寬闊挺直的脊背，想著他不自覺的保護動作，心中閃過絲絲甜意，「眞好，這世上除了娘和小安子他們，還有這麼一個人關懷著我。」

「是我，安公公！」夜色中傳來女子的回應聲。

我還未聽出聲音，西寧楨宇卻瞬間放鬆了下來，沉聲道：「蘭朵？」

「是，主人！」

我這才聽出來人是玲瓏，正要說話，卻聽得玲瓏稟道：「主人，蘭朵帶小主人前來求見！」

西寧楨宇沒有說話，轉頭怔怔地看著我。

我幾步上前，掀了簾子，將跪在門口的玲瓏一把給拉進來，責怪道：「玲瓏，你怎麼私自把睿兒帶了出來？若是被發現了……」

「主子，奴婢只是想讓主人見見小主人。」玲瓏語氣恭敬，卻滿是堅定。

我瞧瞧玲瓏，又瞅看雙眼早緊盯著玲瓏懷中熟睡的睿兒不放的西寧楨宇，默然退至一旁。

西寧楨宇步步趨近玲瓏，顫巍巍伸出手，輕輕撫上睿兒光滑細緻的小臉蛋，睡夢中的睿兒不自覺地動了動脖子，咕嚕一聲又沉沉睡去。

西寧楨宇欣喜難抑，輕輕從玲瓏手中接過睿兒，飽含深情瞧看著睿兒。半晌，他才呢喃道：「睿兒麼？眞乖！我知道你是晴兒送給我的寶貝，對，絕對是，絕對是晴兒在天有靈見我孤獨寂寞，送來陪我的寶貝！」

又是端木晴！我分不清心底湧上的那股滋味究竟是酸是苦？但有一件事我則是篤定的，往後的日子，我和睿兒有了更堅固的後盾！

三十一　大義滅親

翌日剛起身，小安子就送來了父親的求救信，信中將上書彈劾他的官員罵了個狗血噴頭，直說他們陷害忠良，託我在皇上面前替他說說公道話，如此云云。我看了冷然一笑，這西寧楨宇動作這麼快，怕是昨夜一宿未闔眼吧。

我胡亂用了些早膳填腹，養足了精神，攜彩衣和小安子直奔寧壽宮。

太后正在佛堂做晨課，雲秀嬤嬤引我坐至一旁的楠木椅上。過得許久，太后才睜開眼。太后示意雲秀嬤嬤將她扶坐至旁側的冰絲軟墊椅上，眼睛連抬都沒抬一下，平淡聲音中透著些威嚴，「德丫頭，怎地這麼早就過來了？」

我未回答太后問話，只肅色站起身走至太后跟前，「咚」的端跪下去，雙手將父親送來的那封信舉到太后伸手可及之處，一字一句道：「太后，臣妾特來請罪！」

太后滿臉惑色，接過我手中的信，打開來細覽過內容，沉聲道：「德妃，你這是……」

「太后，臣妾有罪，此等大事臣妾竟被自家人蒙在鼓裡而渾然不曉，因著臣妾的恩寵，臣妾的父親居然恃寵而驕，知法犯法。請太后轉告皇上，請皇上切不可念及臣妾而有所顧忌，望萬歲爺下旨讓吏部用心查察。一旦確認臣妾之父身犯律法，請皇上依律而治、嚴懲不貸，若有臣妾應受的責罰，臣妾甘願受罰，絕無怨言！」我凜然望著太后，直望進她眼眸深處，堅定地說。

「好，好，好孩子！」太后微怔一瞬，旋親自扶我起身，「快起來吧，你如今身子重，別動不動就跪著。」又拉著我的手輕拍幾下，「難得你如此深明大義，此德此性堪稱後宮典範！」

「太后，臣妾不配得此美言。臣妾若悉風聲早該勸導父親，便不致讓皇上和太后而今爲難，臣妾有罪。」我不信她是眞想誇我，忙推託著。

「傻孩子，這怎麼能怪你呢？你在這宮中，一個月也就見他那麼一兩次，你哪能知道他做下的那等事？孩子，苦了你了，做出這樣大義滅親的舉動，可見你下了多大決心啊！德丫頭別怕，往後啊，你就是哀家的女兒，哀家便是你的娘家人，有甚苦儘管來找哀家訴！」太后慈藹地擁我入懷，柔聲安慰道。

我心中冷哼一聲，面上卻一副淒涼神色，哽咽了半天才喚聲：「太后……」

「哭吧，孩子，想哭就哭出來吧！哀家明白你心裡一定很苦……」

我在太后輕柔的撫慰聲中嚶嚶落淚，繼而用力抽泣起來，最後終忍不住號啕大哭，「太后，您說臣妾的父親如今位居尙書，錦衣玉食可謂富貴萬千，他爲何還不知足？偏偏要走上這絕路……國法難容、國法難容啊！」

太后點了點頭，輕撫拍著我的背爲我順氣，讓我盡情發洩。

我後來是怎樣回到月華宮的，已然記不得，我只知道我睜開眼時，人已躺在月華宮的榻上。

皇上滿臉心疼地守在一旁，見我醒來，欣喜地低喊：「言言，你醒了？」

「皇上，您怎麼……」我猛然想起先前在太后宮中之事，所有記憶湧上心頭，忙坐起身作勢要下床，口中語無倫次道：「皇上，臣妾有罪！臣妾……」

「不！」皇上一把抱住我緊摟入懷，似欲將我揉進他身體裡。他滿懷歉意的聲音中帶著哭腔，「言言，是朕不好，是朕的錯，朕不該疑心你！」

「不，不，皇上。該怪臣妾不好，臣妾教皇上爲難了！若非今兒個父親送信進來，臣妾猶蒙在鼓裡，一心以爲……以爲皇上把臣妾給忘了……」我窩在他懷中，嚶嚶抽泣著。

「不是，言言，怎麼會呢？對朕來說，你向是獨一無二的，只是、只是吏部查出莫愛卿有厚產來源不明。朕……朕實是不知該如何面對於你……」皇上摟著我，痛苦地說道。

「他果眞犯下了這等天理國法不容之事？皇上，古話說『王子犯法，與庶民同罪』，更何況他只是臣妾的父親！」我自皇上懷中抬起頭露出堅毅神色，一字一句道：「皇上，臣妾有個不情之請，望您成全！」

「你別這樣嚇朕，言言，朕這就讓他們……」皇上凝看著我良久，輕歎了聲，最終說：「言言，你有甚請求，只管道來。」

「皇上，臣妾想親聞父親大人招認違犯國法，罪不容恕，如此臣妾就能死心。」我一咬牙，沉聲道：「屆時就請皇上下旨，依律嚴懲不貸，臣妾絕無怨言！」

「這個……」皇上猶豫著。

「皇上，您是臣妾的夫君，尤是大順皇朝的君王，難道您眞要爲了臣妾而背負昏君惡名麼？」我朗聲問道。

「可是，言言，他是你的生身父親，是朕的岳父大人啊……」

「皇上，臣妾是莫大人的女兒，更是大順皇朝的德妃，是睿兒的母妃！」我目光灼灼望著他，「莫大人倘眞犯了法，那是他自尋死路，與人無尤！皇上！」

皇上陷入沉吟，不忍再看我強裝的剛毅神情。他閉上滿目痛楚的雙眼，半晌甫擠出一句有氣無力的話來，「朕，准了！」

小安子掀簾領了莫尚書入內，我端坐在正位上睇著這個身材微顯發福、頭髮花白、年過半百的老人，心中有些不忍，有些遺憾，更多則是不解。

任了十幾年的侍郎，雖默默無聞倒也平安無事，今做了兩年尚書卻被人彈劾，立時便要下大獄了。難道他任侍郎時沒貪，當上尚書才想要貪麼？我不信，他府裡那群妾室兒女是如何養活的？靠他的俸祿麼？恐怕只夠每天喝粥吃鹹菜。

「微臣見過德妃娘娘！」他一進來便跪落給我行禮。久久不見回應，他大著膽子悄悄抬頭望我一眼，見我面無表情地端坐著，甫又輕輕喚了聲：「娘娘……」

我這才回過神，驚覺自己剛剛走神了，忙滿臉堆笑道：「父親怎麼還跪著？快起來坐了。」我笑著指了指旁邊鋪著軟墊的椅子，「剛換上的冰絲軟墊，父親快坐吧，夠舒服。」

「謝娘娘！」莫新良朝我拱拱手，信步走到椅邊落坐。

「彩衣啊，還不快給父親大人看茶！」我高聲喚著門口的彩衣。

「來了，娘娘！」彩衣應著端茶而入，送到他跟前客氣道：「莫大人，請用茶！」

莫新良從踏進門那一刻神情便焦慮不已，這會子接過茶也不喝，只擱放旁邊几上，幾度想開口卻欲言又止。

我佯作不知，奇怪道：「父親怎麼不喝？是覺著茶不好麼？要不我叫人換上一杯？」

「不，不是。」他話語微有打結，推託道：「娘娘，微臣現下不渴。」

我好笑地瞅著他的怪異神色，也不提那日他送信之事，只笑道：「那父親想喝的時候再喝。」

他躊躇再三，細細察看我神情無異，方小心翼翼開口問道：「娘娘，那日微臣託人送信進宮，不知現下如何了？」

「送信？何時的事？我怎麼不知呢？」我滿臉詫異地看著他。

「啊！」莫新良臉色一變，「丟了？還是被人截了？這可如何是好？」

我不以爲意地笑笑，「不就是封信麼？犯不著這般著急，父親今日既然親自來訪，何妨直接告訴女兒便成了。」

「不是，娘娘，那信……」莫新良一副欲言還休之狀。

我笑道：「父親莫急，等會兒我便吩咐人找去，斷然不會丟失，父親不消過分擔心。父親既然來了，就說說吧，父女之間還有甚難啓口的呢？」

父親面色潮紅，扭捏一下才道：「近日裡朝中居然有幾位大臣上書彈劾微臣，信口雌黃說微臣貪贓枉法、中飽私囊！哼，簡直不可容忍！」

「啊呀，那父親大人可有犯法？」我臉色大變，急匆匆追問道。

「哼，一群烏合之眾，無稽之談！」莫新良忿然駁斥，展顯飛揚跋扈的神色。

我聽他這麼一說，才稍稍放下心，吐了口氣，「沒有就好，沒有就好！父親也不著如此動怒，人總有遭人誤解之時，父親大人既然問心無愧，還怕他們做甚？吏部查察之下，定會還父親清白，父親不消擔憂。」

「可是，娘娘！」莫新良聽我之言，略略著急起來，「他們這般肆無忌憚的上書彈劾微臣，明著是對付微臣，實則是對娘娘您不滿啊，娘娘不可掉以輕心！」

「哦？」我一臉詫異，隨即輕笑起來，「父親大人多心了！這宮中姐妹和睦相處，太后、皇上都放心極了。我雖代理六宮，但從未苛待過宮裡任一位姐妹，豈有甚對我不滿之說？」

「娘娘，這害人之心不可有，防人之心亦不可無啊！」莫新良現出忠言逆耳之態，我看著不免漸生厭惡，頓然失了和他兜圈子的心緒。

「多謝父親提醒，女兒知曉了，女兒定會放在心上，仔細行事的。」我悄悄打了個呵欠，「勞煩父親特意進宮給女兒捎信息，若無他事，父親就先回去吧，女兒想先歇會兒。」

「是，娘娘。微臣告退！」莫新良果眞謝過禮，朝外走去。

我訝然看著他的背影，暗道：「難道我藥下猛了，還是未到火候？照他目前的情形，不應這般沉得住氣才是。」

已走近門口的莫新良倏地轉身，大步上前「咚」的跪落我跟前，恐慌道：「娘娘救命啊，娘娘！」我大驚，詫道：「父親大人這是怎麼了？怎地好端端的又說出甚救命的話來？」

「娘娘，那些朝臣上書彈劾微臣，皇上已下令讓吏部好生查察了，請娘娘救救微臣！」莫新良磕頭不止，此時已帶著明顯的哭腔。

「父親方才不是說那些純是無稽之談麼？父親大人既然清白，又豈用擔心那幫人查察，皇上定然不會冤枉父親！」

「那個……娘娘，俗話說『常在河邊走，哪有不濕鞋』，微臣爲官多年，總有些丁丁渣渣之事，若查起來亦能抓住些把柄了。請娘娘，」父親頓了頓，吸了口氣才道：「請娘娘看在父女情分上，替微臣向皇上求求情，饒了微臣這一次！」

我「啪」的一拍旁邊的小几，冷聲道：「父親既然不信女兒，又何必道出讓女兒求情的話？果眞如父親所言，只是不小心在河邊濕了鞋麼？父親連實情都不願告訴女兒，教女兒如何幫襯？父親回去吧，女兒無能爲力！」

「不，不，娘娘！」莫新良失聲痛哭道：「請您救救微臣……」

我心中冷冷一笑，莫新良啊莫新良，你也有這麼跪著求我的一天？

我冷哼一聲，淡然質問道：「那父親是如何貪贓枉法、中飽私囊的，還不如實道來！」

「是，是。」莫新良顫聲道：「微臣不過讓塘沽、雅布等幾個郡每年多交了二成的公糧，另外上回南方洪災，皇上命微臣撥款賑災，微臣從中抽了半成而已，還有、還有就是些下級官員供奉了些奇珍異寶、古玩書畫之類物事。就這些了，沒、沒了……」

「就這些？」我難以置信地聽著他以如許輕鬆的口吻將其罪行歷數出來，心中萬分震驚，霍地站起厲聲喝道：「莫新良，你貪贓枉法、中飽私囊、魚肉百姓，實令人髮指！天理難容，國法難容！」說著轉身朝背後的屛風一跪，高聲道：「皇上，請您下旨依律嚴懲，以正典刑！」

「莫言，你……」莫新良一聽，頓時白了臉，滿臉驚恐。

小安子和小碌子疾奔進來，將我身側的屛風緩緩拉開。

屛風後正中赫然坐著神情陰鬱的皇上，旁邊自然是端木尙書，莫新良立時癱軟在地……

我後來大病了一場，南宮陽每日定時請脈，未敢有絲毫疏忽。皇上每日總會抽閒過來看我，因著怕將病氣傳給皇上，便硬是不讓他歇在殿裡。

太后也派人來探望過兩次，還命人送了調養滋補之物，叮囑我安心調養。宮裡其他嬪妃自是見風使舵，時常前來問安。

如此過了數十日，身子漸漸恢復，南宮陽叮嚀我時常散散步，以利調身養氣。因著天氣已見暖和，晝間豔陽高照，彩衣和小安子怕我此時出門有個閃失，便力勸我日落後再去園裡散步。

我知二人眞心體貼我，又聽他們說得甚是有理，便頷首同意。出了月華宮門，一路行至玉帶橋上，不時有宮妃上前見禮，我心中生厭，面上卻不得不含笑招呼著。

彩衣見我面色不佳，知我所爲何事，悄聲提議道：「娘娘，咱們不妨挑了僻靜之地行走，人煙稀少處空氣清新些，對娘娘身子也有益。」

我一聽，甚合我意，轉頭吩咐小安子：「小安子，你管挑僻靜之地走，讓小碌子他們遠遠跟著。」

「是，主子。」小安子依言領我往僻靜處行去。

一行人繞過幾個彎後，周圍漸漸沉靜，微風飄送來淡雅的花香，伴隨著林中鳥兒歸巢的歡叫聲，引人心曠神怡。

我笑言：「小安子，到底你平日常走動，我入宮許多年了竟也不知宮中還有這等清雅之地。」

「主子過獎，其實主子不知這地方，也是應當。」小安子笑著解釋道：「這地方原是先皇嬪妃——梅妃的故居。梅妃去了後，這園中時常鬧鬼，幾次請法師作法而收效甚微，卻是越鬧越厲害，久了便不了了之，這園子遂再無人居住。之後先皇駕崩，皇上繼位，薛皇后令人將這梅園改建成了宮裡奴才們的下人房，但後來大家或多或少聽得了鬧鬼之事，都推託著不敢來住，慢慢也就空下。」

「呀！小安子。」彩衣面露不安，嗔怪道：「既是不乾淨的地方，你怎麼還帶主子過來？主子，要不我們回去吧？」

「瞧你，嚇得臉都白了！」小安子本想批彩衣幾句，但見她怒目相視之狀，忙賠著不是說明道：「彩衣妹子儘管放心，那都是久遠之事了，況且梅園在那前面遠遠的，離這兒還有好長一段呢！」

彩衣一聽才稍稍恢復平和，然嘴上仍不放過他，「那你早說呀，嚇壞了主子，看你有幾個腦袋給皇上砍！」

「我見主子神色如常，不像被嚇著的樣子，倒是你，小臉都白了。」小安子見彩衣嗔怒的可愛樣，忍不住回嘴道：「你自個兒怕就怕唄，我和主子又不會取笑你，說不定等一下還可先護住你，免得你嚇暈過去了。你如今肥成這副德行，沒人扛得動你。」

「你！」彩衣被說到短處，看看自己圓鼓鼓的腰身，氣得雙頰緋紅，一跺腳朝我抱怨道：「主子，您瞧小安子，越發變著法的欺負奴婢了，居然當您的面說我肥……」

我含笑看著眼前不停鬥嘴的兩人，眼中閃過不自覺的溫柔。

這小安子，怎不顧及彩衣是女孩家臉皮薄，有些話，尤其是涉及身段等是不能隨口說的。況且雖說我朝歷來以瘦爲美，而彩衣的身材……我仔細瞟看，不禁笑了，確是比以前豐腴了不少。可這小安子也不知嘴下留情，彩衣臉皮薄怎生受得了？

我忙笑著拉了兩人道：「行了，還像孩子般吵鬧著，也不怕被人笑話。所幸此處並無他人，否則傳將出去，看你倆往後怎麼見人。」

兩人一聽，頓時怕羞起來，跟著呵呵笑開了。

微風拂過，林間傳來樹葉沙沙響聲，風過聲止，背後不遠處齊腰的黃楊叢間，樹枝依舊搖個不停。

我三人俱是一驚，轉身緊盯著那晃動的樹叢，驚得忘了呼吸。彩衣臉色煞白，渾身發顫，卻衝上前將我護在背後。

小安子愣了愣，趨前幾步護住我和彩衣，強作鎮定高聲道：「誰？誰在那裡？」

那樹枝猛然止了動靜，小安子回頭瞧看我，小步向前走去。

我揮開擋在跟前的彩衣，立於原地沉聲喝道：「誰在那兒裝神弄鬼的？不管你是人是鬼，速速現身，本宮在此候著！」

許久不見回應，我復怒喝道：「那兒的人聽著，不管你出於何等原因，速速現身，本宮不予追究，饒你性命。若不然，本宮只好命人請你出來了，哼，屆時可別怪本宮不近人情，不好說話了！」

話音剛落，樹叢中便傳來一小太監的聲音：「娘娘饒命，娘娘饒命啊！」

彩衣和小安子一聽，立時鬆了口氣。此時，原本遠遠跟著的小碌子見情況似有不對，已帶人趕將上來。

幾人合力自樹叢中抓出一人，扔到地上。我定睛一看，那小太監穿著破舊的藍布衣服，衣上已沾了不少灰塵，有幾處還被樹枝刮破。

這小太監早已嚇得六神無主，渾身打顫，磕頭不止，「奴才該死，娘娘饒命，娘娘饒命啊！」

小安子怒從中來，上前便要動粗，口中怒道：「裝神弄鬼的東西！該死的奴才，驚了娘娘，你有幾個腦袋都不夠砍！」

「快住了！小安子。」我見跪在地上的那小太監身子單薄，只怕小安子一腳踹下，不去半條命也要躺上個把月，趕忙喝住了盛怒中情緒失控的小安子。

小安子聽見我的喝聲，方才省悟，愣生生收住已到半空的腳，恨恨地小聲道：「算你這廝走運！」

小太監一聽，忙跪著爬上前幾步，連連磕頭道：「德妃娘娘向來善良仁厚，奴才謝娘娘恩典！」

我揮退了小碌子他們，隨即轉頭看著那名太監，問道：「你喚甚名？哪個宮的？這一路跟著本宮，意欲爲何？」

「回娘娘，奴才小全子，原是雜役房的，被調來梅園照顧病重的楊公公。」

「楊公公？哪個楊公公？」我稍感奇怪地問道：「你說的不會是皇上跟前的楊德槐楊公公吧？」

「回娘娘，正是前內務府總管楊公公。」

「什麼！」我大驚，「他何時搬來梅園了？楊公公不是在香園養病麼？」

「這個……奴才不清楚，奴才是兩個多月前被調到梅園照顧楊公公的。」

「德妃娘娘，楊公公想見您！」小全子恭敬述道：「衛公公來看過楊公公幾次，楊公公屢請衛公公代爲轉告求見娘娘，可衛公公總說娘娘代理六宮事務繁忙，得空了就會過來。時間長了，楊公公也瞧出衛公公不過在敷衍虛應，便求每日在他跟前伺候的奴才代爲請求，可奴才哪有機會見到娘娘啊？楊公公卻是念念不忘，每日裡總要求上幾次、問上幾次，奴才見他可憐實不忍心，便答應了。可奴才一打聽，才聽說娘娘病了，不敢前去攪擾娘娘。今日恰見娘娘外出散步，這才悄悄跟在後頭。後來、後來奴才在樹叢中不慎拐了腳，被娘娘您發現了……」

我心下大奇，說起來楊公公病了後我便沒再見過他，可我一再叮囑小玄子派人好生照料著。小玄子明明說送了楊公公去香園調養，怎地這小太監又口口聲聲說楊公公在梅園中？

小玄子從未提過楊公公想見我之事，這小太監卻說得煞有介事，不像在扯謊。

「小全子，抬起頭來！」我命令道，一個人有無扯謊，眼神是不會騙人的。

小全子緩緩抬起頭，我一驚，腦中閃過一張熟悉的面孔，雖比眼前這張臉紅潤豐頰，可那五官，那眼神，我相信自己是不會記錯的，不由顫聲道：「你……你不是煙霞殿中那……你怎麼來了這裡？」

小全子一愣，隨即明瞭我認出了他，一臉欣喜應道：「正是，娘娘，正是奴才！」

我不禁想起當日煙霞殿下人房中那批奴才，復問道：「這些年……你們還好麼？」旋知自己問了句多餘之話，既是被派到梅園這種地方，又哪裡好得了？

小全子見我還惦念著他們，不禁紅了眼眶。

我又輕聲問道：「這些年……你們都是怎麼過來的？」

「回娘娘，當日晴主子去了後，奴才們全被遣進了雜役房，每日辛苦勞作卻吃著殘羹冷炙，很快的，身子羸弱的吃不消，沒多久也就去了，日復一日，如今就剩下奴才和另外一個小太監小印子。」小全子說到傷心處，不免黯然神傷，「所幸奴才身子骨夠壯，才勉強撐到今日，要不有生之年怕是見不著娘娘了。難爲娘娘還惦記著奴才們，他們若是地下有知，也定會笑著長眠的……」

「快起來吧！」我說著示意小安子扶起早已淚流滿面的小全子，「你們受苦了，本宮會即刻派人整頓雜役房這類粗使奴才們的地方，你就放心吧，本宮向你保證，再不會有人輕易死去！」

小全子聽我這麼一說，剛止住的眼淚再滴落，激動得又要下跪，「謝娘娘恩典，娘娘宅心仁厚，奴才先代雜役房的奴才們謝娘娘恩典！」

「行了，別動不動就跪的，你先帶本宮去見楊公公吧！」說著轉身吩咐道：「小安子，叫小祿子抬軟轎過來，另外，小全子方才拐了腳，派兩個人扶著他吧。」

「是，主子！」小安子領命安排去了。

沿著曲折小路行得許久方才停下來，小安子上前扶我落轎。我舉目望去，小路兩旁是兩排整整齊齊的四合院，因著了無人煙不免顯得荒涼。

我們順著小全子的指引，步上右上位院子的臺階，大門的紅漆經過常年風吹日曬早褪了色，已然有些脫落。

推門而入，院中花草已呈枯萎，只剩幾棵兩手環抱大小的樹頑強地生長著，院子裡靜悄無聲、了無生氣，在夜幕中一片荒涼。

小全子引我們入得正房，因著天色已晚屋中稍嫌黑暗，小全子摸索著找到半截紅燭點上，屋裡方見光亮。我環視四周，空空蕩蕩的屋中央擺著一張褪了色的方桌和四張條凳，空氣中飄蕩霉味，讓我忍不住皺了皺眉。

「小全子，是你回來了麼？」屋中傳來熟悉卻異常蒼老的聲音。

我朝小全子點點頭，他疾步進入內室，走近床前應道：「公公，是奴才回來了。」

「小、小全子！」臥在床上的楊公公咳嗽了幾聲，有氣無力地問道：「今兒內務府有沒有派人送飯過來啊？」

「公公餓了麼？」小全子聽出今兒的晚飯又沒人送來，聲音中隱帶哽嗚，「奴才這就去御膳房拿些飯菜回來。」

我一聽，忍不住微生心酸，朝小安子揮揮手讓他派人去準備，自己舉步挪進屋中。

轉身而出的小全子見到我，低低喚了聲「娘娘」，便要轉身回稟楊公公。我及時攔住他，親自走上前去。

「小全子，你在跟誰說話？誰來了？」躺在床上的楊公公已聞見那聲輕喚，追問道。

「楊公公，本宮來看你了。」我立於床前，柔聲啓口。

「啊？是娘娘！」楊公公聽出了我的聲音，激動不已，掙扎著就要起來，我忙示意小全子扶他坐起身，又拿靠枕替他墊在背後。

他吁吁喘著，半晌才道：「德妃娘娘，請恕老奴不能給您見禮了。」

我見這一起身便似耗去了他大半精力似的，又見原本發福微胖的他如今骨瘦如柴，眼窩深陷，顴骨突出，躺在破舊棉被中虛弱異常，彷彿每一次呼吸都會要了他的命似的。

曾經紅極一時的宦官，今卻落得如此下場，該怪他自己，還是該怪這等對待他的人？

「楊公公，你快別起來了，好生躺著。」小安子已搬來屋中最好的那張木椅，放於床前讓我坐了。

我和聲道：「楊公公，你身子好些了麼？太醫怎麼說？」

「呵呵……」楊公公乾笑兩聲，答道：「娘娘是眞不知啊，還是諷刺老奴？抑或是特意來看老奴的淒慘下場？」

先前聽小全子所述，我已知小玄子從中作梗，但始終存些疑惑，如今只有先聽聽楊公公怎麼說了。於是，我擺出一副不明所以之狀，奇怪道：「公公何出此言？」

「娘娘何必明知故問？」楊公公自嘲地笑笑，「御醫麼？老奴連醫官都沒見到半個！湯藥麼？不如賞老奴一碗米飯更爲實際！」

「公公病倒後，本宮不是令衛公公安排公公前去香園調養身子麼？怎地公公竟在這荒廢的梅園之中？」我不理會楊公公的冷嘲熱諷，只細細問明心中疑惑，話鋒一轉，朝旁邊的小全子厲聲喝道：「小全子，你可知罪？」

小全子突然被我這麼一喝，嚇得雙腿一軟，「咚」的跪在地上顫聲道：「娘娘饒命，奴才不知！」

「哼，該死的奴才，淨會這般巧言令色！」我冷哼一聲，喝道：「內務府派人悉心照料楊公公，你卻將楊公公置之不理，每日裡只顧著四處閒玩，以致楊公公臥床不起，骨瘦如柴！」

「娘娘饒命，奴才冤枉啊，娘娘，奴才冤枉！」小全子磕頭不止，高聲呼冤。

「還敢狡辯，都這等天色了，楊公公連晚膳也未用，被本宮撞見，你還有甚話說？」

小全子被堵了個正著，頓時說不出話來。

我卻在一旁追問道：「你倒是說說看，還不給本宮如實道來！」

「小全子，娘娘既然問了，你就如實說吧！娘娘自會替你作主！」躺在床上的楊公公多少聽出了些破綻，替小全子打著氣。

小全子深吸一口氣，甫才回道：「娘娘，奴才先前所說句句屬實！奴才被派到梅園時，楊公公因無人照料已是奄奄一息，內務府傳奴才過來，不過是怕楊公公死在園裡無人知曉、無人收屍罷了。奴才實不忍看楊公公自生自滅，就悄悄去請太醫，太醫們都不願來，虧太醫院藥膳房的醫官心善，每次去總塞些藥給奴才。奴才也不懂醫藥，只好胡亂熬些湯藥給楊公公服下，不想歪打正著，楊公公竟比先前好轉許多。起先，因著衛公公有時會來楊公公這裡看望，御膳房的奴才們也規矩些，每日定時送飯菜過來，可自從他們發現衛公公衝楊公公大發雷霆後就變了嘴臉，飯是有一餐沒一餐的送著。沒送來時都是奴才自己去御膳房拿的，初始還好，後來飯菜越來越差，更甚者奴才去了，人家只說是過了鐘點已無剩餘，讓奴才次日再去。奴才就這樣和楊公公過著有一餐沒一餐的日子……」說到傷心處，小全子嚶嚶痛哭起來，哽咽道：「娘娘，奴才說的句句實話，奴才冤枉啊！」

待我再看向楊公公時，他已轉過臉去，蒼老容顏盡顯悲哀，眼角掛著一滴晶瑩的淚珠……

我一拍椅子扶手，滿臉慍色，忿忿然道：「這個衛公公，眞是不知天高地厚！」說罷轉頭吩咐道：「小安子，立刻派人去請衛總管過來！」

「是，主子！」小安子微愣一下，旋答應著出去了。

三十二　舉步維艱

待有宮女送來一碗清粥，小全子伺候楊公公用完，小玄子已接了令匆匆趕到。

小玄子一人疾步進了房中，對著端坐在木椅上的我跪拜道：「奴才拜見德妃娘娘！」

我凜然看著他，許久不開口。他低著頭，我卻已睇見他額頭那層冷汗。我心中冷哼一聲，倒還知道害怕了，多少尚有些救，遂冷聲道：「衛公公，起來吧！」

「謝娘娘！」小玄子謝了恩，起身立在一旁。

「衛公公，本宮今兒個請你來，是想聽你解釋解釋。本宮分明命你將楊公公送往香園悉心照料、好生調養的，何以如今楊公公卻落腳在此廢棄梅園之中？」我側頭冷眼看著小玄子。

「回娘娘，因著前些時日香園修葺，奴才便命人將楊公公送至這清幽之地，以讓楊公公能好生調養身子。」小玄子不緊不慢地回道。

「衛公公可請過太醫細爲楊公公診脈啊？楊公公當日因著聖上受了傷，功不可沒，須得好生醫治，切不可有半分閃失啊！」我似有若無地咬重了「聖上」二字。

小玄子一聽，扯上萬歲爺可不怎麼好交代了，這才稍稍害怕起來，躊躇道：「這個……奴才時常探望問候楊公公，特意遣送來湯藥，還調派人手在楊公公跟前用心伺候著，難道是伺候的奴才不夠盡心麼？趕明兒奴才再多派幾人過來悉心伺候著……」

「哼！好一副伶牙俐齒，你還眞是不見棺材不掉淚！」我揮手示意小碌子上前，拿過他從院子裡搜出來那堆不見章法的藥材，扔在小玄子面前，厲聲喝道：「小玄子，你還待怎地巧言令色？還不知罪麼？」

小玄子見我動怒，臉色刷白，「咚」的跪在地上，連連道：「奴才知錯，請娘娘責罰！」

我一拍木椅的扶手，喝罵道：「不知天高地厚的東西！俗話說：『一日爲師，終生爲父』，你就是這般對付你師傅的麼？即便是楊公公平日裡有對你不住的地方，可你要清楚，是誰把你從一個名不見經傳的小太監提攜到而今的地位和身分？沒有楊公公，能有你的今日？翅膀還沒長硬呢，就想飛了？你還嫩著呢你！」

我將他罵了一通，卻不經意地提過楊德槐平素德行，讓他明白我早得悉他那些個見不得人的事。

「還不快向楊公公磕頭認錯，求他老人家原諒你！」我背著楊公公朝小玄子示意道。

小玄子雖略存疑，但畢竟是精明之人，見我神色有異，忙跪了爬上前去，跪在楊公公面前磕頭道：「師傅，徒兒知錯了。請您原諒徒兒一時糊塗，往後徒兒定當好生孝順您老人家，請您給徒兒一次改正的機會！」

楊公公亦乃見好就收之人，明明心裡恨得要死，可今時他是落難鳳凰不如雞，即便明擺著要欺負他，也不得不忍痛道：「好徒兒，知錯能改就好，快起來吧！」

我一聽，臉色方才緩和了些，趨前柔聲道：「楊公公，小蹄子難免糊塗，你就別往心裡去了。」說罷又冷聲吩咐小玄子：「還不快將楊公公送往香園，速請御醫過來仔細請脈，悉心調養！若是楊公公有個閃失，本宮拿你是問！」

「是，娘娘，奴才這就去辦！」小玄子忙應了匆匆出去。

我轉身走到床前朝楊公公福了一福，歉意道：「哥哥，妹子給你請罪了！」

楊德槐見我如此，神情驚慌，作勢欲起身，口中連連道：「娘娘，您這不是折煞老奴麼？」

我扶住已坐起的楊公公，輕輕將他按回床上，柔聲道：「妹子記得哥哥曾說過：『妹子的事就是哥哥的事』；如今做哥哥的雖是退了下來，可在妹子心裡，哥哥仍舊是哥哥，做妹子的今日也要告訴哥哥：『哥哥的事就是妹子的事，妹子如今能耐有限，但只要有妹子的一天，就不會虧待了哥哥！』」

「妹子！」楊公公乾枯的眼中閃著點點淚花，哽咽道：「好妹子，你是做哥哥的在這後宮六十多年見過最善良的人！」

我搖搖頭，一字一句道：「妹子不知何爲善良，何爲歹毒，妹子只記得哥哥曾經是那樣的提攜妹子，做妹子的無時不放在心中，未曾遺忘過半分。哥哥受傷了，妹子雖時常記掛著，卻未親自探望過，只命人好生照料，不想那些個……」我忿忿然道：「該死的奴才！」

楊公公抽鼻子穩住了情緒，才道：「妹子，宮裡是個墊高踩低的地方，做哥哥的待了一輩子，見的實在太多了。老了倒能得妹子如此相待，亦不枉此生呀。」

「哥哥這是哪裡話？」我嗔怪道：「等會子去了香園，我令那位南御醫用心給哥哥請脈，哥哥甚也別多想，只管調養好身子，定能長命百歲！」

正說著呢，小玄子入內稟告一切均準備就緒。

我笑著對楊公公道：「楊公公，你且去香園好生養著，過得幾日本宮再去看望。日常用度但有所缺，只管吩咐人取了，若是有甚事啊，只管叫人到月華宮通稟。」

我又令人小心扶了楊公公起身，不一會楊公公便坐上小轎而去。

我疲憊地吐了口氣，吩咐道：「彩衣，去請衛公公進來，命小碌子守在門口。」

「是！」彩衣應聲而出。

小安子趨前扶我落坐椅上，勸道：「主子，您別動氣了，對身子骨不好！」

俄頃，小玄子低著頭走進，滿臉的不服氣，一副萬分委屈之狀。我伸手拉了他，柔聲道：「弟弟，你心中憋屈姐姐知曉，可今兒這個事啊，你行得實有欠考慮。」

「姐姐，你……」

我拍拍他的手，續言道：「楊公公是怎樣的人，我們比誰都清楚，可是別人不曉啊！你如今這般對待楊公公，一旦傳將開來，這宮裡誰都認知你衛公公是什麼人啦。倘給個有心之人抓住把柄，這楊公公又侍奉了皇上半輩子，若然惹怒皇上，做姐姐的恐怕也難替你開口求情啊。」我見小玄子表情不似先時倔強，彷似略略聽了進去，又道：「退一萬步說，即便皇上不怪罪於你，亦定然對你心存疑忌。你可別忘了，如今你只是代理內務府總管一職，這位子還未坐穩啊！」

「可是姐姐，當初楊公公對弟弟那般非人對待，難道、難道就這樣算了麼？」小玄子心中始終抹不消那麼個疙瘩。

「弟弟啊，算來你在宮中也待了四年之久，難道你不知這宮裡最尋常的手段便是殺人於無形麼？」我笑盈盈看著他，「還記得楊公公受傷時，姐姐給你的那瓶藥麼？」

「記得，那時姐姐令弟弟每日在楊公公湯藥中放些。怎麼？難道那是？」小玄子驚道。

「呵呵，不然你以為是甚神藥？楊公公那等強壯的身子骨才短短幾年間就形銷骨立，你難道就沒想過為何麼？」我輕聲吩咐道：「你照常在他的湯藥之中每日放些。」

「知道了，姐姐。」小玄子甫才喜笑顏開。

「你呀，也別太過著急，動作緩些。」我細細叮囑道：「此物雖說常人查不出，可你要是把藥下猛了，本人仍可感覺到異狀。俗話說『薑是老的辣』，楊公公如今雖說是過了氣候，咱們亦須防著他的黃蜂尾後螫。」

「姐姐未免太謹小慎微，這些日子弟弟已然清理乾淨，諒他也翻不起什麼大浪來了，否則弟弟亦不敢把他送往梅園這鬼地方。」

「成了，小心駛得萬年船。楊公公在宮裡打滾幾十年，臨了動之以情，說不定還能從他嘴裡套出些什麼對咱們有利的呢！」我歎了口氣，「弟弟啊，咱們姐弟的路還長著哩，你這總管沒坐穩，姐姐這六宮之首的位置更是一步之遙而咫尺天涯啊！」

「姐姐何出此言？」小玄子聞聽我此句話，倒吃了一驚，「弟弟看皇上和太后都對姐姐挺上心的，弟弟猶自以爲這六宮之位早已是姐姐囊中之物了。」

「談何容易！」我微歎了口氣，「太后那是笑裡藏刀，風聲大雨點小，而皇上早已疲憊不堪，這兩年他受的打擊不少，只巴望著後宮能長保安寧。況且近日又新晉了幾位妹妹，個個水靈似蔥，看得我這心裡直打顫。我如今算是體會到當初皇后和麗貴妃的處境，想來她們彼時也抱持這般心情看著我們入宮的吧？」

「主子，您過慮了，當日皇后和麗貴妃的恩寵怎能夠跟主子您相比呢！」小安子見我面露鬱色，忙開口安慰。

「是麼？可如今的我勞苦如斯卻連貴妃之位都沒坐到，更遑論那六宮之首了。眞眞是前路茫茫，後有追兵！弟弟啊，你須切記，麗貴妃、楊公公的老路咱們是決計不能走的，從今兒起，你時刻謹言愼行，切莫落給了旁人把柄。」說著又不放心地吩咐小安子：「小安子，你這做哥哥的可得不時在弟弟身邊提點提點！」

幾人又說了幾句，我才讓小玄子回去，自己坐軟轎返宮。

皇上連著兩日未過來了，我忙著月俸之事，也沒怎在意。

此日午憩剛起，彩衣進來伺候梳洗，我見她眼眶微微發紅。我忍住沒問，她卻也不說。

待到梳洗完畢，我信步走至案前，提起筆寫字。此時我瞧看彩衣幾眼，才笑問道：「怎麼啦？誰惹本宮跟前的第一紅人彩衣姑姑啦？說出來吧，本宮定不饒過！」

我一說，彩衣更含淚欲滴，強忍著不敢說話，怕一開口眼淚便要掉下。

我神色一肅，「彩衣，究竟怎麼啦？是不是小安子他……」

「不是，不是，娘娘……」彩衣再懋忍不住，「咚」的跪落在地嚶嚶哭泣，哽咽道：「娘娘，剛剛傳來消息，昨兒個皇上新收了個雨貴人，今兒、今兒連早朝都未去上！」

手一顫，雪白宣紙上頓時暈開一團黑色墨漬。

我愣在當場，好一會甫回過神，放下僵在半空之手，不自在地呢喃道：「哦，我還以爲是何般大事呢，不就收了個貴人……貴人麼？」我猛然頓住，尋常的宮女皇上即便是收了房，因著身分低微也只能封個常在或答應的，如今既封了貴人，那就是說……

「小安子呢？彩衣，喚他進來，可曾打聽清楚了，究竟怎麼回事？」我擱下筆，急匆匆吩咐道。

「一得悉便打聽去了，這會子也還沒回來，眞眞急死人了。」彩衣在我的示意下，起身退至一旁，卻仍不停抹著眼淚。

「主子，奴才回來了。」小安子連通報都省去，直接掀簾入內上前稟道：「主子，那雨貴人之事，奴才打聽清楚了。」

「快說！」我催促道。

「回主子，那雨貴人原乃太后的姪女，正是端木晴之妹，名喚端木雨。前幾日她被太后傳進宮陪伴，巧被赴太后宮中請安的皇上瞧見，昨兒個猶未晉封，今兒一早卻突然令小玄子傳旨封了貴人。」

小安子盯看著我不安的神色，輕聲回道。

彩衣瞧著呆若木雞、臉色煞白的我，擔憂地喚道：「主子……」

我抑住心中萬般滋味，愣生生扯出笑容，「這是喜事啊，彩衣，快點備禮給雨貴人送去，轉告她若是缺些什麼，只管吩咐奴才們操辦。」

彩衣心疼地看了我兩眼，答應著往外退去。

我又叮囑道：「彩衣，可得備豐厚些！」

「是，主子。」彩衣應聲掀簾而出。

「主子，您……」小安子同樣滿臉憂色看著我。

「沒事，小安子。我沒事，別擔心。」我笑笑，心中氣血翻滾，越想裝作若無其事之樣就越憋不住，索性吩咐道：「小安子，喚人備軟轎赴香園，本宮答應過要去探望楊公公的，是時候去看看了。」

「主子，您今兒的身子……」小安子不放心地道：「要不，明兒再去吧……」

「快去！」我忍不住提高了聲調。

「是，主子！」小安子不敢再言，只答應著退出。

我深深歎了口氣，癱軟在椅上，腦中一片空白。

未幾，我已抵達香園。

幾日不見，楊公公略見起色，臉色紅潤不少。

我到時，楊公公正於香園迴廊下喝茶。見我到來，楊公公忙起身跪拜道：「奴才楊德槐拜見德妃娘娘，娘娘千歲千歲千千歲！」

我呵呵笑應：「楊公公，快起來吧。」

楊德槐謝過恩，引我入座。我看著已能行動自如的楊公公，笑道：「楊公公，別站著。本宮過來只想瞧看你身子骨如何？還缺不缺什麼？」

「謝娘娘！」楊德槐復又謝恩，甫落坐楠木小凳上，「承蒙娘娘惦記，奴才已好轉許多，且甚都不缺。衛公公關心周到，娘娘不消過分掛記老奴！」

「如此，本宮便就放心了。」

我上前在茶具前落坐，就著楊公公用的茶具新沏了茶，送一杯到楊公公面前，笑道：「公公不必拘束，還和往常一般就成。」語罷伸手端起自個兒茶盞，放在鼻前聞了聞，輕抿一小口。

無聲地歎了口氣，我復又將茶盞放落，百無聊賴地看著園中花木。

楊德槐也不客氣，端起眼前的茶，小心地覷看我的神色，含笑道：「娘娘，您懷有心事！」

「沒、沒啊！」我不自在地笑笑，連楊公公也看出來了麼？看來我真是不會掩飾。

「娘娘既來奴才這裡，也是沒把奴才當外人了。這宮裡之事別無私事，奴才多少有所耳聞，娘娘心裡梗著，奴才有些話……不知當講不當講？」楊公公躊躇一下，方小心翼翼道出。

我掃視周圍，示意小安子揮退眾人並四處察看。見小安子朝我點點頭，我才朝楊德槐啓道：「公公有話儘管直說，妹子洗耳恭聽。」

「娘娘，奴才待在宮裡幾十寒暑，伺候過兩代君王，看得多以後便也明了一個理：這男人和女人之間啊，本就是場無可避免的戰爭，一場永久相持難下的對峙。」

「哦？」我頭一回聽聞此等稀罕的比喻，不由得來了興致，追問道：「既是戰爭，可有勝敗？倘若有，如何算勝，如何又謂之敗呢？」

「既是戰爭，必定有勝敗之分。」楊德槐呵呵笑著，「到了最後，誰贏了誰的心，誰就是最後的勝利者！」

「公公言之有理！」我輕歎了口氣，惆悵道：「可是君王的心，是不能贏得的……」

「未必！」楊德槐詭祕一笑，「這宮裡若說有機會贏得聖心之人，恐就只有當初的麗貴妃和如今的娘娘您了！正所謂『失之毫釐，謬以千里』，麗貴妃即將遂願之時，娘娘您出現了，她便注定要失敗的！」

「卻是爲何？」我很想知道這老人於宮裡打滾幾十載的慧眼究竟瞧見些什麼、感悟了些什麼，我來，不正是想知道這些麼？

「因爲她讓皇上察知到她的勢強！」楊德槐含笑看著我，啜了口茶又道：「多年的宮鬥讓她感覺到權力比聖寵可靠，能給自己更多保障，可在爭權奪利中她讓皇上察知到她的勢強。」

「楊公公此言可不矛盾？方才公公還說男人和女人間本是一場戰爭，如今又說女人不能讓男人感覺到勢強，倘只是軟弱的，那這場戰爭女人一開始便注定是敗者了。」

「娘娘，其實這兩者毫不矛盾。男人的虛榮心十足強大，倘要老對著一個女人，那他寧願對著一個溫柔女子也不願對著一個好強女子。娘娘，您如今替了麗貴妃的位，遇著相同的選擇，就衝娘娘您還認我這無權無勢的老哥哥，哥哥得跟妹子說句貼己的話：妹子，千萬不能走麗貴妃的老路啊！」楊德槐慈祥地看著我。

我知我已然觸動了楊德槐心裡那根軟弱之弦，如今的我確是站在了麗貴妃從前的位置，茫然不知所措，往後的路究竟該怎麼走才是對呢？

看著如長輩般親切的楊德槐，我不由得濕了眼眶，呢喃道：「那該怎麼辦呢？眼下皇上新晉了太后的姪女爲貴人，妹子該怎麼辦呢？難道這些年辛苦掙來的都要付諸東流了麼？老哥哥，你若心疼妹子，就給妹子指條明路吧！」

「喲，娘娘，您如今身子重，可千萬別傷心呀！」楊德槐見我紅了眼眶，忙安慰道：「奴才當知無不言、言無不盡，既然開了口，便就不再保留。」

「請公公指點！」我吸吸鼻子，將眼淚逼退。

「娘娘是個聰明人，奴才一點，娘娘自然就會明白。」楊德槐沉吟少頃才似下定決心，將身子略略前傾，細聲道：「其實啊，這宮裡最厲害的主兒，不是麗貴妃，更不是皇后，而是娘娘百般討好卻不得法的那一位。」

「啊？」我滿臉詫異道：「公公你知道？」

楊德槐見我詫異的神情，臉上閃現出驕色，「娘娘到底是個精明人，從娘娘送奴才絡子時奴才便已看出，而娘娘亦是個善心之人，即便娘娘晉位掌權，直到如今代理六宮事務亦然。娘娘性格內斂卻行事果斷，這麼一步步升將上來，看似一帆風順，偏臨門一腳始終跨不進，坐不上那大位。而今寧壽宮那位又招自己姪女入了宮，娘娘這后位變得更加虛無縹緲了。娘娘，您可知您輸在哪兒麼？」

「願聞其詳！」我幡然省悟宮裡確非白待之處，楊公公這些年什麼大風大浪沒見過，我現下的處境他竟是看得清楚明白。

「因爲娘娘您不若她埋得深，您還不懂一派平和、不露聲色的奪權！」楊德槐恍似陷入深深回憶中，「老奴聽說寧壽宮那位入宮時亦不過是個才人，卻深得先皇寵愛，從才人一步步升至妃位，從未因時日長久、人老色衰而淡出過先皇視線。她在皇后去了不到一年的空兒裡一步登天，被冊封爲后，她所出的皇子就被封了太子。娘娘，她才是您的榜樣啊！」

「我知她不是個善主兒，這些年也一直放在心上，可偏偏始終得不到她的信任……」我見楊德槐將所知和盤托出，遂便吐出心中苦悶，「如今，她更是將剛滿十五的姪女宣了進來，哎……」

「娘娘，不就多了一位雨貴人麼？又多了位主子幫您伺候皇上，您應該更高興才是啊……」楊德槐目光炯炯看著我，「娘娘，太后那邊您要如往常般上心，皇上這邊您不能露出半點異色，須加倍用心才是。只要皇上的心牢繫在您身上，其他人對您來說一點都不重要，也不存在幾分威脅。」

「多謝公公指點！」我含笑謝禮，又給楊德槐添了茶。

「娘娘得小心提防寧壽宮那位，不叫的狗兒才咬人，若是她急起來，心可比誰都狠，手段可比誰都毒啊！」

「謝公公提點！」我笑應道：「往後啊，妹子須常常來叨擾哥哥清養了，到時可別嫌妹子煩哩。」

「哪裡，娘娘能光臨親望是奴才的福分，別人求還求不來呢！」

我轉身喚來小安子，讓小安子遣人把此次隨行帶來的補品贈與楊德槐，他推託一番方才收下。我們復閒聊一陣，小碌子突地匆匆跑來，一副欲言又止的樣子。

楊德槐見狀道：「娘娘您有事，老奴便不耽擱娘娘了。」

我笑著跟楊德槐寒暄了幾句，他送我至門口拜別。

我登上軟轎，一路往回走。途中我掀起簾子，問道：「小碌子，匆匆忙忙究竟什麼事？」

小碌子趨前小跑，跟上軟轎後回道：「主子，皇上來了，在殿裡候著呢，彩衣姑姑命奴才趕緊過來稟告主子。」

我一聽，忙道：「快，趕快回去！」

轎夫們迅即飛奔回月華宮，我一下轎，彩衣便扶我疾步入了暖閣。

皇上正立於案前瞧看著我上晝閒來無事隨手的塗鴉。我忙上前跪拜道：「臣妾拜見皇上，皇上萬歲萬歲萬萬歲！」

皇上抬頭見我，露出喜出望外之色，隨即又似想起什麼而沉了臉，「愛妃今日可眞忙啊，朕來了都得候著，是不是下次朕來了，還得派人先稟報？」

我一顫，恭敬回道：「皇上息怒，臣妾惶恐！」

皇上終是不忍，微歎口氣後親扶我起身，上上下下仔細打量我。我被看得略略含羞，側身掩著肚子，紅了臉道：「皇上別這般看著臣妾，臣妾如今黃花一朵，醜態漸露，哪經得住皇上細瞧！」

「胡說！朕瞧著如昔日一般漂亮，比往常更添韻味。」皇上笑著捏了捏我因懷孕而飽滿的臉頰。

「只要皇上不嫌，臣妾便得心滿意足。」我輕撫肚子，柔聲應道。

「朕永遠不會嫌朕的言言！」皇上輕攬我入懷，呢喃道。他忽地想起什麼似的，嚴肅地問我：「言言，這大半年來苦了你。雖說有淑妃幫襯你，可朕心裡明白，她不添忙就謝天謝地了。朕其實都知道，宮裡全靠你一人獨撐，言言，辛苦你了！」

「皇上，好端端的怎地說起這個來了？」我心下一驚，軟語道：「皇上信得過臣妾，才交給臣妾代爲管理，等皇上哪日立了新后，臣妾自然就輕鬆了。再又說了，宮裡平素也沒甚事，月俸日常用度早立下循例，自有內務府的奴才們去忙，臣妾只是代皇上看著而已。」

「言言，你……」皇上吁了口氣，「朕只是怕你累壞了。看看你，忙成這樣，朕來了你都不在！」

「皇上，您說哪兒去了？」我呵呵笑應，居然是為了這事梗著，「臣妾哪有您說的那等精明，宮裡之事都有各房管事撐著，臣妾未如皇上想的冗忙，臣妾方才不過是代皇上去香園探望楊公公罷了！」

「哦？」皇上面露詫色，問道：「楊公公如今身子骨怎樣？好些了麼？」

「皇上寬心，楊公公已然好了大半。」我看皇上挺關心的，便續道：「臣妾想著楊公公侍奉了皇上大半生，如今退下後亦該好好享清福，遂作主派人送他去香園頤養天年。皇上忙於朝政，這些個瑣事，臣妾便自己拿了主意，未事先稟告皇上，請皇上恕罪！」

說罷便要起身行禮，皇上忙拉了我，笑道：「行了，行了，言言。這後宮之事既然由你代管，你拿主意就成了，況且這事辦得好，讓那些個奴才都知道，只要用心侍奉主子，主子亦不會虧待了他們。」

我紅了臉，嗔道：「皇上過獎！」頓了一下，我又道：「皇上今兒個怎地得空看望臣妾？」

「這話問得！朕都幾日未來了，想言言想得緊，剛批完奏章就趕過來。」隨即露出恍然大悟之狀，點了點我的鼻子，笑道：「你這是在怪朕麼？還是心裡梗著啦？」

「瞧皇上把臣妾說成什麼了？」我飛了他一眼，「臣妾正愁身子重不能侍奉皇上，皇上身邊缺個貼心的人兒，如今雨妹妹進來了，臣妾放心多啦。」

「可是眞心話？」皇上含笑緊瞅著我，「不怪朕好些天都不來看你麼？」

我鼻子微酸，眼中瀰漫上了霧氣，撲進他懷中哽咽道：「臣妾也是女人，說一點不梗著那是騙人！可只要皇上心中還有臣妾，臣妾合該心滿意足。」

「傻瓜！不許哭。」皇上輕撫我的背，歎氣道：「朕這幾日為朝事煩心著呢，哪有心思在別人身上。你就別成天胡思亂想的了，朕這就下旨封你為后！」

「不可！」我忙拉住他，連連搖頭，「如今臣妾的父親犯王法下了大獄，宮裡人都知道是臣妾親自送父親進的天牢，她們還不說臣妾賣父求榮啊！這名不正言不順的，太后那邊只怕也會反對，臣妾可不希望因著臣妾的緣故害得皇上和太后有隙，那就是臣妾之罪了！」

「哎……」皇上擁我入懷，輕撫我的背，心疼地說：「言言，苦了你！此事容朕再想想，再想想。你放心吧，朕說過，定不會虧待了你和咱們的兒子。」

「皇上，臣妾甚都不要，只要皇上時常看望臣妾，別把臣妾給忘了，臣妾便心滿意足！」我在他懷中哽咽著。

「快別哭了，對身子不好！」皇上扶住我，小心替我揩著眼淚，「朕今日過來，乃是有個壞消息不得不告訴你。朕躊躇許久，決定親口告訴言言。」

我一聽，心下揪緊，抓住皇上衣袖追問道：「可是與臣妾的父親有關？」

皇上無奈地頷首，沉聲道：「吏部堂審已然得出結果，按律當斬，朕批示了『流放三千里』，吏部和刑部幾位大人無人反駁！」

我木然呆立，話未開口，淚已滴落而下！不是因爲傷心，而是多年的夙願終成現實，心中反而有些空落落的！

半晌，我才尋回了自己的聲音：「皇上，臣妾想見父親最後一面，爲他餞行！」

皇上心疼萬分，擁我入懷，沉重地點了點頭，「明兒去吧！後天流放，屆時你就莫去送了，朕擔心你的身子。」

次日醒來，皇上已上朝去了。我梳洗完畢，用過早膳，玲瓏抱了睿兒前來。陪睿兒玩了一陣，我見時候差不多，就讓玲瓏帶回睿兒。

彩衣上來替我梳妝，我輕聲道：「待會要去看莫大人，打扮素淨點吧。」

彩衣點點頭，替我梳了個簡單的流雲髻，配了套白紗衫。

小轎剛抵天牢門口，守門的侍衛即上前來，顯是皇上先時傳了口諭。

侍衛見過禮便直接領我去莫新良的牢房，客氣道：「娘娘，莫大人就在裡面，您請！」

因著莫新良是朝廷重犯，被關在了隱祕的單間。待侍衛離去後，我令小碌子守在門口，自己則攜小安子進了牢房。

原本蹲在角落裡打盹的莫新良聽見聲響，猛然醒來。一見來者是我，他一臉欣喜地衝上前道：「哈哈，我就知道我莫新良鐵定吉人自有天相。言言，你是來接父親出去的麼？」

我淡淡瞥了他一眼，開口道：「吉人當然自有天相，可你是吉人麼？莫大人？」

莫新良萬沒料到我是如斯姿態，愣了一下，吶吶道：「言言，你這是……」

「放肆！」我冷然看著他，厲聲喝道：「本宮的閨名也是你一介罪民叫的麼？莫新良，你只配喚本宮娘娘！」

莫新良錯愕地看著我，半晌才道：「娘娘，您這是……」

「本宮入宮近五年來，久久等的就是這一日！今日，總算讓本宮可如願以償！莫新良，你終於遭報應了！」

「你……」莫新良畢竟不是傻子，聯想起那日殿裡我的所作所爲，一下子明瞭，「你這個賤人！是你算計我！」

「莫大人真是後知後覺，這麼多年過去，怎到今時才想通？」我呵呵一笑，「從我得寵的那一刻，你就該知曉你會有今天！」

「哼，你以爲你大義滅親揭發了我，就能藉此登上后位麼？」莫新良冷笑一聲，「失去莫家的撐持，你以爲你還能是那個呼風喚雨的德妃娘娘麼？沒有了莫家的支持，你眞以爲你能憑甚坐上那六宮首位？」

「莫大人啊莫大人，可笑你而今還做著那春秋大夢，可憐你白活了大半輩子！你以爲本宮依靠的是你麼？你以爲本宮有今時今日的地位是靠你提攜得來的麼？你這尙書之位亦不過是本宮可憐你，賞你坐幾天罷了！」我飛了他一眼，嘲謔他的愚蠢至極。

「你這賤人，你好狠的心啊！我莫新良縱是有些對不住你的地方，可打你入宮後我哪一點得罪你？你竟連自己的生身父親都不放過？」莫新良心灰意冷之餘，說起話毫不客氣，連罵帶吼吐洩出了心中怨氣。

「你罵吧，抓住這最後的機會，痛痛快快罵吧！」我不以爲意地淺笑著，「本宮就想觀賞你從雲端落到地獄會是如何猙獰的表情，就是盼你苦不堪言，要你用後半生的痛苦來懺悔你所犯下的罪！」

莫新良面如土色，眼淚潸然而下，跪倒在我跟前，痛哭流涕地懇求道：「娘娘，微臣已年過半百，行將入土，如何經得起那流放三千里的顚沛流離？您可憐可憐微臣，救救微臣吧！」

「呵呵……」我冷笑連連，眼淚卻滾落而下，「莫新良，你也有跪著求我的一天？想當日我跪著求你照顧我娘時，你是如何的信誓旦旦？可我娘仍然早早便去了……」

「你娘她……」莫新良見我提起這事，略略心虛。

「你唯一對不住的，只有我娘！」我目光灼灼瞪視於他，「世上沒有不透風的牆，你以爲我住在宮中就眞的一點不知宮外的事？你眞以爲我不知我娘是怎麼去的麼？」

「啊！」莫新良震驚萬分，臉色乍變，「你……你是何時知曉的？」

「四年前！小楓一家被你給趕出府之後，小楓他淨了身入宮……」我緊盯著他的臉，想從中尋出半絲悔意來。

「那我和你二哥初次進宮見你……」他喃喃說到一半，便說不下去。

「不是不報，時候未到！」我慘然一笑，「莫大人，你別怪本宮狠心，這些年本宮是怎麼過來的，別人不曉，唯本宮自己最清楚。本宮所費的一切努力只爲了今天，爲了能看到你有所悔意，卻不想你到如今仍然想矇騙於本宮。枉費我娘全心依戀著你，你這種男人根本不配擁有我娘的眞心，也不配做我的父親！」

「報應啊，報應！」莫新良心中僅存的一絲希望破滅，反倒冷靜了下來，「虧我還自以爲掩飾得天衣無縫，原來竟不過是自欺欺人。」

我揮手讓小安子從食盒中端出備好的酒菜，上前扶莫新良坐在牢中破舊的條凳上。我親自取了酒替他斟滿，輕聲道：「就讓我父女二人再共進一餐吧。」說罷雙手捧酒敬到他跟前。

莫新良也不客氣，接過酒杯一飲而盡，歎了口氣道：「打你出生，我就沒正眼瞧過你，你如今這般對我，我也不能怨你。」

我替他夾了滿滿一碗菜，痛心道：「你還不明白你之所以落到今時今日的地步，全是你自己的錯！

你若不做那等違法之事又何至於此？即便是我不這般對你，你以爲你就能逃過律法制裁麼？」
莫新良怔愣一下，隨即釋然。他苦笑道：「娘娘言之有理。往後啊，我不在了，娘娘可要好生對待您的娘親！」
「我娘？」我倏地抬頭，萬分詫異看著他，「你說我娘？我娘她不是……」
「哎，都怪我無用。」父親重重地透了口氣，「言言啊，都是爲父無用，才害你們母女受人欺凌。當時你二娘同你幾位姨娘吵鬧，我成天聽著都煩了，就隨了她的意，暗地裡將你娘轉到了凝香別苑調養，讓丫鬟小倩在她跟前伺候著。如今爲父去了，你就好生照料你娘，莫讓她再受半分委屈！」
「你、你說的可是眞的？」我愣在當場，隨即明瞭在眼前情況下他自然不會扯謊騙我。我呆愣地坐在條凳上，半晌才痛呼：「天啊！我到底做了些什麼？我……」
「娘娘，您沒有錯。您說得對，今時今日的一切都是我罪有應得，您不過做了您該做的。」莫新良朝我拱了拱手，道：「草民謝娘娘前來餞行，娘娘就快些回去吧，宮中向來人多嘴雜，況且如今草民乃一介罪民，恐那有心之人對娘娘不利。」
我終是心中一緊，眼淚掉落下來，哽咽道：「父親……」
「言言……」莫新良老淚縱橫，「想不到你還會認我這個父親，爲父心滿意足了！爲父這一去，恐怕再也見不到面，先在這裡祝福女兒平步青雲，聖寵不衰，如願以償！」
「父親……」我跪伏在地，「父親保重！女兒、女兒定會想辦法的，您定要保重身子！」

第六章 步步為營

看似一步之遙，卻是咫尺天涯。

「今時今日才明瞭麗貴妃的苦楚，她也是一步之遙，卻最終落得粉身碎骨的下場。這看似一步之遙的距離，本宮費盡心機，到頭來也不過是竹籃打水『一場空』罷了。」我自嘲道。

小安子回言：「主子如今鬥不過誰，誰就是您的師傅，您就跟誰學，終有領前之日！」

三十三　吃人之地

回到殿中，我揮退眾人，隻身獨坐窗前，心中無比混雜。

當你竭盡全力去做一件事，最後卻發現原來這一切純粹是場錯誤，心中籠罩深深的失落和無奈感，彷彿驟然失去了生活目標，尋不到活著的意義。

當最後一絲暮光隱沒，一日又將過去。過了今天，父親就要如我昔日所願離開我的視線了，我心中此時毫無半分勝利的喜悅，只有淡淡的落寞和揮不去的歉意……

小安子擺好了菜，彩衣進來柔聲道：「主子，該用晚膳了。」

我搖搖頭，「本宮胃口奇差，先放著吧，小安子呢？我想出去走走。」

我不理會他們，逕自出了門，也不擇路，見路便行。小安子忙取了薄紗披風跟上來，也不敢勸住，只一路尾隨保護。

我漫無目的閒晃，走著走著竟走到了極為偏僻的地方，無意識地四處張望，卻見淑妃和榮昭儀一行人浩浩蕩蕩從遠處的林間小路經過。

小安子趨前悄聲稟道：「主子，淑妃娘娘和榮昭儀是朝冷宮而去。」說罷指了指幾人消失的方向。

我懶懶地瞅了一眼，輕抿著唇，半晌才有氣無力地說：「走吧，遠跟在後，看看本宮焦頭爛額之時她們都忙些什麼？」

一路追去，拐了幾個彎，穿過角門就是冷宮了。破舊的宮牆，長滿了野草的房簷，原本該是赭紅的木門，如今幾乎露出了木底，只偶爾還能看到一小塊一小塊的疏落紅漆。

門口小凳上，榮昭儀宮裡的侍女正百無聊賴地坐著打呵欠。我正想上前，小安子卻將我拉住，朝我搖搖頭，指了指旁邊。

我跟著小安子從旁側小樹林穿過，繞到冷宮的側門。小安子走近敲門，不一會即有個嬤嬤開了門，見是小安子忙客氣地讓道。

小安子塞了兩錠銀子給那嬤嬤，隨即示意她退下，那老嬤嬤千恩萬謝地退開，小安子才回來迎了我進去。

「方才那位嬤嬤你認識？」我見他二人像是頗熟稔的樣子。

小安子尷尬一笑，應道：「主子，她便是冷宮的管事嬤嬤，您曾吩咐過奴才打點她照顧孫常在，那時有過幾面之緣。」

我頷首而應，隨小安子從側門一路穿行，居然連半個太監、宮女也沒遇著。院子裡靜悄無聲，只有偶爾在樹上啄食歸巢的小鳥被我們驚飛，偶爾颳來一陣微風，在這炎炎夏日竟予人涼颼颼之感。

「此處怎地這麼陰冷啊？」我忍不住抱怨道。

「主子，冷宮之所以稱爲冷宮，就是因爲此處確實冷清。冷宮裡的主子若無人庇護，連奴才亦瞧將不起，今兒個這位娘娘死了、明兒個那位娘娘瘋了，都是極爲平常之事，早勾不起任何人的憐憫。這本就是個活死人的地方，甭說這冷宮的管事嬤嬤，就連送飯的太監也是瞧不起她們。」

「哎。」我歎了口氣，道：「這是後宮女人不可避免的悲劇之一，三千粉黛的榮辱皆繫於皇上一人，得到與失去本在皇上一念之間，指不定明日待在這兒的便是本宮了。」

「呸、呸、呸……」小安子連連呸道：「主子切莫亂講，肯定不會的。明眼人都看得出皇上對主子向來十分上心的。」

我微微一笑，知他是爲我著想，也不加理會，只隨口問道：「如今這冷宮中有多少位主子啊？」

「回主子，先皇謫貶的娘娘們在先皇薨逝後便殉葬而去，皇上素來心善，鮮少重懲宮裡的主子娘娘們，先前貶來的兩位主子因受不住這裡的冷酷和寂寞相繼去了後，如今恐只剩孫常在居於此了。」

我略鬆了口氣，威遠將軍幾次託人送禮捎話，請我務必保他女兒周全，我雖做了多方努力，可自身岌岌可危的我到底不敢在皇上面前提及此事，只命人暗中保護於她。今時這冷宮之中只她一人，再加上有管事嬤嬤照看著，我放心不少。

穿過迴廊即是孫常在的住所，我和小安子怕被發現便直接穿過林子，躲在屋簷下。院中十分靜謐淒涼，半分生機都沒有，一池荷花早殘敗不堪，只剩枯萎乾枝稀稀落落立於渾濁的池水中。

天色已暗下，正殿裡卻破例點上了整排紅燭，照得殿裡登時通亮。透過年久失修破舊不堪的窗扉，輕易就能瞥見殿中情形。

淑妃坐在正中主位，下面依次坐著榮昭儀、宜婕妤、雪貴人和鶯才人，孫常在和她從家裡帶來的貼身侍女春豔跪於冰冷地板上，昔日精緻妝容不復見而素著張臉，只著了一身素淨衣裳，反透出一股與宮中鶯鶯燕燕有別的柔和甜美。

雪貴人目露凶光，打那日孫常在一鬧之後，皇上就再沒翻過她的牌子，這會兒自然恨不能活剝了孫常在。

雪貴人端起春豔剛奉上的新泡茶，借著光揭蓋觀看了茶色，朝淑妃笑道：「淑妃娘娘，你走了一路，先喝口茶解解渴吧。」

淑妃聽雪貴人這麼一說，倒眞覺著有點渴，即端起桌上的茶，揭蓋刮了刮茶沫，猛地呷下一口。

「噗」的一聲，淑妃甫飲下的那口茶霎時噴將出來，跪在跟前的孫常在躲閃不及，被噴了個滿頭滿臉，原本素白的臉淋濕後越發顯得蒼白。

淑妃萬未料到此情狀，愣在當場，不知所措地左右爲難著，正想該跟她道歉與否，然因著孫常在乃罪人之身，當著眾妃嬪之面又拉不下臉來。

正飲茶的幾位嬪妃被這突如其來的狀況嚇得一愣，一口難嚥的怪味茶含在口中，想吐又不知該怎麼吐，躊躇一陣也只面面相覷，後來紛紛嘴一抿，一咕嘟吞了下去。

殿內出奇安靜，似連眾人呼吸聲都不得聞，只剩下咚咚的心跳聲。最後，還是雪貴人打破僵局，看了看眾人，呵呵笑開道：「哎呀，都說淑妃娘娘仁慈，淑妃娘娘知道這冷宮中素來缺衣少食，幫孫妹妹洗了把臉，好讓妹妹洗心革面！」

眾人一聽，彷似覓得出口，同跟著掩嘴而笑。原本心存歉意的淑妃被雪貴人這麼一堵，更加拉不下臉，只好隨眾人呵呵笑著。

孫常在不以爲意地站起身來，不卑不亢立於原地，波瀾不驚地看著眾人，也不去擦拭額上鬢邊的茶水，任其順著耳沿往下淌滴到雪白衫裙。未幾，她衣領胸前的衣衫上便多了一圈圈茶漬。

雪貴人起身趨近孫常在，擺出高高在上的姿態，眼神輕蔑地看著孫常在。孫常在冷冷回視眼前這個入宮時處處討好她、自己受貶後處處刁難她的雪貴人，嘴角漾開一絲冷笑。

春豔在旁手足無措看著自家主子，唇微微顫抖卻始終不敢動彈半分，雙眸發紅，極力忍抑著滿眼的淚花不敢任其滑落。

雪貴人討了個沒趣，恨恨地走回木椅上落坐，瞪著默然站立的孫常在好半天，忽地笑道：「常在妹妹不過在冷宮待上短短時日，怎地連宮裡規矩全都忘了？僅跟淑妃娘娘行禮，就不跟我們這些姐妹行禮麼？」

春豔一聽，慌忙轉朝雪貴人跪下，從後偷偷拉了拉孫常在的裙帶，拿祈求目光看向她。

孫常在回看一眼春豔，甫低不可聞地歎了口氣，草草屈膝向雪貴人行過禮，語帶剛直口吻說道：「拜見雪貴人！」

「看來常在妹妹不太怡悅呢！」雪貴人用手中雲錦絲帕輕輕揩了揩嘴，淺笑道：「妹妹在冷宮才待了些時日，連行禮都忘記怎麼行啊？」

「給雪貴人請安！」孫常在深舒了口氣，又再次行禮，臉上表情分外難看。

「喲，淑妃娘娘、昭儀娘娘，姐姐們瞧瞧孫常在這是什麼面目啊？孫常在，今非昔比了，難道姐妹們還當不起你這一跪麼？」雪貴人挑了挑眉，努力煽動著淑妃和榮昭儀。

「喲，雪妹妹，孫常在怎麼說也有個將軍父親撐腰呀！」宜婕妤那刻薄的嘴臉這兩年可真是一點沒變，「不過，人家都說『落難的鳳凰不如雞』，孫常在，看清你當前處境，最好別惹了眾位姐姐不痛快，否則有你好果子吃。」

榮昭儀聽她們一人一語挑撥，登時黑了臉，冷聲問道：「孫常在，你果真覺著我們姐妹幾個都當不起你這一跪麼？」

「沒有的事。」孫常在回視雪貴人一眼，幾乎是咬牙切齒答道。

「那就請常在妹妹好好行個禮吧。」榮昭儀目光如炬看著孫常在。

孫常在木然立著，還未啓口，雪貴人便不懷好意地笑著接腔道：「小芳，索性你來行個禮給孫常在看看。」

「是。」小芳答應著，轉身朝孫常在恭敬地跪了磕頭行禮，十分規矩，口中輕道：「奴婢給孫常在請安。」

「可看清楚了麼，孫常在？」榮昭儀平淡聲音中聽不出喜怒，「看清楚了還不照做？」

「你！」孫常在雙手緊握成拳，怒瞪著看似漫不經心的雪貴人。要她站在這裡受她們白眼侮辱已夠難受的了，現下竟要她朝這個昔日對她萬般討好的低賤之人磕頭，她是無論如何做不到的。儘管父親一再託人送信，囑咐「忍耐爲先，保命要緊」，可如今的情形……士可殺，不可辱！

跪在背後的春豔焦急看著主子，實在忍不住了，忙跪著趨前幾步，磕頭陪笑道：「請昭儀娘娘恕罪。宮裡的規矩，除了朝見太后、皇后及正二品以上嬪妃之外，其餘嬪妃間僅需由位分低者向位分高的主子屈膝行禮即可。」

春豔雖是輕言細語討好著說，偏偏好心成就了壞事，那最後兩句聽在榮昭儀耳裡格外刺耳，不由得大怒：「少口口聲聲拿宮規來壓本宮，一個目無君王、悍嫉成性的罪妾，容她活到今日已是皇上格外的恩典了，再不安守本分，拉下去一頓打殺，看她還敢不敢這般不知規矩。」

聽榮昭儀提說起什麼悍嫉之事，孫常在眸中寒光一閃，輕聲啓口，音調不高不低卻是吐字分明，正好讓殿中所有人都聽得清楚，她漫不經心地道出三個字：「你不敢！」

榮昭儀頓如被點著怒火，氣得渾身顫抖，恨恨地說：「本宮不敢？你竟然說本宮不敢？難道本宮還治不了你這賤人？」她回頭朝隨侍太監命道：「去傳杖來！將這個賤人拖下去用心打，給本宮打得讓她認清尊卑，學得規矩。」

淑妃身邊的海月姑姑聽說要傳杖，急急暗中輕拽淑妃的衣袖，淑妃擺了擺手讓她稍安毋躁。

榮昭儀盛怒中傳杖之語脫口而出，才想及在旁的淑妃，欲開口詢問，又不好當著孫常在丟失臉面，只冷顏坐在椅上擺著不可一世的昂首姿態。

卑屈跪在地的春豔此時不緊不慢地磕了個響頭，恭敬說道：「請昭儀娘娘三思，我家主子雖然位分低微，可好歹也是皇上親封的正經主子，不同別個宮女，請娘娘三思。」

我無聲地歎了口氣，搖搖頭。孫美金身邊這個丫鬟膽色過人且忠心可嘉，偏偏腦子實在不靈光！果眞，此話一出，猶若火上澆油般令榮昭儀更加氣憤難當，又下不得臺。榮昭儀索性把心一橫，指著春豔發狠道：「給本宮傳杖！先打這個口無遮攔的賤婢，主子學壞了，這些個賤婢才是罪魁禍首！」

立時便有人取來刑杖，又有幾個小太監上前拖住兩人。孫常在萬念俱灰下既不掙扎也不反抗，一心求死之狀，任由人拖拽著去。

榮昭儀見淑妃未加阻止，已然默許，遂洋洋得意地朝孫常在輕蔑一笑，嚷道：「不用拖出去了，就在這裡打！」

丫鬟春豔忙掙脫開，跪下連連求道：「昭儀娘娘素來宅心仁厚，菩薩心腸。全怪奴婢的不是，娘娘教訓奴婢就是了。」

榮昭儀冷笑一聲，說道：「好個忠心的丫頭！你且放心，你們兩個，一個也少不了。」

榮昭儀自覺在眾妃嬪之前失了顏面，存心想令孫常在膽怯開口求饒，於是指了指春豔道：「先打這丫頭，給本宮著實打！」

行刑太監們當然聽得懂主子們話中之話，所謂「用心打」就是舉得高落得慢，或許還有活路；所謂「著實打」就是下狠心打，往死裡打，打死算完。

立時便有兩個太監上前拖了春豔按倒在地，拿軟木塞住她的嘴，高高舉起了廷杖，使足了勁打下去。「咚」一聲悶響之後，春豔痛得滿頭大汗，嗚嗚哀哭。

孫常在被押在一側，榮昭儀本想嚇嚇她好教她開口求饒，不料她卻面如槁木，只愣看著挨打的春豔，臉上竟無半分驚懼，雙唇微動似在叨念著什麼。側耳仔細一聽，居然是：「吃人的地方，不待也罷，不待也罷！」

耳中傳來監刑的太監尖聲計著數：「一杖，兩杖，三杖……」數到第五杖，春豔已然痛得昏厥過去，沒了聲息。

監刑的太監上前探了探鼻息，轉身恭敬稟道：「啓稟娘娘，宮女春豔已然昏厥過去。」

榮昭儀聽罷冷哼一聲，轉頭看向孫常在，見她波瀾不驚之樣而暗自詫異，心中揣測著她是被嚇傻了還是真的不懼。榮昭儀伸手一揮，太監們便把孫常在押至春豔躺過之處。

待要將軟木塞入孫常在口中，她本能地將臉一側，滿臉厭恨之色。榮昭儀心裡這才覺著痛快了些，微笑道：「我還以為孫妹妹是鐵打的，原來也是知道怕的啊？」

孫常在也不說話，目光輕慢傲然，逕直望向她的背後，思緒似乎飄向了遠處，一副不把榮昭儀當回事，把對方放在眼裡的樣子。

榮昭儀略消下去的怒火霎時又被挑起，厲聲喝道：「來人啊！」

「慢著！」一直坐在旁邊看好戲的淑妃突然發了話，「榮妹妹……」

坐在最後面不言不語的關鶯鶯，此時起身款步向前。關鶯鶯輕盈一福，柔聲打斷了淑妃的話，「昭儀娘娘請聽婢妾一言。」

榮昭儀懲罰孫常在本就有些底氣不足，如今見淑妃發了話，鶯才人又出來勸阻，便揮了揮手。已經高高舉起廷杖的太監立即退了下去，候在一邊。

「鶯妹妹有何高見？說來聽聽。」

「娘娘過獎，高見不敢說，低見倒有一些。」說著伸出纖纖玉指，指了指身邊的孫常在，「娘娘，今日打死了這個賤人，雖於娘娘地位無損，但畢竟名不正言不順，到底對娘娘不好。而且，也太便宜這個賤人了！」

「哦？」榮昭儀畢竟不管六宮之事，對嬪妃的懲罰本無半分權力，倒是代理六宮的淑妃從頭到尾還沒發過話，今時聽鶯才人如此一說，榮昭儀便順著臺階下來，「那依妹妹之見，該如何行事呢？」

「依婢妾看，今日羞辱她也羞辱得差不多了，咱們先回去，好好合計合計有甚樂子，將來再拿她來取樂，當個活寶豈不更好？」

我不由得點了點頭。這關鶯鶯倒是個可教之才，我不過輕輕點了她一句，幾人共同進宮，姐妹間要相互關照些，她便聽懂了。

「妙啊！」榮昭儀呵呵大笑，「倘非妹妹提醒，姐姐差點就上了這個賤人的當，讓她得了個痛快。妹妹說得對，怎能夠這般輕易就放過她呢？哈哈哈……」笑完又轉頭朝淑妃問道：「姐姐意下如何？」

淑妃彷若未見眼前發生的一切，答非所問：「本宮有些乏了，大家都回去吧。」說罷扶著海月姑姑的手肘站起身來，向門外走去，眾人同跟著起身離開。

雪貴人扭著小蠻腰搖曳生姿地跟上，路過孫常在身邊時側首朝她莞爾一笑，明明柔媚至極的笑顏卻讓人生生打了個冷顫。雪貴人豔紅的小嘴中，輕柔飄出一句話：「以後的日子還長著呢！」

孫常在身子一軟，面如死灰地癱倒下去。

待到眾人走離之後，我方和小安子原路返回，命小安子前去塞了些銀兩給管事嬤嬤，託她幫忙照顧孫常在和那侍女春豔，又吩咐小安子一回宮裡便命小碌子找太醫給孫常在請脈。

二人默然走在回宮的路上，小安子細細察看著若有所思的我，半晌才道：「主子，那鶯才人瞧著年紀不大，倒也是個聰明之人，主子稍稍提點，她便聽懂了箇中意思。」

「再看看吧，若她真是個可靠之人，本宮倒可提攜提攜，至於她父親那檔事，請西寧將軍作主便行。」我興趣缺缺地說道。

「主子，您說這殺人不過頭點地，本次鶯才人幫襯她逃過了此劫，但她以後的日子也不甚好過。長路漫漫，何必……」小安子露出一副無奈神情，感歎著。

「你可曾聽說過，『好死不如賴活著』？只要活著一天，即存有希望。」我立於湖邊橋欄上，出神眺望著幽幽湖面。

「娘娘既如此覺得，便不該這般沉溺傷懷。娘娘是錯怪了莫大人，可莫大人有錯在先，娘娘所爲亦不過是人之常情，娘娘實不必如此自責。」小安子立於我跟前，目光灼灼地望著我，「況且如今莫大人尚在人間，只要他活著一日，即有一日轉圜的希望。倘若連娘娘都放棄了，莫大人豈不就連一點希望都失了麼？娘娘不想著自己，也要想著尚在襁褓中的睿皇子；不想著即將流放的父親，也要想著那殷殷期盼的娘親啊！」

「小安子，你……」原來他兜了這麼大圈子，是要勸我這些。是啊，我怎會忘了身邊還有他們呢？一直都有他們陪伴著我，我卻自私地淨顧著自己，未顧及他們的安危，沒去想到他們都替我擔心著急。

「主子，此刻可非您消沉的時候啊，您定要振作起來，您千辛萬苦才走到今天，可不能這樣白白拱手讓人啊！」小安子苦口婆心勸著我。

我含淚拉了他的手，鄭重地點點頭，「走吧，天色不早了，回去了。」

遠遠便看到在門口著急不已，四處張望的彩衣，小安子迎上道：「彩衣，怎麼啦？」

「小安子……」彩衣話沒說完便瞧見徐徐走近的我，忙迎了上來。她拉著我，哽咽道：「主子，您可回來了，擔心死奴婢了！」

「呸、呸、呸！」門內的小碌子也迎將上來，「彩衣姑姑，別張口閉口說些不吉利的話，主子回來就好了。主子，您肯定累了，快進屋歇著吧。」

我頷首而應，伸手扶著小安子的手肘，緩步走上臺階，輕聲道：「彩衣，我好想喝你燉的酸筍雞皮湯。」

彩衣微愣一下，掛著淚痕的臉上立時堆滿笑容，「好，奴婢這就準備去！」說罷一路小跑直奔宮裡的小廚房。

小安子扶我進了東暖閣，落坐楠木椅，秋霜隨即奉上新沏的茶。我走上這一趟實也乏極，端起桌上的茶杯，刮開茶沫輕呷一口，潤了潤乾澀的喉嚨。

小安子見我累壞了，上前扶我到貴妃椅上躺臥著，取來薄紗錦被替我蓋了，輕聲道：「主子，您先瞇一會，打個盹。等湯煲好了，奴才再喚您起來。」

須臾，剛朦朧瞇著，就聽小安子隔了簾子稟道：「主子，衛公公過來了。」

我聞言一驚，還未完全清醒，想著小玄子又不是外人，迷糊間坐起身隨口應道：「快請進來。」

話音甫落，簾子便被掀起。一人低頭進來，朝我拱手道：「奴才見過德妃娘娘，娘娘萬福金安！」

我心下乍驚，打了個激靈，睡意全消。

這人身形雖和小玄子有幾分相似，可動作口氣殊異，尤其在無外人時還這般對我說話，肯定就非小玄子。再看看門口神情極是爲難的小安子，我更篤定了心中的想法。

「你是何人？抬起頭來。」那人仍舊俯首不動，我不由得問道：「你是誰？你不是衛公公。」

「哈哈……」來人低頭笑出聲，我心下大奇，起身上前走去。

待我行至跟前，正要拆穿他時，他卻猛然一把摟我入懷。我一驚，待要掙扎，卻聞見他身上獨有的熟悉味道，隨即想及小安子那副神情，萬分肯定了心中的揣測。

我一推他，嬌笑著嗔怪道：「皇上！您眞壞，居然這般戲弄臣妾！」

「呵呵！」皇上雙手扶住我的肩，深情凝望著我，「言言，你笑了。」甫又摟我入懷，呢喃道：「你笑了就好，朕可放心了。」

「皇上……」爲了哄我開心，他居然……難爲他願意這麼爲我了。

「言言。」他擁我同坐貴妃椅上，「朕知曉你定然傷懷不已，一處理完朝事就趕過來陪陪你。」

「皇上……」我眼中盈滿淚水，「多謝皇上。」

「言言，對不住……」

「皇上！」我一驚，堂堂一國之君居然向我道歉，這實在……我如何擔當得起，忙半推半就道：「若臣妾說心裡不難過，那就是在欺騙皇上。可臣妾也知，父親落得今日下場全是他自造的孽，怨不得他人，只願父親能洗心革面，重新做人。偏臣妾、臣妾只要想到父親年逾半百還過著流離失所的日子，臣妾這心裡就……」說到傷心處，眼淚不住簌簌而下。

「朕知道，朕理解。」皇上輕拍著我的背，「有那群迂腐的朝臣們據理力爭，朕就是想……也是不能。母后亦問起此事，朕實在是……不過，你放心吧，言言，朕全已安排妥帖。莫愛卿去了那邊，或許難免辛苦些，但朕可保他生活安定，不致真的流離失所，苦不堪言。」

我忙要下跪謝恩，皇上已先使力將我拉起，擁坐在他身側，「言言，你別總是把朕當外人，朕不喜歡。」

「可是，臣妾是真的打心眼裡感激皇上。」我軟靠在他懷中，柔聲道。

「朕知道，朕的言言是最善良、最通情達理之人。」皇上摟著我的肩，深情凝看著我，倏地想起什麼似的，說道：「朕進來時瞧見彩衣忙著在布菜，你是不是這麼晚還未用晚膳？」

我無言地點了點頭。

他臉色微沉，抿著嘴，甫又釋然，輕輕扶了我哄道：「走吧，朕陪你一同用膳。」

我隨他挪身至紅木桌前，彩衣已擺妥菜，按慣例盛好湯。我伸手取瓷盤中的小銀匙輕攪了攪湯，舀一小口送進嘴裡，酸味中伴著濃濃雞肉香，開胃健脾又是養顏聖品，我一向喜歡拿了用作開胃湯。

我知皇上今兒是專程過來陪伴我的，悄悄瞟了一眼坐在身旁的他，卻見他並未動筷，只端坐一旁凝神看著我喝湯。

「皇上，您……」我羞澀地低了低頭。

「朕的言言，怎麼看都美，連看著你喝湯，朕都覺得歡欣。」皇上朝前靠了靠，伸手握住我擱放桌上的纖纖玉手。

我臉頰上立時飛起了兩朵紅雲，拿慣有的微笑莞爾嗔怪道：「皇上，都老夫老妻了，還說這些話……」復輕歎了口氣，「轉眼間臣妾進宮都四年多了，青春漸逝，早已是昨日黃花。承蒙皇上濃寵至此，已屬臣妾的福分。」

「怎麼啦，言言？」皇上見我神情落寞地發此感慨，立時緊張起來，追問道：「好好的，怎地就說起這個來了？」

「皇上。」我觀察他的神色，小心翼翼說道：「臣妾今兒心裡難受，遂不敢獨自在殿中待著，方才出去散了一圈。因不想被人叨擾，專揀那僻靜之路，不想卻走到了冷宮。」

我見他並無半分介懷之色，才又接著道：「臣妾想起那日被貶的孫常在，便進去瞧了瞧她，看看她是否已然知錯，有無悔過之心。」

「哦？」皇上聞言，臉上閃過一絲不自在，隨即掩去，只道：「那個膽敢公然頂撞於朕的嬪妃？倒是有幾分膽識。」

「那是當然了。」我見皇上似無惱怒之意，忙道：「正所謂虎父無犬子，常在妹妹雖是女兒之身，仍多少遺傳了威遠將軍的耿直性子，說話有些口無遮攔，這才頂撞了皇上。」

「朕就知道，你在冷宮看到了什麼？定是令人心酸之事，你又心軟了吧？」皇上伸手輕撫我的臉寵，「言言，你總是這樣善良，這宮裡卻是個工於心計的地方，朕著實放不下你。一段時日沒見著你，朕便會擔心是否有人欺負你？朕總是忍禁不住，這腳啊，就不由自主地跑來了。」

「眞的麼？」我咯咯笑了，把臉埋進他手心，「那臣妾甘願如此，這樣皇上便能時常惦記著臣妾，時常來看臣妾了。」

「朕的眾多嬪妃之中，敢跟朕對抗的，只你和孫常在兩人了。」皇上邊說邊動筷夾了菜放進我碗裡，示意我多吃，「不過孫常在是敢想敢說，朕一惱，她就少不得要受罰，而言言你是敢想敢做偏不說，你明明把心裡的想法清楚傳遞給朕了，嘴上卻從來不說。朕老被你惱得快暈過去了，就是發不出火、生不起氣來，眞眞是拿你沒轍。」

我但笑不語，只努力食著碗中的飯菜。

「看看，看看！」皇上含笑指著偷笑得心裡樂開了花的我，「說著說著就來了，朕眞是被你吃得死死的，拿你沒有半點辦法。說吧，你想爲孫常在求甚情？」

「臣妾哪裡有想爲孫常在求情之意啊？多了青春美麗的孫常在，不就多了一個跟臣妾爭寵之人麼？皇上如此一說，擺明了就是要臣妾替她求個情，臣妾這情就是不想求也不得不求啊！」我一副萬分委屈的樣子。

「喲！給你點顏色，你眞開起染坊來了？」皇上含笑伸手捏了捏我的鼻子，「得了便宜還賣乖！」

「皇上，那孫常在的確性子直了些，可心地善良也沒甚玲瓏心眼，挺好的一個妹妹。」我一本正經道：「皇上就算不看孫常在，也看威遠將軍之面吧。威遠將軍替國南征北戰多年，厥功甚偉，如今膝下就這麼個寶貝女兒，也送進宮來侍奉皇上了，眞可謂爲國爲民鞠躬盡瘁、對皇上忠心耿耿。沉且孫常在入冷宮亦有些時日，想來心性也該靜下了，臣妾想接她出來好好調教一番，必定能成爲皇上的好嬪妃！」

「瞧你這小嘴，說得天花亂墜！」皇上笑應道：「朕也是這般想的，朕看今日威遠將軍精神都差了許多，想來同是爲著這事。你得空去安排安排吧，過些日子再特旨讓將軍夫婦進宮看看女兒。」

我忙起身端正跪了，喜道：「臣妾代常在妹妹謝皇上恩典！」

「行了，快起來吧。」皇上扶我起身歸坐，責怪道：「你如今的身子，別動不動就跪。瞧瞧，飯菜都快涼了，再多吃點。」

皇上拿起銀筷夾菜添到我碗裡，嘴裡卻道：「瞧你瘦成這樣，讓人看著便心疼，快多吃一些，好長胖一點。」

我哭笑不得地看著碗中慢慢堆疊的飯菜，伸手覆在他腕側攔住，嗔怪道：「皇上，您簡直把臣妾當小豬了，哪能吃進這麼多！」

皇上瞧我的表情，又看看桌上那碗堆得高高的飯菜，失笑道：「還頗眞像養小豬似的。」見我一臉發怒狀，他忙笑道：「算了，反正都差不多涼了，就別吃了，稍晚再叫人送點甜品上來吧。」

我如獲大赦般猛點頭，起身扶皇上一同朝暖閣而去。說了好一會話，不覺夜已深，小安子掀簾入內恭敬稟道：「娘娘，熱水備妥，可以沐浴了。」

我點點頭，揮手示意他退下，轉頭朝皇上道：「皇上，該沐浴更衣了。」

皇上頷首笑應，目光不經意地瞟過我的領口。我倏地明瞭他的意思，臉頰上浮起兩片緋紅，微微低下了頭。

皇上見我明瞭他的意思，眼中笑意加深，伸手勾過我，在我耳邊呢喃道：「都這麼些年了，還嬌羞不已啊？」

我臉上紅暈更深了，感覺連脖子也是紅通通的，直鑽進他懷中，「皇上別瞧了，臣妾如今這模樣連臣妾自己都覺著醜，還怎麼敢服侍皇上。」

「胡說！」皇上不顧我的反對，擁了我朝內室走去，「朕的言言，無論何時都是那麼美麗動人，如今有了身孕尤添一番韻味，朕是越來越愛不釋手了。」

三十四 顛鸞倒鳳

偌大浴池中，小太監們早已放好水，屋子裡瀰漫著薄薄霧氣。

我伺候皇上慢慢褪下了衣袍，常年養尊處優的他卻有一副極佳身板，雖已年近半百，全身上下卻無一絲贅肉，每一塊肌肉都彰示著無盡的力量。

皇上見我目不轉睛盯視他，忍不住輕笑出聲，「怎樣？言言，喜歡你所看到的麼？」

我倏地抬頭，見他正目光灼灼看著我，眼中滿是笑意，不禁大窘。我彷似做壞事被抓了個正著般，從額頭紅透到腳趾，忙推他出了屏風，「皇上，您壞心！臣妾不理您了！」

皇上哈哈笑著繞過屏風，緩步走入水池。

他邊走，口中邊笑道：「言言，你動作快點，朕可不介意上來抱你下來。」

我立於屏風後，悄悄探頭瞧看浴池。池中飄滿了玫瑰花瓣，皇上正靠坐水池邊，全身放鬆浸泡溫水中，雙眼微閉享受著這份舒暢，玫瑰花瓣漂浮在他周圍，滿室氣氛更添曖昧。

我一層層除去身上的衣衫，緩緩褪下最後一件內襯，屏風後的銅鏡中立刻映出一抹身無寸縷的絕色佳人身影：鵝蛋臉上一雙黝亮大眼水汪汪地眨巴著；長長的睫毛，小巧直挺的鼻梁襯得尖下頜越發迷人，櫻桃小嘴嬌豔欲滴，讓人忍不住想咬上一口；及腰的烏黑青絲，修長的雙腿，胸前的豐滿配上雪白凝脂的肌膚，怎麼看都是個美人兒！

我緩緩放落雙手捂了擋在腹部的雪白織錦披肩，忍不住垮下臉，近五個月的肚子已然十分凸出，倘就這樣走出去……

我閉上眼，不敢想像他厭惡的眼神，不敢想像往後的日子，該怎麼辦、該怎麼辦是好呢？

「愛妃，你在磨蹭什麼？等會兒水都涼了。」屏風外傳來皇上輕柔的呼喚聲。

「是，皇上。臣妾就來。」我輕柔地回應著，心如火燎。

我深知而今的我最不能少的，就是這樣深情的呼喚，少了它就等於少了一切。我闔上眼，祈禱突來奇風颳滅了殿中燭火，好讓我能順利進入池中，藉玫瑰花瓣掩飾便可放下心了。

此時門口突響起一陣敲門聲，接著傳來了彩衣的聲音：「啓稟娘娘，您該用藥了。南御醫交代，請主子您按時服用。」

我心中一喜，忙道：「端進來吧。」

「是，主子。」彩衣應聲推門而入，後頭跟進的秋霜所端托盤上放著一小碗藥。

彩衣走近朝我福了一福，轉身端過托盤中的青花瓷碗，遞到我跟前恭敬道：「主子，請服藥！」

我不明所以的接過碗，記得南宮陽今日並未開甚方子，怎地突然冒出什麼準時服藥來了？

我不動聲色端起碗朝口中送去，想看看彩衣葫蘆裡究竟賣的什麼藥。嘴唇沾到那褐色液體，卻是甜的，再一喝，原來是碗紅糖水。我索性配合地喝了個底朝天，然後將碗遞還。

彩衣轉身把碗放在托盤中，調皮地朝我眨眨眼，我正疑惑間，倏地屋中一片漆黑。

「啊！」我本能地輕呼出聲。

「主子，小心！」彩衣口中疾呼，卻是不緊不慢地上前扶了我直朝浴池走去，緩緩將我送入池中。

「言言，你沒事吧？」漆暗中傳來皇上著急的詢問聲和人在水中移動的嘩啦響聲，「來人啊，快掌燈！」

我感到池中的水緩緩朝我蕩漾過來，忙道：「皇上，臣妾無事，不用擔心。」

門邊的小宮女聽見皇上呼喝聲，忙跑進將窗邊的紅燭重新點上，屋中又回復一片暈紅。

我忙蹲落下去，任由池水漫沒過小腹，大叢的玫瑰花飄蕩在我周圍，釋出淡淡清香。彩衣朝我福了一福，同秋霜二人退出。

皇上已然挪到我背後，我忙轉身含笑迎了上去。

皇上扶住我，著急地問：「言言，你覺得怎樣？要不要傳太醫？」

我應道：「皇上，臣妾沒事，只是突然一片黑暗，略略著驚而已，皇上不必擔心。」

皇上細細察看我的神色，甫才放心地舒了口氣，忿忿然道：「這些個沒用的奴才，連掌個燈都掌不好！」

我挽了他的胳膊，若有似無地側身往胸前磨蹭著，柔聲道：「皇上，您別動氣，想來是窗子沒關嚴實，吹進風來了吧。」
皇上欲伸手攬我入懷，我急往邊上一躲，他伸出的手落了個空。我瞧見他神色一凜，忙上前攬了他往前推去，「皇上，咱們去那邊坐坐吧！」
皇上無奈地搖搖頭，任由我推著進了水淺之地，兩人並排靠池邊而坐，水沒齊胸，我伸手調皮地划著水，攪了許多花瓣圍在我們周圍。
皇上一臉寵溺地看著我孩子氣的動作，不由得笑了，又伸手攬我入懷。我不依地想掙脫開來，一拉一扯之間，胸前飽滿的渾圓在水中撞擊著他胸膛的肌肉。
他渾身一僵，眼神變得深邃，我似未發現般，自顧自用手按在他胸前想掙離他。此刻的他哪容得我逃開，手上忽地添勁，我水中撐著他的手一滑，整個人朝前仆去。
他樂意地受著我溫玉滿懷，嘴角洩出一點點計謀得逞的笑意。我伸手抱住他，微微調整了姿勢，胸前的豐滿自然而然隨著我的移動緩滑過他的肌膚。
我成功地聽見他倒吸了口氣，隨即繃緊了肌肉，眼神更添深邃。
他伸手輕撫我的臉頰、嘴唇、下頷，一路滑至頸脖間，溫熱手指所過之處，彷若著火般一片滾燙炙熱，我忍不住屏住了呼吸。
他輕笑出聲，我頓時紅了臉，不依地輕捶他，口中直呼：「壞死了，您……」
他倏地俯下頭含住我的唇，聲音隨之消失，未說完的話在我腦中頓住，我想推開他來說完哽在喉裡的那句話。
他似感覺到了我的掙扎，伸手攬過我的腰，右手沿著我脊背曲線徐徐移動，撫上小腹上那座高聳的雲峰，握在手中輕輕捏撫著。

我僵在原地，倒吸了口氣，方才的話早已化作腦中一團漿糊，眼神渙散迷離起來。

他滿意地看著我的反應，遂更加肆無忌憚，一路沿著雪白頸脖往下親吻，倏地雙手舉高了我的身子，埋入那對雪白飽滿的雙峰間細細吻啄。我只覺全身一陣顫慄，胡亂地呻吟。

他越發興奮起來，倏地張口含住雪峰上那顆櫻桃小粒，用滾熱的舌尖輕觸，雙唇輕輕吮吸著。

「啊！」我發出一聲呻吟，隨著他或輕或重、或急或緩的吮吸，不住顫抖，體內湧現一股從未有過的隱隱渴望，渴望他能即刻用力貫穿我。

我不禁爲自己的饑渴感到羞恥，從小所受之教導和女人的矜持不允許我這般放浪。我咬緊牙關，緊閉雙唇，不讓自己再發出任何聲音。

他卻似發現了我的意圖，猛地一轉身，將我抵在滿鋪軟沫的池壁上，伸手抓住我無力地放在水中的腿，輕輕撫摸著，逐寸上移。

我很不能習慣眼前這個邪惡的男人，他再不是我熟悉的皇上，完全變了個人似的。

我忍不住開口，聲音中的嬌媚令我羞愧萬分，「皇上……」

「言言，喚我肅郎！」他吃力隱忍著，低沉而富磁性的嗓音略帶沙啞。

「肅郎……」我氣喘吁吁地呼應著他。

「噓……」他伸手點觸我的絳唇，悄聲誘惑我，「乖，別說話，盡心感受就好！」

我臉色微紅，雙目含春，無意識地點點頭，再說不出話，精神隨著他游離的雙手渙散開來。

我心中隱隱明瞭，面對這個情場老手，我顯得多麼幼稚，索性不去想了，只努力沉溺在這份感官的刺激和溫柔中。
他從背後扶抱住我，雙手游離在我雙峰間，頭枕在我肩窩，呼出的熱氣搔得我耳朵發癢，忍不住側臉往旁邊避開去。
他輕笑出聲，張口含住我的耳垂，低聲呢喃道：「言言，想要麼？」
「嗯、嗯……」我抵擋不住感官的刺激，胡亂應著。
他忽地托住我，從背後挺身而入。我滿足地輕吐出聲，如海綿般緊緊吸附著他，喘息之間聽見了他痛苦的呻吟。我得意地嗤笑，他體內乍升起一把無名之火，輕聲在我耳畔呢喃道：「你這個小妖精，學得還眞是快……」
我反手輕撫他的腰身，一路下滑。
他狠狠低呼一句「該死的」，便忍禁不住，在我體內律動起來。
記憶中的他從不曾這般瘋狂，以至於我差點不能忍受。疼痛引我眼紅癲狂，他用力的一擊也激怒了我心中隱忍的那把怒火，原本撫摸著他的雙手無意識地用力一抓，長長指甲滑過他光潔的皮膚，深深嵌進肉裡。
他吃痛地低呼一聲，我忙鬆了手，猛然驚醒，「天呀！我到底做了什麼……」心中一驚，我整個人清醒過來，滿身慾火瞬間熄滅。
他痛呼過後，旋又興奮起來，更著力地律動。我努力回憶著前些日子小安子請來的宮裡老嬤嬤所講的那些，竭盡所能迎合著他，果眞他連連呼讚，不知過得多久才滿足地停止動作，抱著我粗喘著氣。
我臉上水珠滴落而下，分不清是水是汗，抑或是淚……男人，原來眞是靠下半身思考的，高高在上的君王，也是男人！

我深深地替自己，也替這宮裡所有的女人感到悲哀……得不到這個男人的，獨守空房，日夜祈盼；得到這個男人的，曲盡所能竭力討好，連床笫之間也不敢有絲毫懈怠，更遑論平時了。有時候我在腦中勾勒出娘所提過的青樓，時常錯覺這後宮本就是天下最大的青樓妓院，所有的宮妃全爲娼婦，所不同者不過是這裡的嫖客唯只皇上一人罷了，所以才會時常上演搶嫖客的爭鬥大戲。

不曉過去多久，池中之水逐漸冷卻。即便夏日，因著浴池建在較陰涼之地，又是向下挖出的池，難免感覺有些涼意。

皇上重重咳嗽了幾聲，守在門外的太監、宮女們魚貫而入。小玄子拿了一方純白棉錦，候在臺階之前。

皇上在我耳畔輕道：「愛妃，該起身了，小心著涼。」

我雙頰酡紅低著頭，往常皆由我伺候他起身更衣的，今兒個他可能因著我太累了，便喚人進來伺候。可這麼多人齊盯著，我是萬萬不敢和他一起出水的，這豈非向眾人昭示方才這池中的狂蕩激情麼？

我羞澀地輕聲道：「皇上，您趕緊起身著衣吧，臣妾隨後就來。」

他看看眾人又看看我，頓時明瞭而輕笑出聲，隨即放開了我，舉步走到臺階邊，沿著臺階一步步走出水面。

眾人彷若見慣不驚，小玄子替皇上裹了身，引領皇上入屛風，宮女們眼都沒眨一下，逕自趨前替皇上細細擦乾身子。

「皇上，您的腰……」一名宮女驚呼出聲。

「住了！」皇上冷冷地喝道：「你們看到什麼？」

領事的宮女一聽，立時帶領眾人跪了，回道：「回皇上，奴婢們什麼都沒看見，請皇上允許奴婢們爲您更衣。」說罷狠瞪了那驚呼出聲的宮女一眼，低喝道：「萬歲爺面前豈容你放肆，無事你膽敢這般嗜呼，驚了駕你有幾個腦袋也不夠砍！」

「算了！」皇上聽領事宮女這麼一說，略緩和了口氣，「今日之事，到此爲止，若是朕在宮裡聽聞一點風聲……」

「謝皇上恩典，請皇上恩准奴婢們爲您更衣！」那領事的宮女也是個極精明之人，忙挪開話題。

皇上甫滿意地頷首，嗯了一聲。宮女們忙老練地取了衣衫替皇上更衣，又引皇上到外間妝臺前，由伺候皇上的老嬤嬤爲其梳頭。

「主子，主子？」彩衣在池邊輕喚道：「皇上出去了，您也快起身吧，當心著涼。」

「嗯。」我低低地應聲，準備起身。

不料才剛站起我便雙腳一軟，斜斜欲倒，趕緊扶住了池邊的軟壁。

「主子！您……」彩衣見我虛弱之態，慌得就要下水攙扶。

「不，不用。我沒事！」我忙出聲阻住她，自扶軟壁沿著池邊一路走去。

彩衣奔上來將我扶住，讓秋霜取來棉布替我擦乾身子，換上衫裙。

彩衣心疼地看著滿身青紫的我，哽咽道：「主子，您這是……」

「行了，什麼也別多說。」我疲憊地問道：「可吩咐小安子備好薑湯？等下子就送進來，呈給皇上用一碗，倘在我宮裡有個好歹，太后那邊可不好交代。」

「您進來有一會子沒出去，奴婢就命小碌子親自去熬了，主子放心。」彩衣替我換好衫裙，扶我出了外間。

我坐在梳妝鏡前，彩衣替我輕拭秀髮，挽了個簡單的髮髻，僅用支白玉簪別牢。皇上在旁瞧看著鏡中的我，凝神沉思。

待到梳妝完畢，我回首對皇上展顏。

皇上趨前扶了我細細賞看，半晌才道：「朕的言言，總是那麼美若天仙！」邊說邊摟著我往暖閣而去，在我耳畔細語：「朕還是最愛看言言沉迷在朕懷裡的誘人模樣。」

我羞紅了臉，嗤嗤低笑道：「肅郎，您這般調戲，臣妾再不敢見您了。」說著將頭鑽進他懷中，心中暗歎道：「男人啊，什麼時候爲的不是這個……」

宮女們伺候我二人上了榻，滅去屋中紅燭，只留了角落裡小小的兩盞守夜燈。

我一驚，睡意全無，忽而想起更衣時那小宮女的輕呼。原是如此啊，我倒給忘個一乾二淨。

我忙掙脫著要起身，他一把抓住我按倒在床，摟入懷中問：「好好的，你做甚呢？」

「皇上，別鬧了！」我抓住他的手，一臉正經道：「快讓臣妾瞧瞧，臣妾櫃裡似還有些南御醫送來治傷的藥，臣妾給您擦點。」

「成了，那點小傷，不礙事！」皇上一臉壞笑地看著我，湊近我耳邊輕聲道：「不如愛妃再補償補償朕？」

我還愣愣沒聽明白時，他已然欺上身來，細聞著我的耳垂，手也開始不安分。

我想起方才的瘋狂，心中尚存幾分餘悸，微一掙扎，卻明顯感受到背後有東西頂著我，我嚇得一動也不敢動，瑟瑟地任由他撫摸著，渾身緊繃。

他感覺到了我的反應，怔愣一下後停住雙手，深深透了口氣。須臾，他把我往懷中攬緊些，柔聲道：「言言，快睡吧，朕今晚不會再碰你了。」

我繃緊的精神瞬間放鬆下來，淚珠從眼角無聲淌落。

之後接連數日，皇上都來我殿裡。如今的我不敢再勸說他去別的殿裡，只強打起精神，滿臉含笑地迎接他。

這日我睡到午後才起身，用過午膳復又臥在貴妃椅上瞇著眼。朦朧間聽到外頭有人小聲說著話，守在跟前的彩衣忙掀簾子出去探看。我被這麼一吵，睡意全無，立時清醒過來。

見彩衣進來，我漫不經心地問了句：「彩衣，怎麼啦？誰在外邊說話？」

彩衣躲閃著我的眼神，吶吶地說：「沒、沒什麼。主子，是幾個小宮女在那說些不相干的閒話，奴婢已經喝住她們了。」

我倏地睜眼，緊盯著彩衣，語調平平地說：「彩衣，你扯謊功力略嫌淺薄了點，究竟什麼事？把她們叫進來說吧，我正好閒來無事，聽聽權當解悶。」

彩衣聽我如此一說，又見我目光炯炯，立時雙腿一軟跪倒在地，「回主子，方才奴婢見您的髮油用完了，便讓秋霜去內務府領些回來。她這會子是回來了，可一回來就在哭，奴婢怕吵著主子，也沒敢多問，只吩咐她先下去。」

「如此……你去喚她進來吧。」我慢慢坐起身，吩咐道。

彩衣忙趨前拿了引枕給我靠著，甫才轉身出去傳喚秋霜。

未幾，小安子帶了秋霜進來，兩人一進門便規矩地跪拜請安。

我見秋霜雙眼發紅，頰上猶掛淚痕，問道：「秋霜，怎麼了？去領個髮油就領哭了？誰欺負你呢，跟本宮說說。」

秋霜抬頭偷偷瞧了我一眼，又轉頭看看旁邊的彩衣和小安子。

小安子回視於她，道：「秋霜，主子問你話呢，只管如實回了。」

秋霜點點頭，話未出口淚又掉下，吸吸鼻子才哽咽道：「方才奴婢去內務府領取主子用的髮油，內務府的公公倒挺和氣，說是新出了玫瑰香髮油，統共就那麼兩罐，本來公公準備都要給奴婢的。不料剛一拿出，淑妃娘娘跟前的海月姑姑和榮昭儀娘娘跟前的侍女丁香也來領髮油，海月姑姑一見這髮油也覺著挺新奇的，直說好。內務府公公遂與奴婢商量著，奴婢取一盒，海月姑姑拿一盒。」

「既是淑妃姐姐那裡，分上一盒便是了，又不是只一盒，你帶一盒回來本宮也不會說你好歹，哭甚的呢？」

「回主子，奴婢同作此想便點頭同意，只讓公公另外拿了一盒桂花香的。本當了事，不料那丁香卻說昭儀娘娘也要用，非得要奴婢的這一盒，奴婢自然不肯給。結果、結果……」

「哦？榮昭儀殿裡的人麼？」這麼一說，我倒來了精神，榮昭儀眼裡是越發沒有我這個德妃了，「結果怎麼啦？說來聽聽。」

「結果那丁香卻說，說主子身懷龍種卻媚惑皇上，獨寵專房……奴婢氣不過，本欲與她理論，又想起主子有特意交代不許奴婢們惹事。奴婢只好悻悻然拿了髮油回來，主子，奴婢……」秋霜說著嚶嚶哭了起來，爲我抱屈。

「行了，別哭了。就這麼點事，我還以爲天塌下來了呢。」我示意彩衣上前扶她起來，「你今兒個做得對，無須跟她們爭甚，往後啊，但有她們喜好之物，儘管讓給她們便行。成了，快下去洗洗臉，好好歇歇吧。你今兒個做得好，有賞！」

我揮了揮手，彩衣即扶秋霜下去。

「主子，榮昭儀眼中是越發的沒有主子您了！」小安子在旁小心翼翼說道。

「呵呵，隨她鬧吧，諒她也掀不起什麼大浪來，她所仰仗的不過是榮尙書帶頭彈劾我父親罷了。」我一副懶洋洋的樣子，不以爲意地說道。

「昭儀娘娘也眞是不知天高地厚，想來她以爲莫大人不在了，主子所依靠者僅只聖上恩寵，故才這般放肆，散布謠言惑眾。」小安子呵呵一笑，「她若知如今朝堂之上有多少人支持著主子，便不敢這般放肆了。」

「呵呵，就讓她先放肆著吧。這宮裡的妹妹們還年輕，有點小性子在所難免，怎麼說本宮也是做姐姐的，總不能跟妹妹們一般見識不是？」我起身走至桌案前，伸手拿了枝宮女新添換去了刺的玫瑰花，一瓣瓣扯開，捏在手中。

半晌，我將手中花瓣往桌案上一撒，吩咐道：「小安子，你親自將那盒玫瑰髮油給榮昭儀送去吧。替本宮道個歉，就說丫鬟們不懂事，本宮已罰過她了，請昭儀妹妹大人大量，不與奴婢計較。」

小安子一愣，隨即瞭然地朝我拱手應道：「是，主子，奴才這就去辦。」

「嗯，等等。」我喚住已到門口的小安子，再吩咐道：「順便把前兒個皇上御賜的絲綢帶兩疋送過去。」

「主子……」小安子略略躊躇，甫道：「那幾疋絲綢可是南韓進貢之物，珍貴異常。主子這般捧著她，只怕她會越發目中無人啦。」

「呵呵，去吧，本宮還怕她目中有人了哩！」我不以爲意地揮揮手，示意小安子快去快回。

我獨自靠在窗前，賞著院中在驕陽曝曬下低垂的花草，愣愣出神。屋子裡放了冰，透著絲絲涼意，我眉頭輕蹙，轉身喚道：「小碌子！」

立在暖閣門口的小碌子忙答應著掀簾子進來，恭敬回道：「主子有何吩咐？」

「我叫你安排人盯著冷宮那邊，如今怎樣了？」我閒步走回楠木椅上斜靠，端起几上冰鎮的綠豆沙，小口用著。

「回主子，這幾日榮昭儀和雪貴人又去過兩次，萬般羞辱孫常在，卻沒再動過刑，只是嘴上不饒。」

我點點頭，說道：「威遠將軍單就一個掌上明珠，孫常在在家必享千恩萬寵，何嘗受過這般羞辱。本宮讓她吞受屈辱，只是想讓她明白，這宮裡不比將軍府，萬不能由著她的性子度日。待了好些日子也差不多了，小碌子，去請衛公公安排人到冷宮傳皇上口諭，把孫常在接回吧。」

「那……主子，安排孫常在住哪兒呢？」

我飛了他一眼，不冷不熱地答道：「安排甚的？她先前不是已有住處了麼？還須安排？」

小碌子一愣，回道：「是，主子，奴才這就去辦。」

到傍晚時，日頭沉落，猶存漫天紅霞印染天空，彷若一片片雲錦。院裡也沒那麼悶熱了，徐徐晚風吹來，樹葉沙沙作響。

我命彩衣替我取了米白繡櫻花薄雪紗的衫裙換上，梳了個簡單的流雲髻，髻上只斜斜插了幾支昨兒個皇上派人送來的珍珠碎玉珠花。

雕工精美的珠花上點綴零零散散的各色碎玉，看起來既不張顯又十分典雅高貴，頗合我的心意。小曲子說是工匠們初製新品，皇上見著喜歡，口說與我相得益彰，便命人送過來，我笑著收下了。小曲子剛一走，我便拿在手中把玩許久沒捨得放下，彩衣還在旁取笑著說，皇上到底對主子偏心，有甚好東西絕不會忘了主子。

我扶了彩衣一路沿著迴廊朝門外走去，心裡想著那珠花之事，臉上不由得露出了笑容，心中同泛起絲絲甜意。難怪這宮中嬪妃皆要爭寵，被寵著的女人確是十足幸福的，儘管這種幸福是以「日」計的，彷如曇花一現，但仍阻止不了佳麗們飛蛾撲火之心。

行至迴廊拐角處，恰遇著小安子領寧壽宮的小太監小桂子進來。

小桂子一見我，忙上前跪落見禮，「奴才小桂子拜見德妃娘娘，娘娘千歲千歲千千歲！」

我含笑道：「桂公公何須多禮，快起來吧。」

「謝娘娘！」小桂子起身，略頓了一下，又拱手道：「德妃娘娘，奴才奉太后之命，請娘娘過寧壽宮閒話家常。」

我心裡一沉，忙朝小安子遞了個眼色。

小安子趨前笑道：「有勞桂公公了！」說著往對方手中塞了兩錠銀子，小桂子也是個明白人，微愣一下後看向我。

我卻轉身朝前幾步逗弄著廊下的鳥兒，只作未見。小桂子見狀，忙抓了銀子塞入袖中。

我漫不經心地問道：「桂公公，不知太后傳本宮所爲何事啊？」

小桂子愣得半晌，才笑著回道：「這個……奴才卻是不知。今兒午後太后從佛堂出來，奴才正在跟前伺候著，太后坐了一陣，突說起有些日子沒見德妃娘娘了，甚是掛念，當時雲秀嬤嬤提說就請娘娘過去看望太后。太后念及娘娘身子重，怕娘娘傷暑，這不，日頭落下微涼之時，就命奴才過來請了。」

我頷首作應，心中始終有些不踏實，臉上卻不動聲色地笑道：「本宮實有多日未去給太后請安了，亦甚是想念。桂公公，這就一起過去吧。」說著轉頭吩咐道：「小安子，去傳轎。」

「好的，娘娘請！」小桂子客氣地退至一邊。

我含笑舉步朝前走去，彩衣客氣地朝小桂子道：「桂公公請！」兩人禮遇再三，甫跟上來。

「娘娘，太后在暖閣中等您許久了，快進去吧。」雲秀嬤嬤笑著給我打了暖閣的簾子。

我笑著道過謝，方才舉步入得暖閣。暖閣中置著冰，關了門窗又尚未掌燈，略顯昏暗，我入暖閣後片刻方才適應了屋中光線，看清太后正倚在炕上假寐。

我知她未睡著，便疾步上前規矩拜道：「臣妾給太后請安。」

「起來吧。」太后隨口答道，聽不出半分波動，也未起身，只靠在炕上。

我謝了恩，起身上前落坐楠木椅。雲琴嬤嬤奉上茶來，我轉頭笑著謝了，接過後放在一旁的几上。再轉頭時竟發現太后不知何時已睜開了眼，愣愣地看著我頭上的珍珠碎玉珠花，一副若有所思的神情。

我心裡一陣陣發怵，隱約意識到太后也識得這珠花的來歷，卻只能裝作未有留意，自然地端起几上的青花蓋碗茶杯，揭蓋輕拂茶沫後呷了一小口，勉力維持笑容。

太后直直看著我，我靜靜呷著茶，一時間誰都沒說話，霎時陷入了怪異的沉默之中。

我覺著自己持杯之手一直抖個不停，怎麼也控制不了，忙轉身將杯子擱放几上，心裡頭七上八下。瞧今兒這陣勢，怕是要出甚事了。

「德丫頭啊，哀家聽說，前些日子榮昭儀爲了一盒玫瑰髮油鬧到你那處去了？」終究還是太后先打破了這一室的尷尬。

我不明白她請我前來，突地問起此事是何意，卻也只能點點頭，恭恭敬敬地應話：「回太后，都怪宮裡頭的丫鬟們不懂事，臣妾已然跟榮妹妹賠過不是了。」

「可哀家聽說，這事分明是榮昭儀跟前那宮女丁香的不是，怎地倒成了你的不是了？」

我呵呵一笑，回道：「太后，此事究竟屬誰不是並不打緊，榮妹妹到底年輕些，臣妾都已是宮裡的老人，如今又有了身孕，那些均乃身外之物，妹妹們喜歡，當姐姐的理應相讓。故該怪宮裡頭的丫鬟不懂事，引惹了那日的爭執。」

「德丫頭啊，不是哀家說你，這就是你的不是哩。」太后不冷不熱地盯著我，一副責怪的口氣，「你現和淑妃代理六宮事宜，宮裡明眼人都看得明白，哀家同樣清楚，這淑妃向是個不理事的，別說靠她幫襯你，她不給你添麻煩便算好了。後宮事務都由德丫頭你一人操勞，一堆事全靠你隻身撐著，能理得這般井井有條誠然不易啊。你要是這般縱容那些個不知天高地厚的妃嬪們，只怕她們會越發蹬鼻子上臉了，這往後你可怎麼管？」

我聞言不覺吃了一驚，今兒個是怎麼回事，好好的太后怎會撇了這件小事說個不停，又聽不出究竟是指那些嬪妃的不是，還是在說我的不是。

我不敢大意，謹慎回道：「謝太后關心。臣妾只盼宮中姐妹和睦相處，犯不著因著小事心生疙瘩，況且臣妾雖說代理六宮，也不能因著虛權便要獨占著稀罕之物不是？那玫瑰髮油係新出，統共僅那麼兩盒，丫鬟去領，內務府的就給了，分了一盒給淑妃娘娘，丁香看著好，想給自己主子拿上一盒也是人之常情，臣妾年長些，理應讓著妹妹們。彼時臣妾壓根兒沒想到代理後宮之事，太后教誨得是，是臣妾疏忽了。」

「哀家還聽說了，這榮昭儀和宜婕妤明裡暗裡的總會給你挑些刺，無事生非找你的不是，可有這麼回事麼？」太后話鋒一轉，語氣中不免透出些威嚴，漆黑幽深的雙眼中竟不露半分心思，讓我無從揣測，心裡直發毛。

她越是這般說他人不是，我越是心慌。我恭敬答道：「想來是臣妾尚有未盡心之處，妹妹們才有些意見，臣妾往後會多多留心的。」

「依哀家看啊，恐非你的問題……」太后拖長了聲音，頓了頓才道：「宮裡大大小小之事全由你一手操持，各宮各殿的管事們對你都是讚賞有加、服服帖帖的，唯宮中嬪妃總有些不滿之情。」

我渾身打顫，今兒個究是怎麼回事，一向喜怒不形於色的太后怎麼竟挑人的不是？我不敢作聲，只聽她繼續說道：「依哀家看，恐是她們覺著你名分不正的緣故吧！」

我一驚，猛地抬頭，卻聽她別有深意地說道：「這後宮現下裡除了中宮空缺外，貴妃位上也是空缺啊！」末了還意味深長地覷了我一眼。

我這才意識到所為何事，原來她兜了一大圈不過是在試探我。我不認為她數說那些妃嬪的不是乃是認眞的，純是想瞧瞧我的反應罷了。我心上頓時浮起一陣寒意，想不到千方百計爭得的聖寵又會給我帶來太后更深的疑慮和揣測。

太后這麼做無非是想試探，如今中宮空缺，我是否滿心算計謀取攀上高位。方才暗示要立我爲貴妃之語亦只是拿來做餌，我若露出半分得意或稱心之色，立時便會讓她心生戒備而有所動作吧。

一想到這兒，我忙目露驚恐，身子也微微發顫，用盡全力扶椅站起。我顫巍巍上前端正跪落在地，恭敬回道：「啓稟太后，臣妾惶恐！臣妾不過是罪臣之女，太后和皇上不治臣妾連坐之罪，已是太后和皇上天大的恩寵，臣妾萬不敢有非分之想，請太后明鑒！」

「德丫頭，你這是做什麼？快起來，快起來。」她說著緩緩下了炕，親扶我起身同坐炕上，拉了我的手輕拍道：「丫頭啊，哀家看得出來，皇上對你很上心，時常在哀家跟前提起你。前兒個，皇上還在哀家面前提起你晉位之事，這不，哀家得了閒便喚你過來，想問問你的意思，也好回了皇上。」

「太后，您和聖上的恩典，臣妾銘記在心。只是臣妾一介罪臣之女，能得太后和皇上寵信，臣妾感恩戴德，再不敢有非分之想，請太后明鑒！」我低著頭，態度恭敬，語氣誠懇地回道。

太后緊瞅住我，細細打量著我的神色。半晌她才露出笑顏，拉著我慈祥地說：「丫頭啊，你的顧慮正是哀家的顧慮，哀家怕那些人又將莫尚書之事翻出，於你是大大的不利啊。你的難處哀家知道，往後這宮裡頭但有人想爬到你頭上，與你爲難，你儘管來找哀家，有哀家給你撐著，看誰還敢放肆！」

「謝太后恩典！」我答應著，聲音微帶哽咽。

「別怕，丫頭啊，你是哀家的好兒媳，是大順皇朝的好德妃。宮裡之事，你該怎麼處置就怎麼處置，有誰不服啊，讓她來找我老太婆說理！」

我一聽，紅了眼眶，感激地點著頭。

太后也滿意地點點頭，倏地想起什麼似的，問道：「德丫頭，哀家還聽說前些日子孫才人惹怒了皇上，被貶爲常在，送入冷宮。這又是怎麼一回事啊？」

「回太后，常在妹妹年輕氣盛，言語上有衝撞皇上之處。如今常在妹妹悔過自新，皇上已傳下口諭，派人接妹妹回宮。太后，您就不消擔心了。」

「是你求的情吧？」太后滿臉含笑看著我。

我低著頭，不多言。

「好，德妃啊，哀家沒看錯人。你懂禮節又知進退，爲人寬厚善良，這後宮有你看著，哀家和皇上放心不少。」

「太后過獎了。臣妾所做這些皆循太后平日裡所教導，臣妾沒有太后說的那麼好，承太后謬讚！」

「瞧你，進宮許多年了，臉皮還是嫌薄！哀家才誇你幾句，你就羞成這樣了。」

我猛笑著推拒，心內瞭然，對著若無其事、滿臉含笑的太后自歎弗如。

我又陪太后說了好一陣子的話，待用過晚膳回到宮中，已是華燈初上。

我揮退眾人，只留了小安子守在跟前，獨自斜臥貴妃椅上，心中一片淒涼。

原來長年的隱忍努力全是白費，楊公公說得對，這宮中最厲害之人非麗貴妃亦非皇后，一直是隱藏得最好、埋得最深的太后。不僅是因著她的身分特殊，尤因她能不著痕跡地掐住你的要害，讓你動彈不得又說不出苦。

「主子，依奴才看，此事猶須從長計議！」小安子知我心思，在旁勸道。

「又從長計議麼？依本宮看，這都是命，人常言：『命裡無時莫強求。』」我長歎了口氣，道：

「小安子，本宮是不是該放手啊？」

「主子，萬萬不可！」小安子沉聲道：「想主子剛進宮時時自危，如履薄冰，歷盡千辛萬苦才有了今時今日的地位和聖寵。那等困難主子都熬過來了，又豈可在此節骨眼懈怠放手呢？主子，您咬咬牙，僅剩一步之遙了。」

「一步之遙麼？看似一步之遙，卻是咫尺天涯。」我自嘲地笑笑，「本宮到今時今日才明瞭麗貴妃的苦楚，她也是一步之遙，卻最終跌入深谷而落得粉身碎骨、棄屍荒野的下場。這看似一步之遙的距離，本宮費盡心機，到頭來也不過是竹籃打水『一場空』罷了。」

「主子，您與麗貴妃是完全不同的，她豈能與您相提並論呢？」小安子見我如此心灰意冷，不免著急起來，「主子，事到如今已是箭在弦上不得不發，您以爲您眼下棄了念頭，太后就眞的相信您麼？您若放手，就眞的走上和麗貴妃同一條的不歸路！」

「你！」我被小安子最後一句話給激怒了，「好，好！你拿本宮跟她比！既然你說得這般頭頭是道，那你倒是給本宮說說看，如今本宮該怎生是好？」

小安子「咚」的跪在我跟前，沉聲道：「主子如今鬥不過誰，誰就是您的師傅，您就跟誰學，終有領前之日！」

我心中一震，扶起小安子，緩聲道：「臥薪嘗膽，懸梁刺股，暗中積蓄力量，終有成功的那日。小安子，你說得不錯，是本宮太過著急。」

小安子見我聽進去，終鬆了口氣，細說道：「主子，您越是著急便越易出錯，更易讓她抓住把柄。主子您越是平和，越是不動聲色，她便越拿您沒有辦法。屆時只要她動起來，就是主子您大顯身手的時候到了！」

我越聽越深覺有理，是我太過心急，才會入了別人的套。聽小安子這番話，我心中靜和許多，面色也平復下來，笑道：「小安子，再去傳膳，本宮有些餓了！」

「是，主子。」小安子欣喜地答應著退了出去。

三十五　不動聲色

午膳後玲瓏帶睿兒過來，在暖閣裡玩了一會兒小傢伙便累了，躺在嬰兒床上呼呼大睡。

我側坐小床邊看著睿兒酣睡的小臉，濃黑睫毛密密蓋住眼簾，肌膚白皙紅潤盡顯粉嫩，緋紅的小嘴微微噘起，我不禁看得出神。

珠簾響動，背後傳來輕輕的腳步聲。我以爲是小安子進來了，對我的寶貝輕聲道：「你看，睿兒越發俊俏了，這般下去，往後可不知哪家閨女才能配得上呢！」

無人應言，腳步聲卻越發近了，我繼續說道：「只是啊，這皇子、公主都是皇上指婚的，趕明兒要是皇上不高興了，給我的睿兒指了個醜八怪或河東獅，可怎麼是好？那我的睿兒可有得煩了，只怕成日裡都會像這樣噘著嘴生氣了！」

我轉念一想，又自顧自地笑了，「瞧我，睿兒才多大啊，就說起這些事來。只是……養兒方知父母心，兒時娘親也常擔心本宮嫁錯，如今本宮才眞正體會到當初娘親的心情。睿兒，快些長大吧！」

身後傳來一聲忍俊不住的輕笑，我驚得轉過身去，眼前只見一片明黃。

「皇上！」我正要起身行禮。

他把手指放在嘴邊「噓」了一聲，上前擁了我，輕聲道：「朕的睿兒這般俊俏可愛，哪裡會娶什麼醜八怪！」說著點了點我的鼻子，笑罵道：「你呀，擔心睿兒都擔心到那麼久遠的事去了，還連朕也一起編排著，你就不能編排朕為睿兒指個像他娘的美人兒？」他說著，飽含愛憐地看著睿兒，小心翼翼伸出手指輕觸睿兒飽滿的臉頰，嘴角揚起一抹微笑。

我被抓了個正著，又聽他這麼一說，不由得大窘，俯首道：「臣妾失言，請皇上恕罪！」

皇上笑意更濃，一手攬過我摟入懷中，低聲在我耳畔道：「愛妃的確該罰，朕要重重罰你，罰你每晚都陪著朕！」

我登時滿臉通紅，微微側身埋入他懷中。雪白飽滿的小巧耳垂，頸脖間清晰可見的纖纖脈絡在白裡透紅的肌膚下若隱若現，直延伸至胸前衣衫間，一覽無遺地展現在他微微斜眼處。

長久的相處讓我熟知他的喜好，若隱若現的春光是他難以抵擋得住的。果真，他眼神不經意的一瞟間，變得深邃起來。

我又朝他懷中緊靠過去，頓覺他渾身燥熱、血脈賁張。俄頃，他低呼一聲，一口含住了我的耳垂。

我清楚感應到他溫熱氣息蹭過我耳旁的肌膚，引我一陣騷癢，只覺心煩意亂，雙手微抵著他的胸口，把他往外推去。

他越發急躁，意亂情迷地抓住我的手一拉，將我揉進他懷中，呢喃道：「言言，你想要什麼，朕都依你！」

「臣妾什麼都不要，臣妾已教皇上萬般爲難了……」我抬頭在他頸窩處低喃，雙唇若有似無地撫過他的肌膚，雙頰酡紅，眼波盈盈一繞，益顯嬌媚。

他只覺心中怦怦亂跳，猶若春風乍起吹皺的無限漣漪，直蕩向心田。我從他眼中窺見我風情萬種的嫵媚，更見到他沉溺於我無限柔情中的癡色。

「你放心，朕說過，絕不會虧待你和睿兒！」他眼神越加迷亂起來，我聽到他的承諾，心中一喜，手上一軟，迎入他懷中。

他見我不再反抗，一路從耳垂親吻而下。我嚶嚀一聲，喘息著輕道：「肅郎，睿兒在這兒呢，您怎麼……」

他呵呵一笑，抱起我轉入屏風後。我心中一陣慌亂，暗道：「天啊！他不會想在這裡……這不過是我日常午憩之處，除了那張可斜臥在上瞇盹的貴妃椅，再無別的床榻了，他不會是想……」

我猶在慌亂中，他卻已一把攬抱我倒落貴妃椅上。他坐在椅上，我坐在他腿上，隱約能觸到他衫襬下的堅挺，我臉色一片緋紅，羞得無地自容。

他見我如此神情，反而更來了興致，淺笑著伸手勾起我下頷，低頭含住我粉紅的櫻唇，細細琢吻著。一手環住我的腰，另一手胡亂解去我衣衫的盤扣，順著領口滑了進去，一把抓住那飽滿的渾圓，輕輕揉捏著。

我忍不住嚶嚀出聲，他越發迷亂，一路輕吻而下，羅衫半開滑落至腰間。一對雙峰掙脫開了束縛越發誘人，他低呼一聲，將頭深深埋入一番猛吻，復含住那峰尖一粒，輕輕吮吸著。

我只覺騷癢直入心扉，忍不住倒吸一口氣，呻吟出聲。他似受了刺激更添瘋狂，掀起我的紗裙，一把扯下褻褲，按了我跨坐他兩腿間。

我終是明白了他的意圖，掙扎開來，口中抗拒道：「不，肅郎，不要！別這樣！」

他將我往懷中一攬，迅速褪去我的褻褲，勾頭在我耳畔低聲道：「你不是不想讓我看到你如今的模樣麼？」

我心中一驚，熱情全無，頓時冷卻下來，暗道：「原來、原來他都知曉！枉費我一番心思，還洋洋得意他並未發覺，原來……我不過是自欺欺人，他早就看穿了！」

他卻似未發現我的異狀，伸手抓住我雙腿緩緩朝他腿間移去。輕輕試探一下，發現我腿間早已濕成一片，他欣喜地低吼一聲，猛一用力，直挺而入。

我木然間聽得他歎息滿足之聲，伴隨著貴妃椅有節奏的輕擺聲，在我體內迅速律動著。體內傳來的熱情酥麻，已然抵擋不住心中那片擴散開的冷涼。

不曉過得多久，他周身一顫，伸手攬住我的腰身，讓我慢慢靠在他懷中。我知道一切都過去了，眼角兩滴清淚滾落而下。

朦朧醒轉，身邊空無一人，我吃力地爬起身來，絲綢薄被滑落至腰間。我這才發現自己衣衫凌亂，回想起方才之事，心中又是一片淒涼。

默默穿好衣衫，起身時才發現褻褲早被撕破，拉了半天卻還是掛在椅角處，我一陣懊惱，索性褪了下來，扔在一旁。

外間的彩衣聽到響聲，忙小步奔進，輕聲道：「主子！」

我抬頭見是她進來了，也不說話，只遞手過去。彩衣忙上前扶我起來，我剛邁出步，乍覺雙腿一軟，險要跌倒。

彩衣忙抱扶我躺回貴妃椅，取來掉落在地的軟枕給我靠了。

我疲憊地歎了一口氣。

彩衣紅了眼眶，低聲埋怨道：「萬歲爺也真是的，主子而今這麼重的身子了，怎就忍心如此折磨主子您！」

「休得胡說！」我喝住彩衣，眉頭微蹙，眼中一片冷然。

彩衣住了口，低垂著頭，默默替我揉捏著大腿。我乍覺腿上小團小團溫熱，細細一看，卻是彩衣的眼淚像珍珠般滴落而下，直滴到我的衫裙上，因著裡面未著褻褲，才感到這點溫熱。

我歎了口氣，道：「彩衣，這便是宮中所稱的濃寵，旁人想得還得不到呢。我即便不想，也不得不要！」復又拉了她的手，輕聲道：「我知你心疼我，可這也是沒法子的事，此話你在我跟前說說就成了，若是被人聽去，指不定又要鬧出甚的風波來啦。」

彩衣哽嗚著點點頭，「主子，奴婢以後不敢了。」

我點點頭，輕輕替她揩去淚，柔聲道：「去備些熱水給我沐浴更衣吧。」

「好。」彩衣忙伸手揩拭眼角淚水，轉身準備去了。

沐浴更衣後，我渾身輕鬆，整個人精神爽朗，連帶心情也昂揚起來。

睿兒仍在熟睡中，還抓了抓小手，抿抿小嘴，十足討人喜歡的可愛模樣。我斜靠楠木椅上小口吃著彩衣剛端上的冰鎮雪梨，看著睿兒的可愛模樣直發笑。

小安子掀簾進來稟道：「主子，孫常在過來了。」

我轉頭看窗外火辣辣的驕陽，不由眉頭輕蹙，「這麼個大熱天，怎麼頂著日頭就過來了？也不怕傷暑。」

小安子回道：「孫常在是昨兒日暮時分搬回永和宮的，估摸著時候太晚了便沒過來，今兒一早就過來了。因著主子還未起身，奴才便讓她先回去，方才又來了一次，不巧，皇上在主子屋裡，孫常在一聽，便告辭回去。這不，主子剛起身，她又過來了。」

「如此，你帶她進來吧。」

我扔下吃了半塊的雪梨，取了絲帕擦擦手。

珠簾響動，孫常在一進來便跪道：「婢妾拜見淑妃娘娘，娘娘千歲千歲千千歲！」

「妹妹快起來吧。」我柔聲笑道：「這大熱的天，你有心了，仔細著別傷暑。」

孫常在端正謝了恩，甫上前落坐旁邊的椅子，彩衣立即奉上新削好切成小塊鎮在冰渣上的仙桃。

我笑道：「妹妹快先用些，降降暑氣。」

孫常在推託不過，伸出纖纖玉指取了一小塊，送至口中輕咬下一小口。我見她吃得挺喜人的，也便推開雪梨，取了一小塊桃入口，果然脆而輕滑且甜而不膩，是我喜好之味，緊又吃了兩口。

孫常在用完那小塊桃，起身走到中間，再跪道：「婢妾今日乃特來謝娘娘救命之恩！」說著端正磕了個頭，從袖中取出一小錦盒，恭敬道：「娘娘救命之恩，婢妾無以為報，日後但有娘娘用得著的地方，婢妾願供驅使！這塊上古暖玉是婢妾入宮的陪嫁之物，雖不是甚稀罕物事，但總是婢妾的一片心意，還望娘娘不棄！」

我忙示意小安子上前接了錦盒，放置一旁。

我含笑柔聲道：「妹妹若能時常有今日的恭敬柔順，也不至於……」我頓了頓，又道：「妹妹快起來吧，如今你沒事，本宮總算不負將軍所託。」

「謝娘娘。」孫常在謝了恩，起身端正坐了，回道：「先前妹妹不曉事惹了禍，給娘娘添麻煩，讓娘娘費心了。」

我頷首緩聲道：「妹妹能有如今的感悟，本宮也就放心了。宮裡頭不比家裡，不能由著性子，妹妹可要處處留心才是。」

「謝娘娘教誨！」

孫美金進了一回冷宮，想來吃了不少苦，學乖不少。她出來後益發低調，往日的孤傲冷漠少了許多，臉上添了幾絲無奈。

我心中無聲地歎了口氣，後宮這個大染缸遲早會改變她的，只是多與少罷了。又說上一會子話，我便打發了她回去。

轉頭才驚覺日已偏西，一天又要過去，玲瓏也帶了睿兒回去。我想想在屋子裡都悶了一日，索性起身喚了小安子，到園子裡散步。

一路揀了僻靜之地走，邊跟小安子有一搭沒一搭的閒聊著，沒去在意走到哪兒。

「主子，這孫常在也學得挺快的，不過進了趟冷宮，可規矩多了。」小安子跟在我身旁，小聲道：「那日在冷宮榮昭儀要她跪，死活都不跪，今兒個我瞧她跪得倒頗規矩的。」

「跪是跪了，可她心裡是怎生想的，咱們誰也不知。」我朝林間小徑緩步走去，「本宮救她的初衷純因著威遠將軍那邊罷了，至於她如何，且看看再說吧。」
「是，到底主子慮得周全，這知人知面不知心的，還是謹愼此爲好。」
「你替我多多留意，若眞是好，提攜提攜她倒也無妨。」我隨口說著。
穿過小樹林，卻見前面隱約可見青瓦紅牆，我奇怪道：「小安子，前面是什麼地方？」
小安子順著我所指瞧看了下，才回道：「回主子，前方是斜芳殿。這斜芳殿本是一宮，不過裡面住的都是些不受寵的低級妃嬪，甚至連一個宮主也無，故此稱爲『斜芳殿』。」
「斜芳殿？」我腦中靈光一閃，問道：「小安子，我記著你稟過原來伺候皇上跟前的木蓮住在此處，是吧？」
「是的，主子。」小安子沉思一瞬，忽似想起何事而回道：「奴才還聽人稟過，皇后故去後，太醫診出木蓮已身懷有孕，只是……她不過是個奴才又沒名分，便被送來了斜芳殿。算算日子，那孩子合該生下了。」
我聞言怔愣了半晌，皇后故去後我便就忙碌著，沒顧得上她，如今連孩子都生了。既到跟前了，索性去看看吧。
「小安子，進去看看她吧。說起來，她也是個可憐人。」我示意小安子領路，朝斜芳殿而去。
踏入斜芳殿後，小安子問詢管事太監，才知悉木蓮的居室。住進之時，她到底懷著皇上骨肉，稍獲關照而未和他人混居一起，好歹有屬於自己的院落。
走進院子裡，我讓小安子進去通報一聲。
自行隨處打量一番後，眼前的淒涼引我歎息連連。我素來認爲除了冷宮外，初入宮時極不受寵的我原所居住的櫻雨殿已足夠冷清，卻想不到彼時那慘澹之況亦無以和這兒相比。猶記得那時每日起碼有人清掃庭院，不想在這裡，花叢間的雜草甚至湮沒過了花叢，一看即知許久未曾有人打理。

「奴婢……給德妃娘娘請安。」溫婉中帶著拘謹的聲音自我背後響起。

是她！我猛地轉身看去，門口階下站著一道同我印象中一般嬌弱的身影，同時我也留意到了，即便產下龍胎她依舊自稱著「奴婢」。過得片刻，我才反應過來，想起她仍跪落在地。

「起來吧，蓮妹妹。」我上前伸手欲扶她起身。

「是。」她欠了欠身，應諾著緩緩站起，微微朝後躲閃過我伸出之手。她眉頭輕蹙，小心謹慎看著我，緊擰著帕子的雙手洩出她此刻緊張心緒。

借著院中微明光線，我細細打量如今的她。淡淡的柳眉，朦朧濕潤的雙眸，標緻的瓜子臉襯著晶瑩剔透的雪膚，面容上淺淺哀愁就著她那纖纖羸弱的身姿，整個人顯得益發的婀娜。

平心而論，木蓮確實很美，不過這種美卻略顯空洞。小安子說得沒錯，她這般戰戰兢兢姿態在皇上面前是掀不起大浪的，無德無才的腦子日子久了便會教男人覺得枯燥無味。

我斜望過去，今日我才發現她的美不在這張臉蛋，而在於她骨子中所透出的那股嬌弱女兒態，任男人再剛強，亦終會屈服在繞指柔之下！只是，這般嬌態怕是還無人發覺吧。

木蓮的身子似乎虛了點，臉色亦不甚佳，我無聲的注視尤讓她神情緊張，滿頭冷汗。才站了一會工夫，她竟然開始出現暈眩之狀，身子微微晃動起來。

「當心！」我驚呼一聲。

小安子趕上前及時扶住了她，她美眸緊閉，額上不斷冒出細小汗珠，沿著兩鬢淌下。我朝小安子遞了個眼色，他立刻會意，和我一左一右同扶了她徐步走入屋內。

進了房，我乍然發現裡頭竟無半個下人伺候，復和小安子先扶她至炕上躺落，接著便吩咐小安子去取水來。

「主子，水取來了。」小安子向是個辦事俐落之人，不一時便倒來了水。

我接過小安子遞來的茶杯，用手指蘸些水，對著她的臉輕彈了幾下。

木蓮蹙了蹙眉後才漸漸醒轉，口中喃喃道：「唔……梅香，我這是怎麼了……」嚶嚀一聲緩緩張開眼，驚覺到是我而非侍女在照顧她，她慌得立刻就要從炕上起身，口中連連道：「奴婢，奴婢該死！娘娘恕罪，奴婢怎會……」

「木蓮，你別慌，沒事的。你身子不適，本宮看顧你也無甚大不了的。」我將她重按回炕上，拉起她的手輕拍著安撫她，卻發現她的手在五六月天裡竟略顯冰涼。

「眞的不妨事麼？不會勞煩到娘娘麼？」她局促不安地看著我。

時光彷彿回到我去御書房見她的時光，那樣的謹慎小心，那樣的柔情似水。

「眞的不妨事，你莫緊張。」我不厭其煩地重複著，輕言細語道，卻仍從她眼中窺出幾分慌亂。

「你……你這些日子過得好麼？」來的路上我便想著見了面後要說什麼、怎地向她表示歉意，不料到頭來吐出口的猶是這麼一句。

她聞言卻是一震，略略低下了頭，發白的嘴唇微顫。半晌，木蓮才細聲說道：「奴婢，奴婢很好……只是、只是……苦了孩子。」

「孩子？」我一愣，追問道：「孩子怎麼了？」

她眼淚登時簌簌而下，過得好一會才哽咽道：「都怪奴婢身子骨不好，孩子還不足十月就早產了，分娩後又無奶餵養，只能每天讓梅香帶了去膳房守著，待有剩餘便餵上一口。那些人都說，孩子……孩子怕是活不長了……」

她的話霎時攪亂了我平靜的心湖，同為母親，她那一臉的哀傷引發了我的無限感慨，對她也不由得生出幾分同情。

木蓮傷心哭泣著，見我無所回應，慢慢地抬頭看著我，突然間像是想起了什麼似的瞪大眼，帶淚的臉上露出一抹驚慌。她激動地支起身子，一把拉住我的手，話聲帶著顫抖，「娘娘，奴婢不是這個意思。奴婢不是有意的，奴婢誠然忘了潯陽公主她……奴婢該死！」

我初時並未想及潯陽，只奇怪著她為何突生慌張，此時才想起潯陽也是生了後沒幾個月就去的。我心中一緊，如針扎般擴散開去，直至四肢百骸，是啊，我的潯陽……

如今的木蓮想必也是每日活在傷懼之中吧？我經歷過那等痛楚，同為女人，同為孩子的母親，我又怎忍心這樣個嬌弱女子再遭受那般的痛苦呢？

「不是的，本宮並無怪責之意。你既知潯陽公主之事，理當明白本宮能理解你日夜哀懼的心緒，又怎麼會怪你呢？」我拍拍她的手安撫道。

她見我如斯坦然溫柔，方輕舒了口氣，逐漸恢復平靜。

「木蓮，當初的事，你……你後悔過麼？往後的日子，你有甚打算？」我知自己這麼問稍嫌殘忍，但我急切想知道她心中所想，想知道我這始作俑者一手所策動的那場悲劇中，另一名犧牲者的感受。

木蓮目光黯然，歎了口氣道：「奴婢無甚打算，奴婢的日子多年來都是這麼過的，如今有了孩子，奴婢會盡力撫養成人的。至於當初……」她說到這裡又頓住了。

我稍感心疼地問了聲：「你怪過本宮，恨過……」

我的話尚未問完，就因她眼中瞬間湧出的滴滴淚水而止住。的確，當初那般殘忍地待她，今又來提問這些，實是假惺惺至極。

「當初之事，奴婢不後悔，娘娘對奴婢承諾之事確實都成了。奴婢的父親在殿前侍衛營裡得了份體面的管事差役，娘和弟妹們也在街口開了間雜貨舖，全家人衣食無憂，不消再為錢財煩憂。每每想起這些，奴婢就覺得十分值得，只是、只是苦了孩子……」

看著柔弱的木蓮，我心中憐惜萬分，是我、是我拿這等交換條件同她做交易，害苦了她一生！也許，在她心中只感歎著自己命不好，偏生遇上皇后殯天這等事，對我猶存感激。

我不敢想像如若她知悉眞相，會是怎生感受？定然對我恨之入骨吧。

面對善良柔弱的木蓮，我心中不禁湧上深深愧疚。我知曉自己能耐有限，但總想做些什麼來補償於她，至少讓她脫離眼下生活，畢竟，她是因我而捲入了那場算計和厄運，嚴格說起，她實是最無辜之人。在她那樣滿懷欣喜地初沐聖寵時，一下子從雲端跌入地底，被諷爲不祥禍水。更因著她懷胎時日正值王皇后殯天前後，宮中吹起風言風語，太后便下懿旨將她送往斜芳殿，開始了這孤苦無依、百無聊賴的枯燥生活。

「木蓮，本宮尋個機會跟皇上說說，興許能接……」我說著，忽想及……如此可會犧牲她的一生？

我看著斜臥在床上虛弱不已的木蓮，她還不過是個孩子呀，過早接觸到這深宮的殘酷，讓她原本純眞燦爛的面容上多了幾分沉默，眼中更是滿布憂愁。

「不！」她迫不及待地打斷了我，嬌弱臉上露出堅決無比的神情，「奴婢注定要低賤一生，娘娘這般幫襯奴婢又能如何呢？聖寵不過是虛無縹緲的東西，即使得到了也會很快失去。奴婢已被玩弄一次，永不甘再受第二回。娘娘，請您爲奴婢保留這最後一絲的尊嚴吧！」

聽她如此一說，我張了幾次嘴，終再吐不出半個字。這都是命，是生活在深宮的女人們無可避免的悲劇，難得木蓮歲數輕輕便能看得如許明白。

我面對自己一手驅策的悲劇卻無能爲力，心中淒涼，鼻子一酸，珠淚滾落而出。

「娘娘，不可！您如今身子重，不可隨意垂淚，對孩子不好。」木蓮見我落淚，忙伸手替我抹去，吶吶道：「娘娘這又是何必，奴婢從未敢怪娘娘，怪只怪奴婢貪圖富貴。娘娘應允過奴婢之事無一不成，奴婢已很感激娘娘了。」

我拍拍她的手，哽咽道：「木蓮，是本宮害了你，若非怕失了聖寵，本宮也不會送你去皇上身邊，都是本宮不好。如今說這些爲時已晚，不過……你不爲自己著想，總得爲你的孩子著想啊，你這般沒名沒分的，將來孩子怎麼辦？」

木蓮一聽，默然低下頭抹著淚。

「眼下的情形，本宮能幫你的實在不多，本宮會交代內務府派個奶媽日日過來給孩子餵奶，多遣個人伺候你。瞧你如今的身子，須得悉心調養才行。」我揩了揩眼角淚水，懇切地道。

木蓮見我一如以往溫和有禮，遂漸平和下來，不再那麼生分了。聽我之語，她眼淚掉得更厲害，連連道：「謝謝娘娘，謝謝娘娘！」

「行了，你生產未久，別只顧著抹淚了，好生將養著。」

我取了絲帕遞給她，她哽咽著點點頭，接了絲帕小心拭淚。

此時有個宮女慌張奔進，見到我在這裡很是驚訝，忙上前跪了，「德妃娘娘，您怎麼來了？奴婢給娘娘請安！」

「你喚梅香是麼？豈可把主子孤身扔在這裡！」我不悅地看著這個鹵莽闖進來的宮女，語氣亦跟著重了些。

梅香還未答言，斜臥榻上的木蓮已驚恐地失聲問道：「梅香，孩子呢？」

梅香聽我呵斥，又見木蓮驚慌激動的神情，立時紅了眼眶。

梅香先朝我告道：「娘娘恕罪！」說著又朝木蓮道：「主子不著擔心，小公主在內務府喝奶呢。奶娘們都很疼愛小公主，奴婢掛心著您的身子，便請奶娘們幫奴婢帶著小公主，奴婢去藥房拿藥了。」

我方注意到她手上拿著幾包藥，回首睇看木蓮白得透明的膚色，這才意識到木蓮不是身子虛，而是害病了。

我無聲地歎了口氣，細聲道：「梅香，你家主子病了，你怎不去請太醫？去拿什麼藥？」

梅香聽我如此一說，稍復平靜的神情頓又委屈起來，含著淚哽咽道：「回娘娘，奴婢不敢，奴婢一早即去請過多次了，可太醫院的太醫們誰都不願來。奴婢沒有法子，就去求藥房的管事，還是南御醫看奴婢可憐，才時常拿些藥讓奴婢煎給主子喝。」

我轉頭看著木蓮，心疼萬分，「你病多久了？哪裡不舒服，要不要緊？」

「沒事，娘娘不必擔心，一點點風寒，氣喘而已。」木蓮笑著寬慰我。

我半信半疑間，跪在地上的梅香卻突然哭了出來，「德妃娘娘，主子、主子實在太傻了，懷著身孕的時候成天守在門口，天天盼，日日盼，才致八個多月就早產了。主子只盼皇上來看小公主一眼，卻始終都盼不到。」

「你……這又是何苦呢？你明知道、明知道……」

看著一臉蒼白的木蓮，我想罵她傻，想罵她蠢，想罵醒她，卻在見到她眼中對那段過去的追憶餘光時，將到嘴邊的話盡吞回肚裡。那段時日怕是她一生之中最幸福的時光吧！有回憶，有夢想，有祈盼，或也屬一種幸福吧！

渾渾噩噩回轉櫻雨殿，我陷入了一片茫然中。

忽地有人悄步立於我跟前，勾起我的下頷，輕聲問道：「言言怎麼啦？怎地隻身坐在這裡出神？」

我立時回過神，發現自己不知何時坐於窗前椅上對著窗外一片漆黑。我旋即轉頭望著那一片明黃，「皇上，您來了。」

皇上扶起我挪至貴妃椅上，柔聲問道：「言言，你在想甚呢？」

「皇上，您還記不記得……」我不由得脫口而出，轉念一想，猛然住了口。

「記得什麼？」皇上追問道。

「沒、沒什麼……」我喃喃道：「臣妾只是想起了從前的事。」

「哦？想起什麼事了？」

我沉默好半晌，一言不發地伸手摟抱他，緊扯住龍袍，將頭埋進他肩窩處。發顫的身子揭露我心中的不安，只聞一陣細語呢喃：「肅郎，肅郎可別忘了臣妾……」

「傻瓜！」皇上微愣了一下，隨即輕拍我的背，低聲哄道：「朕怎可能忘了言言呢？放心吧，無論何時都不會。」

我復低喃著自己也聽不懂的語句，窩在他懷中沉沉睡去。

次日醒來已是日上三竿，彩衣伺候我起身。

正用著甜品，小安子掀簾入內稟道：「主子，皇上今早突然下了旨意，晉斜芳殿的木蓮爲蓮常在，蓮常在所出之女賜名海雅，賜居月華宮櫻霞殿！」

「什麼！」我大吃一驚，這是……皇上怎地突就記起木蓮來了？昨兒個我恰才去看過她，難道……

我脊背一片冷涼，不知是該感激聖恩濃寵，還是該暗自慶幸自己並未有半分差錯。

「主子，蓮常在求見！」門口傳來小碌子的通傳聲。

「請她進來吧。」我示意小安子立於一旁，柔聲朝門口道。

話音甫落，珠簾響動，那抹嫋嫋身影隨即入得屋中。

木蓮趨前幾步，端正跪拜道：「奴婢給德妃娘娘請安。」

我一聽，笑應：「妹妹快起來吧。」

木蓮謝過恩，起身而立，我招手示意她上前，拉了她同坐炕上。

我滿臉含笑，柔聲道：「恭喜妹妹了。」

木蓮掙開我的手，端跪在我跟前磕頭道：「奴婢謝娘娘恩典，娘娘的大恩大德奴婢銘記在心，願做牛做馬報答娘娘恩典！」

「好啦，好啦！」我忙微微傾身扶她起來，拉著她的手輕拍道：「如今你我同侍君前，這些個虛禮就免了吧，妹妹往後勿張口閉口自稱奴婢。」

木蓮蒼白面容上乍然浮出兩朵紅雲，微低著頭輕輕頷首。

「剛過來吧？」

「是的。」她用力地點著頭，「奴婢……」她見我微挑起眉頭，頓了頓後忙改口道：「婢妾一接了旨，就跟曲公公過來了，一進宮門聽說娘娘已經起身，便先趕來拜望娘娘。」

我笑著頷首，柔聲道：「成了，今兒個夠你忙的了，暫先回去吧。本宮會安排人幫襯打點的，晚些時候再命人傳太醫來給你瞧瞧，你和海雅的身子皆需好生調養調養。這會子內務府的管事恐怕領了下人們和奶娘過來給你挑了，別讓他們候久了，不明理的人還只當你晉了位當上主子，架子就大了呢，快回去吧。」

「好的。」木蓮猶豫一瞬，起身朝我福了一福，「娘娘，婢妾先行告退！」

「快去吧。」我揮了揮手，含笑示意她快些回去。

我隨後又吩咐道：「彩衣，秋霜人呢？趕緊喚她前去幫忙，瞧瞧蓮常在還差了什麼，快些補上。」

「是，主子。」彩衣答應著，隨蓮常在而出。

待她們步出視線外，我收了笑容，陷入深深沉思。

好半天，我方啓口道：「小安子，你不覺得今日這事太過趕巧了麼？」

「昨兒個陪著主子的只奴才一人，主子昨日剛去看過蓮常在，皇上今兒就晉了她的位，爲小公主賜名……」小安子搖了搖頭，語氣篤定地回應道：「依奴才看，這絕非趕巧啊。」

「你是說有人……」我拖長了音，疑惑道。

「應無可能，奴才素來萬分謹慎，昨兒個主子走的都是僻靜之地，奴才一路留意，並未發現有人跟著。」小安子略略沉吟，又道：「主子先莫驚慌，奴才這就想辦法去打聽打聽，看看衛公公那邊有無風聲。」

我頷首道：「也好，你快去快回，當心些。」

甫用過午膳，小安子回來了。

不待他上前行禮，我忙追問道：「如何？可有結果麼？」

小安子恭敬回話：「主子切莫著急，奴才已打聽清楚。今兒上朝時，皇上親自吩咐小玄子去辦的，讓奴才們仔細打聽娘娘昨日行蹤。小玄子七拼八湊才探出主子昨日往斜芳殿去了，皇上一下朝便追問著，小玄子不及傳話來此，只得如實稟呈。」

我見小安子滿頭大汗、氣喘吁吁之狀，朝他指了指几上的茶杯。

小安子也不客氣，上前端起茶杯，揭蓋一咕嚕喝了個見底，才用袖口捋了一下嘴，接著說道：「皇上即刻擺駕斜芳殿，問了管事太監，見到了木蓮，當即便下口諭晉了蓮常在的位，賜了小公主的名，並賜居在主子宮裡。」

「你……」我一聽，愣在當場，半晌才顫聲道：「你是說，皇上派人四處打探我的行蹤？」

「主子。」小安子鄭重地看著我，沉聲道：「皇上真是對主子極上心的，縱然昨兒個主子沒說，皇上仍注意到主子的心思。著重如斯，怕連濃寵時的麗貴妃也望塵莫及了。」

我心中一暖，用力地點點頭，「你說的這些，我又何嘗不知？只是君恩淺薄，聖寵說沒便就沒了，麗貴妃亦曾寵冠六宮，最終卻落得淒慘收場。小安子，這後宮的寵辱聖恩，你應比我看得還更明白些。

三年選秀一回，後宮最不缺的就是女人，三年又三年，我屆時該拿甚去跟他人爭寵？不過淪爲別人茶餘飯後的話柄罷了。」

「主子，奴才明白您的心思。主子內斂沉著非常人可比，主子的心願定可達成的。」小安子目光炯炯看著我，語氣堅定。

「只怕寧壽宮那位……」我不禁黯然神傷起來。

「主子，水滴石穿，您定得忍耐才行。況且如今她的身子一日不如一日，主子幾年都熬過去了，又何妨再熬幾年？」

「呵呵，你說得對。」我自嘲一笑，「這後宮生活，日復一日也就這般過了，多幾年少幾年也無多大分別的。」

午憩剛起身，便見皇上來了。

他神情格外爽朗，含笑瞧看著我也不說話。

我被看得有些害臊，笑道：「皇上，您今兒這是怎麼啦？」

「沒什麼。」皇上上前摟了我，哈哈笑道：「朕只想看看，朕的言言今兒心情是否愉悅？」

我倏地想起昨日之事，羞紅了臉躲進他懷裡，柔聲道：「臣妾代蓮常在謝皇上恩典。」

「只要言言高興，朕就開心。」皇上扶我緩步挪至貴妃椅上，「言言，你有心事就告訴朕，朕一見你皺眉，心都揪緊了。」

「皇上！」我心裡一緊，紅了眼眶，「抱歉，肅郎。臣妾散步路過便進去看了看蓮常在，見她挺可憐的，臣妾這才……臣妾好怕皇上有一天也會忘了臣妾！」

我嘟噥著將頭埋入他懷裡，皇上心中一軟，柔聲道：「別瞎想，言言，朕這一生定不負你！」

我默然頷首應著，倏地一震，「呀」的驚呼出聲。

皇上一見，急道：「言言，你怎麼了？可是哪裡不舒服了？」

「皇上，臣妾沒事。」我笑看著一臉惑色的皇上，拉起他的手放在我肚子上，柔聲道：「是他在踢臣妾呢。」

皇上輕撫著我的肚腹，靜心感應片刻，欣喜道：「言言，他會動了！」旋又指指我的肚子，笑罵道：「渾小子，還沒出來便不讓你母妃安身，等以後出來了，看父皇不打你小臀！」

我一聽不禁咯咯笑起，半晌才止住笑，「皇上，哪有您這般威脅的，孩子都還沒出世呢！」

「誰讓他折騰你呢，看你這麼辛苦。」皇上攬了我，柔聲道。

「對了，皇上今兒這時辰怎地得空來看臣妾了？」往常這時他不是在軍機處和大臣們商量政事，就是在御書房批閱奏章。

「朕不放心你，先來看看言言，等會子再過去。」皇上握住我的手放在他頰上，輕語道。

我笑著抽出手，推搡著他，「皇上快去吧，臣妾沒事，政事要緊。」

皇上細細凝看我，沉吟少頃後起身道：「言言，你沒事朕就安心了，朕稍晚再來看你。」說罷大步朝門外走去。

三十六　枕戈待敵

南宮陽按例前來請脈，自從華御醫告老還鄉後，南宮陽便順理成章成了太醫院的院首，對我也越發地忠心。

南宮陽細細替我請完脈，恭敬稟道：「娘娘脈象平穩，只需好生調養，定能產下健康的皇子。」

「皇子麼？」我淡然一笑，「這宮中嬪妃們皆祈盼能產下皇子，母憑子貴，可本宮倒眞心希望能產下小公主來。」

南宮陽一聽，神色黯了下來，歎了口氣道：「娘娘，您始終未放下。」

「教本宮如何放得下？」我伸出微顫的纖纖玉手，抖聲中含帶悲痛，「本宮的手心還殘留著潯陽的氣息，日夜都能感到潯陽臉頰的飽滿細膩，本宮……」

「娘娘！」南宮陽沉痛之聲呼住我，「娘娘，您醒醒吧。潯陽公主已經去了，永遠回不來了。」

「不，不，不是的。」我顫巍巍地扶住小腹，堅定道：「我的潯陽會回來我身邊的，一定會的。」

「娘娘，潯陽公主再回不來了，您斷念吧，斷念吧！」南宮陽像壓抑許久而倏地發洩一般，淚流滿面，嘶聲痛哭道：「您一直抱著這樣的希望就不會斷念，未徹底斷念就會老活在過去遺留的希望中，此乃自欺欺人的錯覺執念啊！娘娘，您斷念吧，只有全然斷念了才能另起爐灶！」

「你胡說！」我喘著粗氣，伸手直指著他，「你……」

南宮陽霍然跪步上前扯住我的裙襬，磕頭道：「娘娘，您忘掉過去，重新開始吧！如今有更凶險之事近在眼前，娘娘，您須全力應付才是啊！」

我僵在當場，半晌才呢喃道：「發生甚事了？講！」

「娘娘，您……」南宮陽驀地住了聲，抬頭見我凜然神情，吸了口氣甫沉聲道：「娘娘，微臣近日去為太后請脈，察現太后的脈象有些異狀。」

「哦？」我倏地轉過頭來緊緊盯著他，「何般異狀？」

「往常微臣為太后診脈，太后脈象平緩乃身子虛弱之故，然近來微臣為太后診脈，卻察現太后脈象中偶有緩沉，不細察則難發現。」

「這是何意？」我聽不懂太醫們的說詞，只追問道。

「唔……」南宮陽頓了一下，方低聲回道：「娘娘，倘微臣所料不差，定是有人於太后的湯藥或膳食中動了手腳。」

「施毒！」我大驚之餘不由失聲道，隨即伸手捂住口，半晌才吶吶問道：「可有別人知曉此事？」

「回娘娘，脈象尋常之人向難診出，微臣亦碰巧才察現了這箇中殊異。微臣實乏十成把握，茲事體大，除了娘娘外再無他人知了。」

「是誰這等膽大，敢冒天下之大不韙而行此事？」我蹙緊眉頭，陷入深深沉思，俄頃才道：「南御醫，此事暫不可聲張，太后那處要勞你費心，多加留意了。」

「是，娘娘，微臣明白。」南宮陽朝我拱了拱手，退後兩步，又不放心地說道：「娘娘，您千萬仔細防備！」

我若有所思地點了點頭，示意小安子送出南宮陽。

南宮陽一走，我越加心煩意亂，獨自悶在屋裡。不知過得多久，彩衣掀簾進來稟道：「主子，蓮常在帶著海雅公主過來了。」

「哦？快請她們進來。」

珠簾響動，木蓮抱了海雅入內，待要上前行禮。

我笑道：「成了，這兒又沒外人，就不消行禮了，快把海雅抱過來給本宮瞅瞅！」

木蓮終是堅持著朝我福了一福，才移步上前。我拉了木蓮同坐炕上，含笑瞧看她懷中的海雅。

兩個多月的海雅倒不認生，一雙墨亮眼睛滴溜溜地看著我。我心中一喜，順勢將她接過來抱在懷裡，「好俊的孩子！」說著，伸手輕觸她臉龐逗弄。

海雅嘴一扯，旋露出個笑臉來。我一樂，也跟著笑了。

未幾，我抬頭問道：「妹妹住在姐姐這兒還習慣麼？若是缺甚用度，儘管吩咐奴才們去領。」

「謝娘娘關心，婢妾一切安好，秋霜姑姑照顧得周到，嬪妾不缺什麼。」木蓮柔聲答言。

「習慣便好。」我展顏一笑，「悶了就過來跟姐姐敘話，海雅長得乖巧可人，時常帶過來給姐姐瞧瞧。」

「姐姐若不嫌棄，婢妾便要時常叨擾姐姐了。」

我端詳著木蓮，果真是個柔情似水的人兒，男人能有幾個逃得出這等溫柔鄉？

「哪裡的話，得閒了就來陪姐姐敘敘。」我驀地想及她的身子，「對了，你可有傳太醫前來診脈？身子骨好些了麼？」

「勞煩娘娘掛心。楊太醫時常過來請脈，說是婢妾產後失調，略略調養便行，已無甚大礙了。多謝娘娘關心！」

「沒事就好，沒事就好！」我見海雅穿得過分素淨，不由眉頭一蹙，高聲喚道：「小碌子！」

「奴才在！」小碌子一聽我叫喚，忙掀了簾子進來，恭敬道：「主子有甚吩咐？」

「你去問問內務府是怎麼辦事的？」我口氣稍帶不善，「即便蓮常在位分低了些，可也是如假包換的眞主子，海雅公主也是皇上親賜，怎地穿得這般素淨？趕明兒皇上瞧見而問將起來，是本宮的不是，還是誰的不是？還不快去叫他們即刻縫製些新衣送上！」

「是，主子！奴才這就去辦。」小碌子得令，一溜煙跑了出去。

「娘娘，不、不用了。」木蓮見我面露不悅，忙陪笑道：「已經夠了，娘娘，已經很好了，不用再縫製了。」

我瞅著柔弱的她，重重透了口氣，拉了她的手道：「妹妹，你這般善良是不成的，你越忍讓，那些個奴才就越不得了，趕明兒還不爬到你頭上？你今時不同往日，是正經的主子了，須給奴才們立下規矩！」

木蓮一聽，又紅了眼眶，連連道：「是，娘娘，婢妾知道了，謝謝娘娘！」

「主子。」門口傳來小安子的通傳聲，「皇上朝月華宮來了，這會子已通過玉帶橋。」

木蓮一聽，身側的手不自覺地緊抓衫裙，隨即放了開去，起身道：「娘娘，婢妾先迴避了。」

「別。」我一把拉她坐回炕上，「皇上這會子過來，想必未用晚膳，妹妹就留下一道用晚膳吧。」

「這……」木蓮猶疑地看著目光誠摯的我，霎時紅了臉頰，吶吶道：「娘娘，婢妾眞的……可以留下麼？」

「是，當然可以。」我含笑望著她。

「可是……」木蓮低頭看了看自己的衣衫，不禁局促起來，「婢妾這副樣子……婢妾還是先迴避爲好。」

我細細打量了她少頃工夫，只見她上身著了件顯舊的粉色小衫，下身穿了條月白長裙，梳了個簡單的參雲髻，髻上只插了支玉簪，再無別樣飾品。

我微擰眉頭，如此接駕確嫌不妥，我轉頭吩咐道：「彩衣，快去喚兩個人進來，即刻給蓮常在梳妝更衣！」

「是，主子！」彩衣遲疑地看了我一眼，也不敢多說甚，忙應著上前迎了蓮常在，「蓮常在，這邊請！」

「娘娘……」木蓮躊躇地看著我。

「快去吧！皇上此刻只怕快抵宮門口了。」我催促道，木蓮甫隨彩衣入了內室。

未幾，彩衣出來了，我望了望卻沒見蓮常在出來，拿詢問的目光睇視彩衣。

彩衣轉頭笑道：「蓮常在，您快出來吧，主子等不及了。」

木蓮低著頭，小步移了出來，我一看，眼前乍亮。只見她上身著了桃紅薄紗短衫，下身一襲月白褶皺大紗裙，梳了個簡單的飛鳳流雲髻，髻上飾以一排精緻翡翠簪。白皙肌膚較之前添了些許紅暈，小巧的臉蛋，秀氣精緻的五官，尤教人挪不開眼的是她周身所散發出的那股溫婉氣質。

我滿意地頷首，門外響起小玄子的尖聲通傳：「皇上駕到！」

我忙拉了木蓮跪在門口接駕。

小玄子打起珠簾，皇上信步走進來，我和木蓮忙跪拜道：「臣妾恭迎聖駕！」

皇上上前扶了我，「朕說過多少次了，愛妃身子重，這些個禮儀就暫免了。」說著轉頭一望旁邊跪著的人兒，愣了愣，旋即道：「起來吧。」

皇上逕自扶了我落坐，蓮常在謝過恩，趨前立於一旁。

我笑道：「妹妹不必拘禮，快坐吧。」

「謝娘娘！」蓮常在朝我福了一福，悄步移至旁邊的楠木椅上坐了。

皇上拿詢問目光瞧向我，我笑道：「皇上，這是前些日子剛搬來櫻霞殿的蓮常在。」

「哦？」皇上應了一聲，抬頭望去。

木蓮忙低了頭，起身上前拜道：「臣妾拜見皇上！」

皇上眉頭輕擰，不發一語。蓮常在半晌不聞回應，悄悄抬起頭，卻正對上皇上探究的雙眼，霎時臉頰飛紅，復低下頭去。

我瞧見皇上微有怔愣，眼中添了一道異彩，登時心下明瞭，笑道：「妹妹快起來吧，如今沒有外人在，不必如此拘禮。」

「是啊，蓮常在，快起來吧。」皇上同笑著說道，若有所思的目光緊緊追隨著伊人。

木蓮謝了恩，方才起身回座。

「彩衣，快把海雅抱上來。」我揮手示意彩衣上前來，小心翼翼地從她手中接過海雅，轉頭朝皇上笑道：「皇上，您看，海雅小公主長得多喜人啊……」

皇上笑看了看海雅，又覷著我滿臉欣喜的表情，沒答話，眼中卻多了一絲心疼。

「啓稟娘娘，晚膳布好了。」小安子恭敬稟道。

我忙起身扶了皇上，同木蓮一起去用膳。皇上的目光整晚都追隨著木蓮，用過膳我便尋了藉口將皇上推了回去。

子初時分，小安子進來稟道，皇上在御書房批完奏摺，翻了蓮常在的牌子。我含笑沉吟著點點頭，吩咐彩衣伺候我歇息。

一連幾日，皇上都翻了木蓮的牌子，並將她晉爲蓮貴人。

一時間後宮風雲陡變，月華宮熱鬧非凡，眾人表面姐姐妹妹的，暗地裡銀牙咬碎，直罵木蓮爲狐狸精，我只作未聞。

木蓮晉了位又受了許多賞賜，竟有些局促不安，三不五時便跑來跟我閒話，臉上笑容多了起來，整個人精神不少。

這日午憩剛起身，用著彩衣爲我備下的冰鎮綠豆沙，小安子急匆匆走進，一見我正小口享用綠豆沙，忍不住皺了皺眉頭，輕聲勸道：「主子，您如今身子重，就少食些冰冷之物吧。」

我笑著瞋了他一眼，「好了，好了，本宮知曉，你可比彩衣囉嗦多了。這大暑的天快燥死人了，不吃這些冰冷消暑品，心裡悶得慌。」

「呵，呵！」小安子笑道：「主子是因著這酷暑的天不能外出，閒在殿裡悶得慌吧？主子，這酷暑的天，可有人不怕熱的在外頭晃呢！」

我見小安子一副神祕兮兮之狀，忙追問道：「是誰？爲了甚事，竟連這等熱天也不顧忌？」

「回主子，這宮裡精神最佳的除了旁邊永和宮的淑妃娘娘還能有誰啊？」

「她？她今兒個又在折騰甚的？」這淑妃，都許久了仍是那等愛折騰，偏又折騰不出什麼大風浪來，時日一久我都懶得理了，淨隨她去折騰。

「主子這會子想不理都不成了，淑妃娘娘正朝主子這兒來呢，那氣勢洶洶的態勢，只怕……」小安子冷冷一笑，道：「只怕是衝著旁邊殿裡那位來的。」

「哦？」我心中冷冷一笑，暗道：「你到底來了，本宮可候你多時了啊！」

「淑妃娘娘……」

門口的彩衣剛一開口，便被淑妃厲聲打斷，「滾開！本宮是來找你家主子的，哪輪得到你說話！」

話音甫落，旋便聽到珠簾響動聲。

我忙起身迎上，朝怒氣沖沖走進的淑妃福了一福，「姐姐，你來了。」

淑妃冷哼一聲，不理會我，逕直走至正中主位落坐。跟隨她背後進門的彩衣見狀，立時便要出聲，我忙阻住她，示意她立於一旁。

淑妃滿臉怒氣，將頭偏向一旁，下頷微抬，也不說話，一副目中無人之樣。

秋霜趨前奉茶，輕手將茶杯從托盤中置於旁側几上，小心翼翼道：「淑妃娘娘，請用茶！」

淑妃頂著烈日而來，著實有些渴了。她冷著臉端起青花瓷茶杯，揭蓋輕拂茶沫，送至口前待要抿呷時，秀鼻微皺，遂拿至眼前細細察看，臉色倏地沉下。

淑妃將茶杯重放在几上，發出「砰」的一聲脆響，秋霜渾身打了個顫。淑妃瞪了她一眼，厲聲道：「本宮說了多少次，本宮不喝西湖龍井，你是聾了還是存心的？一個個都反了，奴才們都爬到主子頭上來了！」

「娘娘息怒，奴婢這就去換！」秋霜忙福了一福，撤去几上的茶，迅速離去。

淑妃一說此話，我便確定她是爲了那事而來，到底不是沉得住氣的人，才幾天工夫就怒氣沖天地殺將過來。

我朝彩衣輕輕搖了搖頭，款款挪步移坐到旁邊的楠木椅上，陪笑道：「姐姐，誰如許大膽，惹姐姐動這麼大的氣？」

「哼，妹妹心知肚明，又何必在這兒假惺惺的？」淑妃欲言又止，挑了挑眉瞟了一眼彩衣他們。

我不以爲意，只揮手示意他們退下。小安子忙帶了眾人行過禮，魚貫而出，自己則守在門口。

淑妃怒氣未消，口氣不善，「德妃，我今兒來找你，並非來與你兜圈子。咱們不妨擺明了說，你想盡辦法把木蓮那個賤婢又引到皇上跟前，究竟意欲如何？」

「我想盡辦法？」我微愣住，隨即露出苦笑，「淑妃姐姐，妹妹好冤枉啊！妹妹還以爲是姐姐你……這人都住進來了，妹妹才知有這麼回事。」

「難道不是妹妹？」淑妃一臉不信，「這木蓮去皇上跟前侍奉之事，除了你我二人，還有誰知曉？本想經過那事之後她便就銷聲匿跡了，不想才短短一年，她又重振旗鼓，濃寵更甚！」

「妹妹也是這般想的，誰知她竟又回來了，還帶著個乖巧可愛的討喜小公主，再加上她那羸羸弱弱的溫婉氣質，皇上一顆心都綁在那邊了。」我說著說著便低泣起來，「表面上萬歲爺每日總會來月華宮，妹妹風光無比，可實際上呢？不過是負著名聲而已，皇上這段日子中哪有幾日歇在這櫻雨殿呢？」

「如此說來，倒是姐姐錯怪妹妹你了？」淑妃將信將疑，平靜面色中窺探不出半分痕跡。

「哎，蓮貴人如今住在月華宮中，妹妹縱然心裡梗著，也得要每日強顏歡笑、噓寒問暖。就怕一個疏忽，皇上怪罪下來，妹妹我可是每日裡提心吊膽而如履薄冰……」

淑妃冷笑一聲，「事到如今，妹妹又何必在此自艾自憐，惺惺作態！」她話鋒一轉，竟是毫不客氣道：「德妃啊德妃，你眞要把本宮當猴兒耍，當傻子戲弄麼？」

我見她這等神情又吐出這般話，心曉今日她是鐵了心要撕破臉，遂不多言，只沉住氣等她開口。看來今兒個不賞她點顏色，她都快不記得自己是誰，越發飛揚跋扈了。既已無法維持表面平和，如今的我也不懼怕於你，倘你能知足，我倒可將就著，然若你給臉也不要臉，那就別怪我不客氣啦！

心下打定了主意，我不再硬擺出笑臉，只靜坐在一旁似笑非笑的看著她。

「若非榮昭儀親眼瞧見你進了斜芳殿，翌日那小狐狸精便做了主子搬進月華宮，本宮差點要信了你的話，德妃啊德妃，你眞是唱戲的高手！」

「淑妃姐姐既已知曉，本宮也不著擔憂你難以接受而費心掩飾了。不錯，本宮的確提攜了蓮貴人，她辛苦爲皇家誕下龍女，理應受封！」我挺直腰，中氣十足地回嗆，一反平日在她面前恭順的態度。

「你！」淑妃萬未料到我會坦然直認不諱，立時氣白了臉，伸手指著我，喘著氣而恨恨說道：「果眞是你！哼，你以爲你這樣做能討到甚的好處麼？」

「是無甚好處。」我慢條斯理端起几上的西湖龍井，輕抿了一小口，笑吟吟抬頭望去，「可也無甚壞處啊！」

打從皇后歿去後，淑妃幾曾受過這等蔑視，一見我不慍不火而不把她當回事之態，怒氣更盛，「哼，德妃！本宮就知你沒安好心，自從王皇后去了後，你就想盡辦法獨攬大權，一心窺伺著那大位，你以爲本宮不曉麼？本宮絕不會讓你趁心如意！」

「淑妃姐姐，你在說甚呢？妹妹我從無那般作想，更不曾動手腳。」我像觀猴戲似的看著淑妃，「至於姐姐有無此設想，可曾朝那方向行事，就只有姐姐自個兒心裡清楚啦。」

淑妃被戳中了心眼，登時怒火中燒，「砰」的重拍了一下旁側小几，厲聲呵斥道：「德妃，你含血噴人！」

「我含血噴人麼？」我目光炯炯地盯著淑妃，直望進她眼眸深處，一字一句道：「西寧將軍慶功宴上那名舞伶是何人所安排？雪貴人當眾舉止輕浮、形骸放浪又是怎地回事？還有孫常在跟前那丫頭的渾身傷痕是怎麼來的？」

「哼，你也不差呀！」淑妃被說中心思，軟了一瞬，隨即又恨恨地說道：「蓮貴人不也是你用來固寵的棋子麼？」

「今日既撕破了臉面，姐姐要如此攀扯，做妹妹的亦無話可說。」我滿臉含笑，對著氣憤難平的淑妃輕聲道：「正所謂『八仙過海，各顯神通』，今後咱們可就橋歸橋、路歸路了，妹妹早想知道，究竟妹妹和姐姐，誰才是最後的贏者！」

「哼，你別忘了，那蓮貴人是你發掘的，毒計亦是你出的。一旦逼急了本宮，甭怪本宮在太后和皇上面前把事情抖個乾淨！」淑妃見我毫不給她留顏面，索性來個魚死網破。

「姐姐，你在說甚呀？」我訝然眨巴著無辜大眼，不明所以的問道：「什麼毒計啊？妹妹怎麼全然聽不懂？」

「哼，你不用擺這副善良無辜樣，這宮裡別人不曉你德妃的眞面目，本宮還看不出麼？」淑妃面露嫌惡，「本宮在說什麼，你我二人心知肚明！」

我聞言不由咯咯笑開了去，直笑得淑妃一臉莫名其妙，才收了笑，冷冷道：「姐姐難道忘了麼？那蓮貴人是姐姐親手送往御書房伺候的，那支髮簪也是姐姐託妹妹贈與蓮貴人，妹妹可是甚都不知啊，且王皇后吐血身亡前，是姐姐一人守在房中。姐姐儘管說去吧，我倒想看看屆時在太后和皇上面前說不清的究竟是姐姐你，還是妹妹我呢？」

「你！」淑妃臉色灰白，恨聲道：「毒婦，你早就算計好了？」

「姐姐何必說得這般難聽呢？正所謂『人不爲己，天誅地滅』，如若妹妹不留些後路，此時姐姐還會苦惱著無從下手麼？」

我抖了抖衣袖，又細細整了整兩邊袖口的絲繡，斜眼看著淑妃，口氣冷淡至極，「淑妃姐姐，妹妹如今身子重，御醫囑說必須安心靜養，姐姐過來也有好一陣工夫，妹妹就不多留了。」說罷轉頭高聲道：「小安子！」

「奴才在！」守於門口密切注意屋內動靜的小安子，一聽我叫喚，立時掀簾進來恭敬道：「主子有何吩咐？」

我還未開口，卻聞見那邊淑妃極不自然地笑開了。

「呵呵……」淑妃轉了口氣，起身上前陪笑道：「方才姐姐不過跟妹妹開個玩笑，妹妹怎就當眞了呢？」

「玩笑麼？」我復斜瞟了淑妃一眼，揮手示意小安子退下，生生扯出個笑臉來，嗔怪道：「我就說呀，姐姐怎可能做這等吃力不討好的事呢，可不是搬石頭砸自己腳？姐姐不必驚慌，妹妹也是跟你鬧著玩的！」

「呵呵……」淑妃銀牙咬碎，卻不得不軟下性子，趨前討好似的扶了我，移至方才她坐的中間正位，輕言細語道：「妹妹，你坐這邊，舒服些！」

「有勞姐姐了！」

我落坐在鋪著軟墊的鏤空雕花楠木椅上，調整了個舒服的坐姿，也不發言。淑妃尷尬立於一旁，站也不是，坐也不是。

過得許久，我才揮手示意道：「咦，姐姐怎麼還站著呢，快坐下吧！」

淑妃甫挪步至我方才坐過的那張楠木椅，款款落坐，挺直了脊背，雙手平放在腿上，一副恭敬柔順的樣子。

我心中不由冷笑一聲，原本還一副得理不饒人的母老虎模樣，轉眼間就收起利爪，變成溫順的小綿羊了。只是……如今眼前這隻綿羊再溫順，本宮也已瞭然那不過是隻披著羊皮的母狼！

我心中澄亮，面上卻顯出若無其事之狀，彷若方才一切皆未發生過一般，逕直朝門外高聲道：「秋霜，你這作死的賤婢，認不清尊卑，看不清好歹，給淑妃娘娘換個茶也換了這麼久，還不快給本宮滾進來！」

淑妃自是聽得出我話中之話，亦明白我罵秋霜純在指桑罵槐，卻只作不知，放於腿上那雙死擰著絲帕的雙手則洩露了她此刻眞正情緒。

我似未見，斜臥椅上撐頭假寐，偶爾睜眼瞟瞟局促不安的她。

未幾，秋霜掀簾入內給淑妃奉茶。淑妃忙雙手接過，連聲道謝，與方才氣勢洶洶、目中無人之狀大相逕庭。

我冷哼一聲，心道：「奴顏婢骨！」

淑妃這些年別的本事沒學會，厚顏無恥的功力倒是日漸深厚。這會子只若無其事地與我閒話家常，更異常熱心地對我腹中龍胎噓寒問暖，我只有一搭沒一搭的應著。

「妹妹轉眼已有六個多月的身子吧？如今這節骨眼上還是少操勞爲好，那些個瑣事儘管吩咐奴才們去做便成了，妹妹只須好生將養著。」

我瞟了她一眼，不知她是否話中有話，嘴角勾出一絲笑意，淡然回道：「這龍胎在妹妹腹中還算安穩，就不勞姐姐費心了。」

淑妃甫驚覺自己說錯了話，往常的關心話語於今日不尋常氣氛下，聽起來就是分外刺耳，遂只訥訥乾笑了幾聲。

我也不理她，自顧自地抿呷著秋霜新奉上的茶。

她躊躇半晌，才笑道：「妹妹身子重，應多歇著才是，姐姐就不叨擾了，趕明兒再過來看妹妹。」

我一聽，笑道：「姐姐忙去吧，妹妹就不多留了！」說著又朝門外高聲道：「秋霜，替本宮送淑妃娘娘。」

我只吩咐著，並不起身相送，只臥在椅上瞧看著那青花瓷細紋茶杯，彷彿它能生出花兒般。淑妃討了個沒趣，又不敢多說話，便就默默轉身離去。

淑妃一走，小安子旋掀簾子進來，笑道：「淑妃娘娘也眞不自重，主子您平日裡讓著她，她還眞格的抬舉自己，如今倒是規矩了！只是……主子，寧壽宮那位還不知深淺，又跟這位如斯公然敵對，會不會……對主子不利啊？」

我閒步走近窗邊，看著淑妃穿過迴廊的身影，冷笑道：「懼她做甚，她就那點心思、那點能耐，不賞她點顏色，她還眞把自己當回事了呢！寧壽宮那位，怕也拖不了幾月的，照南宮陽那般說來。」

「主子所言甚是，奴才只是覺著凡事小心些爲好！」小安子在旁笑道。

我點點頭，待要說話，門口傳來小碌子的通傳聲：「主子，蓮貴人過來了。」

我一聽，微頓一下，忙朝小安子使了個眼色，又從茶杯中掬了些許茶水沾於眼角，復轉身斜臥在貴妃椅上。

小安子心思玲瓏，立時明瞭我的想法，直跪在我跟前裝出勸慰狀。

眨眼工夫，木蓮掀了簾子進來。我一看到她便忙坐起身，取絲帕揩了揩眼角淚水，揮手示意小安子退至一旁。我抬頭看著木蓮，生生咧嘴想扯出個笑容來，卻只是徒勞無功，比哭還難看。

木蓮見此情狀，立時紅了眼眶，趨前道：「娘娘，您這是怎麼啦？」

「沒、沒什麼。」我轉過頭迴避著她詢問的目光。

「娘娘，您就別瞞嬪妾了，嬪妾都看見了。」木蓮拉了我的手說道：「梅香說瞅見淑妃娘娘氣勢洶洶地步入您殿裡，嬪妾著急萬分，可沒敢進來，只候在殿外角落處。剛看到淑妃娘娘出了宮門，嬪妾便急急地趕了過來。」

我輕拍她的手，感激道：「多謝妹妹，勞您費心了！」

「娘娘，淑妃娘娘究竟所爲何事啊？」木蓮一臉著急地問著。見我這般戚然神情，她竟急得眼淚盈滿了眼眶。

「妹妹莫擔心。淑妃姐姐來，只是……只是爲些不相干的瑣事。」我口中直說無事，眼淚卻從眼角淌下，大顆大顆滴落在我二人相握的手上。

木蓮渾身一震，待要再問，一旁的小安子卻「咚」的跪倒在地，哽咽道：「主子，您別一個人扛著了，蓮貴人素來與您親近些，您就跟她說說罷，您受了淑妃娘娘的氣還這般悶著，若是悶出個好歹來，教奴才們怎生是好啊！」

我一聽，眼淚掉得更厲害了，不住抖著肩膀，努力不讓自己哭出聲來。木蓮細細替我揩著眼淚，眼底滿是心疼和內疚，低低喚了聲：「娘娘……」

木蓮知我心性，如此難以啓齒之事我定不會開口訴苦，她只得轉頭朝小安子追問道：「安公公，娘娘和淑妃娘娘究竟是怎麼回事，你倒是快說啊！」

小安子看了我一眼，才朝木蓮道：「回貴人主子，我家主子跟淑妃娘娘的矛盾歷來已久。王皇后在世之時，將後宮帳目交與我家主子管理，淑妃娘娘即曾鬧到太后那邊，指說我家主子挪用大內的銀子。王皇后故去後，淑妃娘娘不管事，這宮裡大大小小之事便全落在我家主子一人身上，淑妃娘娘卻三天兩頭來找碴。我家主子心善，敬她是這宮裡頭位分最高的主子，一直隱忍不言。偏偏淑妃娘娘卻越發的變本加厲，這不，今兒個午後就爲……」

「快住了，小安子。」我倏地抬頭，沉聲喝住小安子，轉頭朝木蓮道：「都是些瑣事，妹妹就別擔心了。」

「不，娘娘！」木蓮隱隱猜到今日之事恐與她相干，放開了我的手，起身退後幾步端跪在我跟前，堅持道：「娘娘，請您告訴嬪妾，淑妃娘娘今兒個的怒氣，是不是……是不是因著嬪妾？」

我看著凜然之色的木蓮，重重歎了口氣，「姐姐原不想讓妹妹知道，怕妹妹心有負擔，既然妹妹這般堅持……你先起來吧。」

我拉了木蓮同坐榻上，微歎口氣後沉痛道：「當時奴才們來稟，說你爲皇上誕下小公主，我本想即刻稟了皇上。不料淑妃姐姐攔著不肯，直說你沒名沒分的，那孩子未必眞是公主，更說你是最後一個覲見王皇后的，是不祥之人。雖說姐姐我代管六宮，可到底這宮中她位分在我之上，面子上總得過得去，不然可教後宮嬪妃們笑話了去，太后、皇上若不知，還只當是我身懷野心，妄想越過淑妃姐姐去呢。哎，我沒辦法，只得命人暗中照顧於你，可後宮畢竟是個踩低墊高的地方，我始終不大放心。如此忍了些時日，奴才們才又稟報，說是妹妹你身子日漸虛弱，我再也忍禁不住，便悄悄帶了小安子前去探望妹妹。那日裡見你那般淒苦，我回來後哭倒在皇上跟前，只求他讓你母女衣食無憂，皇上到底心疼於你，竟不顧當初太后送你去斜芳殿的懿旨，翌日便晉了你的位，後來……後來妹妹都知道了。」

我細細回憶著，輕聲述說，木蓮早已淚流滿面。

小安子在旁接道：「淑妃娘娘今兒怒氣沖沖前來，指說蓮貴人您魅惑君王，專房獨寵，又說我家主子利用蓮貴人您來固寵，硬說我家主子想越過她去。主子悉心解釋，淑妃娘娘卻說主子惺惺作態，不過是欲蓋彌彰，主子百般陪笑臉，淑妃娘娘卻丟下定要讓主子好看的狠話，揚長而去！」

小安子話未說完，木蓮早已嚶嚶痛哭起來，哽咽道：「娘娘，都怪嬪妾不好，讓您爲著嬪妾受委屈了！娘娘，嬪妾願意住回斜芳殿去，娘娘……」

「行了，妹妹。姐姐就是曉得你的性子，怕你如許內疚自責才不欲告訴你這些事的。」我輕手替她拭著淚水，柔聲道：「當初若非我拿條件與你交換，讓你在皇上跟前替我侍奉著，照顧好他，妹妹又何至於落得被送到斜芳殿，無人問津呢？若說內疚，姐姐才是眞正該內疚之人！」

「不，不。娘娘那是幫了嬪妾，若非有娘娘著想，嬪妾只怕一輩子都是宮裡的奴才，嬪妾全家恐還過著節衣縮食的窮苦日子。娘娘放心，嬪妾答應過您的事定會做到，只要皇上不嫌棄嬪妾，嬪妾必替娘娘侍奉好皇上，絕無貳心！」木蓮信誓旦旦地說道。

「好，好，好妹妹！有你這話姐姐就放心了。」我使勁點點頭，連聲道。

「兩位主子快都別哭了，對身子可不好。」小安子見我們哭成一團，忙上前勸慰道。

我倆一聽，相互對望一眼，不由得笑了。

小安子忙命人進來伺候梳洗，又親自奉上些新鮮葡萄給我二人用著，爾後在一旁小聲道：「主子，依奴才看來，淑妃娘娘決然不肯善罷甘休，她既已認定主子和蓮貴人專寵奪權而欲越過她去，就鐵定會想辦法來對付主子您。」

木蓮一聽，急了，摘在手中的葡萄不及放進嘴裡，便忙問道：「娘娘，這可如何是好？」

「哎！」我扔落手中的葡萄皮，微歎口氣道：「即便心知她有意爲難，本宮又能如何？也只能走著看，到時見招拆招了。」

「主子，話不是這麼說的，您老是百般忍讓，只會讓淑妃娘娘越發飛揚跋扈，目中無人。依奴才看，主子應想個法子先發制人，制住淑妃娘娘的囂張氣焰，這樣她才不敢輕舉妄動，隨意胡來！」

「胡鬧！」我沉聲喝道，瞪了小安子一眼，「豈可存此等害人之心！」

「娘娘，嬪妾……嬪妾也以爲安公公言之有理。」木蓮見我面色不善，在旁小心翼翼道。

小安子「咚」的跪落在我跟前，執意道：「主子，雖說害人之心不可有，可防人之心同樣不可無啊！如今主子明明知道淑妃娘娘要變著法來害您，仍舊這般隱忍。奴才不過是想，主子若能先發制人而鎭住淑妃娘娘，她便不敢來害主子您了。奴才實無勸說主子害淑妃娘娘之心，請主子明鑒！」

我陰沉著臉，也不啓口。木蓮在旁蹙眉沉吟少頃，甫細聲道：「娘娘，您就是太善良了，才會讓淑妃娘娘這般爲難於您。其實嬪妾也贊成安公公的話，娘娘您先給淑妃娘娘嘗點顏色，讓她知您並不好欺，淑妃娘娘便不敢輕舉妄動，這樣娘娘您也不會有危險了！」

「哦？」我聽木蓮之語，才細細思索起來，「聽妹妹如此一說，倒頗有道理。小安子，看在蓮貴人替你說話的分上，暫且饒了你這一回。」

「謝主子！」小安子一臉欣喜地謝了恩，隨即又小心翼翼問道：「主子，那方才奴才和蓮貴人所提之事……」

我瞅看他一眼，又轉頭看了看拿清澈目光凝望著我的木蓮，不由歎了口氣，「此事，不是說行便可行的，亦非單靠一兩個人能成事的。即便要做，也得等到時機成熟，安排得天衣無縫才行，總不能給別人留下話柄……其實你們這般說也未嘗沒有道理，容本宮細細思量思量再說吧。」

「娘娘但有用得著嬪妾之處，嬪妾萬死不辭！」木蓮目光炯炯地望著我。

我撫拍她放在几上的手，待要說話，門外忽響起彩衣的聲音：「主子，奴婢進來了。」

彩衣說罷掀簾而入，令背後跟著的人進來掌燈，自己則恭敬問詢道：「主子，時候不早，是否可傳膳了？」

我轉頭望向窗外，夜幕不知何時悄然降臨，忙起身招呼木蓮一同用膳。

用過膳，又閒聊了好一陣，我才讓木蓮回去安歇。

三十七　立后之爭

今歲之秋格外反常，入秋已有陣時日，日頭猶是那麼烈，空氣還是那等悶熱，燥得讓人幾乎快喘不過氣。

我剛午憩起身，小安子便進來了，他示意眾人退下，才上前悄聲稟道：「主子，方才小玄子遣人傳過話，說是今兒朝堂之上，以禮部榮尚書、翰林院汪大學士爲首的眾臣突然上表，言國不可一日無母，奏請皇上再立新后以安天下。可朝堂之上，眾臣言詞不一，皇上未有表態，只淡淡說此事須從長計議，不如改日再議，便退了朝。下朝後萬歲爺獨自待在御書房中，到這時辰不曾跨出門，也未召見過何人！小玄子偷了空，甫尋得藉口命小曲子偷偷過來傳話給主子您。」

我微微頷首，若有所思地言道：「難怪她至今未出手，原來竟是謀畫著此事，終於沉不住氣，先動起手麼？」

我復又靠臥貴妃椅上凝神沉思，朦朧間就這麼瞇盹睡去。

不曉過得多久，嚶嚀醒來時，睜眼處淨見一片明黃，我心下乍驚，立時清醒了過來，待要起身。

我口中輕喚：「皇上，您幾時過來的？怎也不叫人喚醒臣妾呢？」

皇上傾身扶我坐起，取了軟墊給我靠著。

他伸手輕撫我的臉頰，雙目含情，「朕看言言睡得好香，都捨不得吵醒你了。今兒都忙些什麼，怎地累成這樣？言言切要好生愛惜自個兒的身子，累壞了，朕可是會心疼的。」

提及此事，我想起午憩前之事，不禁喜上眉梢，雀躍地拉了皇上，興奮道：「皇上，睿兒、睿兒他能自個兒走路了！」

「眞的？」皇上一聽大喜，忙問道：「睿兒，朕的睿兒呢？」

「回皇上，睿皇子剛剛午憩醒來，此時正由寧嬤嬤在偏殿伺候著。」一直侍立在旁的彩衣忙端正跪了回稟。

「快傳！」皇上龍顏大悅，睿兒牙牙學語那一陣，皇上亦是這般欣喜，賞賜了不少稀罕之物。

「是，皇上。」彩衣叩首道，躬身退出。

須臾工夫，寧嬤嬤便帶了睿兒進來。

我記起上次之危，忙道：「寧嬤嬤，免禮吧。快將睿兒放下，讓他自己走過來。」

「是，娘娘。」寧嬤嬤答應著，小心謹愼地將懷中早已認出雙親的睿兒放在地板上。

睿兒口中咿咿呀呀說著我們聽不懂的話語，剛一著地，便迫不及待邁開晃晃悠悠的腳步朝我們走來。或因走得急些，走到一半竟腳一拐而絆倒在地，他愣了一下，癟了癟小嘴，一副含淚欲滴的模樣。

雖說今年秋日異常悶熱，可因著我懷有身孕，屋裡鋪著厚厚的手織波斯羊毛地毯，所以睿兒摔倒了我也不怎擔心，斷然不會有事的。

寧嬤嬤見睿兒摔倒，低呼一聲欲上前去扶。我立時低聲呼道：「寧嬤嬤，退下！」

我一把拉住待要起身去扶的皇上，轉頭含笑看著睿兒，朝他伸出雙手，柔聲道：「睿兒，快起來，到父皇、母妃這兒來！睿兒最勇敢了，自己起來！」

睿兒盯看著我，閉上了癟開的小嘴，睜著大眼來回巡看我和皇上，忽地咧嘴一笑，竟眞側著身子用手撐地，努力想爬將起來。我看著努力站起的睿兒，不由得握緊拳頭，暗暗於心中爲他鼓勵。

在經歷幾次失敗後，睿兒終於站了起來。

我激動得雙目含淚，衷心爲吾兒感到驕傲，忙朝滿頭大汗、一路搖擺著走來的他伸出了雙手，準備迎接我的寶貝。

不料小傢伙卻對我視若無睹，逕直撲入皇上懷中抓住龍袍咯咯笑著，口中只嚷：「皇……皇……」

我幽怨地睇了睿兒一眼，嘀咕道：「小傢伙，看到你父皇便不要母妃了！」

「看來朕的睿兒對這明黃之色，是情有獨鍾啊！」皇上對我的抱怨不以爲意，呵呵笑著，看我的眼神中添了一絲光亮。

我怔在當場，不禁懷疑自己是否看錯，那眼中竟含有些許……賞識！

皇上陪著睿兒玩了好半晌，又和我有一搭沒一搭的敘了許久，直到小玄子稟呈有朝中大臣求見。他去往御書房後，隨即又命人送來許多賞賜睿兒的奇珍異寶，卻對早朝時大臣們上表立后之事隻字未提！

待到次日午後，小安子悄悄來稟，說是西寧將軍傳話，欲與我約見於老地方。

我沉吟片刻，瞧看房中玩耍的睿兒，吩咐人傳了木蓮將海雅抱來。木蓮一進門，我便接過海雅放在嬰兒床上。

睿兒搖搖晃晃走近，抓住嬰兒床的圍欄，好奇地盯看床上的海雅，許久才伸出小手試探著輕觸海雅的小臉。

海雅轉頭望向睿兒，睿兒愣了一下，發現海雅能動時，他竟像發現新玩意似的咯咯笑開。他的笑容感染了海雅，她跟著露出笑顏。

我暗自鬆了口氣，坐在旁邊指著海雅，對睿兒笑道：「睿兒，這是妹妹，妹妹。」

睿兒一下看看我，一下看看旁邊正舞動手腳興奮地盯望我們的海雅，復又展露笑顏，認眞看著海雅，「妹……妹妹……」

我瞧著他，忍俊不禁溫柔而笑，「眞乖！睿兒，好好跟妹妹玩！」

一旁的木蓮早已激動萬分，用衣袖拭著淚花，哽咽道：「娘娘……」

「他們本爲兄妹，理該多親近親近！」我起身拉過木蓮，轉至旁側椅上坐了下來，靜觀這對兩小無猜，眼底滿懷柔情。

兩個小傢伙玩上好一會工夫，自然累了，我忙吩咐嬤嬤們將二人送到內室炕上並排躺睡。爾後我又與木蓮同享用了幾樣甜品，閒話家常。

小安子在外間稟了聲：「主子，奴才進來了。」說罷掀開簾子，疾步上前稟道：「主子，萬歲爺過來了，這會子怕已抵近宮門口。」

我一聽，撫了撫凸出的小腹，轉頭朝木蓮道：「妹妹，你到宮門口去迎接皇上吧。」

「娘娘，您……」木蓮有些不明所以的看著我。

「妹妹，你瞧姐姐這身子還怎麼伺候皇上，可也不能明著把皇上往外推吧？」我拉了她，柔聲道：「你好好侍奉皇上，今晚海雅就放在姐姐這兒吧，我會派人跟內務府那邊說的。今夜就讓他們宿於我殿裡，你儘管安心。」

木蓮略略遲疑，然看著我眞誠的眼神又看看我凸起的小腹，她終於頷首，朝我福了一福，道：「娘娘，那嬪妾這就去了。」

「嗯，快去吧。」

我親自送她到門口。

過得半盞茶工夫，小安子進來回稟，說是皇上遇上赴宮門口迎他的木蓮，已經去往櫻霞殿，估計今兒晚上會歇在那邊。

到了夜裡，櫻霞殿那邊守著的人稟報說皇上已然歇在蓮貴人房裡。我在殿裡稍行安排後，即讓玲瓏帶上熟睡的睿兒，小安子扶了我，一路朝桃花源而去。

待我們一行人抵達，西寧楨宇早已候在那處。一見我們跨進，他忙迎將上來從玲瓏手中接過睿兒，立於窗口借著微弱燈光細細瞅看酣睡的睿兒。

玲瓏和小安子識趣地退出去，守在門口。

我看著那般掛念疼惜睿兒的西寧楨宇，心中隱生不忍，側過頭小聲問道：「今兒個喚我過來，所爲何事？」

西寧楨宇瞧都沒瞧我一眼，只一味凝視著懷中的睿兒，沉聲道：「朝堂上朝議立后之事，想來你已知悉了？」

「是，衛公公傳報過消息，但僅是概略，我這邊並不那般知根知底。」我明白他是爲了此事，只得如實回道。

「此事有段時日了，太后怕是有意扶持雨婕妤的，只是她進宮時日尚淺，位分到底低些，加上膝下空虛，恐難成大事；位分在你之上的淑妃出身低下，朝中無人可倚，自個兒也不大理事，然雖無人支持，卻偏也入得太后的眼；你是目前宮中最合宜人選，但有人總抬令尊出來說嘴。故此目前之態是各執己詞，眾口不一，皇上同在沉思而未表態。」西寧楨宇娓娓細述立后之事，彷若說的是別人的事一般。

我靜聽著，未啓口相應。

如此沉默良久，他甫又說道：「你今想怎麼辦？」

我自嘲地笑了笑，回道：「我能怎麼辦？宮裡頭我能依靠的只有自己，朝堂之上而今我能依靠的唯有你了，你會幫襯我麼？」

「爲了睿兒，我會！」西寧楨宇篤定地答說。

原本在他懷中熟睡的睿兒連著動了幾下，眉頭輕皺，似有醒轉跡象。他一時手足無措，我忙疾步趨前自他懷中接過睿兒，讓睿兒依在我肘窩處。

我輕拍睿兒的背，細聲哄著，睿兒咕噥一聲，又沉沉睡去。

西寧楨宇詫然看著我，狀似我是不會且不可能做這種事的人。他凝神半晌，甫伸出手輕觸睿兒的小臉，低聲道：「想不到你頗會哄孩子。」

我呵呵一笑，嗔怪道：「這有甚好稀奇呢，我到底是睿兒的娘親。」

懷中的睿兒被西寧楨宇觸著臉頰，似覺不喜，搖了兩下頭後往我懷裡一倒。西寧楨宇撫著睿兒臉頰的手隨之一扯，緊貼在了我因著懷孕而更顯柔軟豐滿的胸前。

我二人俱是一愣，西寧楨宇的手像被灼傷般迅速縮回，我低著頭，臉頰緋紅，一時之間竟是誰也沒有說話。

須臾，西寧楨宇才訥訥地啓道：「今晚喚你過來，一來是許久沒瞧見睿兒了，想看看他；二來是想告訴你，朝堂上我會授人支持於你，只是淑妃那邊恐怕你得自己多用些心。太后有意扶持她，此話想來不用我道破，你也是明白的吧？」

我頷首應道：「我曉得怎麼做了，將會好生安排的。」

「先回去吧。」西寧楨宇語音中聽不出半分情緒。

我默然點點頭，轉過身去。他卻猛然上前抓住我的肩，我訝異地回首望著他。

他倏地鬆了手，沉聲道：「好好照顧睿兒……自己、自己多多保重！」

肩上他所觸過之處如著火般滾燙，我連張了幾次口，語帶顫抖，「謝謝！」說罷再不敢停留，趕緊大步出門離去。

金秋時節，園內菊花競相開放，天氣轉涼了些許，后位之爭卻已進入如火如荼階段。原本虎視眈眈的榮昭儀過早地被排擠出局，雖說她身爲二皇子的母妃，可畢竟在宮中位分偏低，朝堂之上除卻榮尚書外並無他人支持，一時間冷了下來。

反倒是向來不被看好的淑妃入得眾人之眼，朝堂之上有人提起，連太后亦稍偏向於她，大有爲后之勢，永和宮忽地變得空前熱鬧。

淑妃見到我，滿臉堆笑且態度溫婉，眼中卻盡顯得意之色，儼如皇后之位已然是她囊中之物似的。我看在眼裡不禁心中冷笑，面上卻不動聲色在眾人面前越顯謙卑，只兢兢業業地做好分內之事。

面對眾口紛紜的立后之議，皇上這回遲未表態，甚至不曾在我面前提過此事。

每次皇上駕臨，我只恭敬迎他而不加過問，彼此竟如無視此等大事般，誰也不去捅破那層紙。

此時我佇立窗前，賞觀夜幕中一片深灰以及望不到邊際的亭臺樓閣，突覺著這後宮儼似一口深井，人人皆是井底之蛙，尤其做了寵妃、當上娘娘，所見天空更形狹窄，除了高處僅見之位，眼中便再沒了別樣事物。

彩衣掀起珠簾入內，恭敬稟道：「主子，海月姑姑來了。」

我微怔一瞬，隨即笑道：「快，快快有請！」

彩衣答應著出去迎了海月姑姑進來。

海月小步趨前朝我福了一福，道：「奴婢見過德妃娘娘！」

我滿臉堆笑道：「海月姑姑快請坐。彩衣，看茶！」

話音甫落，彩衣已端托盤走進，和聲道：「海月姑姑，請用茶！」

那海月也不客氣，隻手接過茶杯，答謝道：「有勞彩衣姑姑。」

我斜坐楠木椅上，看著旁側的海月揭蓋刮了刮茶沫，輕抿了口茶。她微愣一下後面露驚喜之色，復連著呷了幾口，才朝我客氣道：「難怪奴才們總愛往娘娘殿裡跑，娘娘這裡連茶都與別處不同。娘娘，這是上好的蒙頂黃芽吧？」

「喲，不想海月姑姑也是愛茶之人哩。」我笑應著。

「嘿嘿……」海月略顯靦腆，「奴婢有幸喝過那麼一次，便就記下了。」

「姑姑喜歡，本宮命人給你備上一盒帶回去細細品嘗。」

「不敢，不敢。娘娘太客氣了，奴婢喝上這麼一口，已然滿足。」海月一聽，忙推辭道。

我心中冷哼一句：「只怕不是不想要，而是不敢要吧！若讓淑妃知道你受了我的禮，興許跳進黃河也洗不清啦！」心中如此作想，但我面上卻不動聲色地笑道：「今兒個是什麼風把海月姑姑吹到本宮這裡來呢？」

「瞧我，光顧著喝茶，倒差點把正事給忘了。」海月將茶杯擱放几上，一拍腦門才道：「娘娘，我家主子明日酉時於白玉亭約了眾位嬪妃品茗賞菊，欲邀德妃娘娘前往，不知娘娘是否得空？」

「淑妃姐姐太客氣了，請姑姑轉告姐姐，本宮定會準時前往。」我笑著應承了，心中滿是欣喜。

「既如此，奴婢就告退了，奴婢出來也有些時候，先回去向主子覆命了。」海月見我欣然同意，高興地對我告辭。

我朝一旁的彩衣遞過眼色，笑道：「彩衣，還不快替本宮送送海月姑姑。」

彩衣忙答應著，趨前朝海月手中塞入兩錠銀子，海月愣了愣，隨即收進袖中。彩衣打起簾子，高聲道：「海月姑姑，請！」

海月朝我福了一福，轉身昂著頭出去了。

彩衣送完海月轉回便翻了翻白眼，嗤笑道：「淑妃娘娘是越發的目中無人啦，連她跟前的奴才都這般囂張，見了主子您都不跪，連規矩都忘了！」

「喲！這是誰皮癢了，敢惹咱們彩衣姑姑發怒？簡直是不要命了！」小安子一進來便見彩衣那副怒氣沖沖模樣，立時嗔怪道。

「行了，小安子，你就少明知故問啦，彩衣肺都快氣炸了。」我笑道。

「彩衣啊，你就別氣了。」小安子忙笑著勸道：「放心吧，她們囂張不了幾日的。」

我點了點頭，喚道：「小安子，命小碌子守住門，你們倆過來。」

兩人忙四處仔細搜索過一遍，確認無閒雜人等，才令小碌子守在門口。

兩人爾後趨近我跟前道：「主子有甚吩咐？」

「明日酉時淑妃邀集於白玉亭品茗賞菊，此未嘗不是個大好機會，本宮可絕不放過。小安子，你去打聽清楚淑妃邀了哪些人。彩衣，你去請蓮貴人、鶯才人、孫常在過來，仔細著別讓人察知。」

「是，主子。」二人得令，趕緊分別忙去了。

翌日午憩起身，我命人將睿兒和海雅接到殿中，又讓小玄子從內務府中悄悄調了些身手了得的可靠之人護衛櫻雨殿安全。

待一切布置妥帖，才令彩衣替我梳個精緻的富貴流雲髻，正中簪上純金鳳冠，兩側鬢邊斜插了雙排金鑲玉的花簪，髻後簪了支別致的珠花環步搖，耳上一對水滴狀翡翠環。爾後著上正式繡鳳妃子宮裝，繡工繁複精緻的花紋熠熠生輝，宮裝裡層是月白色緞料長裙，婀娜走動之間若隱若現，彷如立於一朵白雲之中，姿態富貴萬千。

幾名平日伺候跟前的小宮女皆愣在當場，我輕咳了一聲，眾人才回過神來。

彩衣一臉驚歎，「主子，奴婢知您素來端莊美麗，不想盛裝打扮起來卻是如許嬌豔逼人！」

「呵呵，一個將臨盆的黃臉婆了，哪比得上你們，青春靚麗得跟把蔥兒似的。」我對鏡而立，相當滿意自己這身打扮，細瞧一番才轉頭問道：「蓮貴人呢？彩衣，去看看準備好了沒有？」

「娘娘，嬪妾早已準備妥當，只等時辰一到，便陪娘娘您一併前往。」

正說著蓮貴人，她這就過來了，小安子忙打起簾子，木蓮碎步跨進。

我瞧時候已到，起身握了木蓮的手，她用力地反握著我的手，我們相視一笑，舉步朝門口走去。

一上玉帶橋，即聽見對面亭中傳來歡聲笑語。穿過玉帶橋，便有宮女上前迎領我轉過迴廊，一路朝白玉亭而去。

尚未入白玉亭，就能聞得花香隨風飄來，亭中的嬉笑之聲亦越鮮明。一進亭子，花香益濃，亭中擺著一只鑲金白玉花瓶，瓶裡插滿了新摘取下的各品種金菊，四周擺著數十座位，皆鋪著大紅格子坐褥和絲繡靠背引枕。

「妹妹，快過來這裡坐！」淑妃瞅見我，笑盈盈朝我招呼。她打量過我的裝扮，又俯看自己身上那呆板的裝束，臉色沉了一瞬，隨又堆滿笑容。

我上前朝她福了一福，才往她旁側位子走去，款款落坐。轉頭朝外望去，亭下各處已擺滿各色盛開的金菊，萬綠湖畔微風送來陣陣花香，引人不住心曠神怡。

此時早有婢女上前擺好茶具開始沏茶，不一會茶香便從紫砂壺中飄溢出來，婢女仔細斟茶，依位分奉上。

淑妃笑道：「今日秋高氣爽，園子裡的金菊開得分外喜人，特邀眾位妹妹前來品茗賞菊。」

淑妃舉起手中的秋香鐵觀音，一臉意氣風發，彷若已成六宮之主似的優雅察看湯色，又低頭細聞過茶香，甫才輕抿了一口。

眾人忙跟著端起茶，細細品著。

宜婕妤瞟了我一眼，笑道：「德妃娘娘身子益發重了，難怪最近都沒見娘娘出來走動。」

我伸手撫了撫肚腹，對宜婕妤笑應道：「看來我倒是失禮了，往後啊，得常出來和姐妹們多往來往來才是，瞧，連宜妹妹都頗有微詞了。」

鶯才人笑道：「德妃娘娘身子重，妹妹們哪兒不知，平日裡也不敢打擾娘娘養胎，娘娘自言失禮，妹妹們怎地擔當得起呢。」

蓮貴人接口道：「娘娘身懷六甲，又忙著宮裡事務，妹妹們自然能夠體諒。」

榮昭儀自知被排擠在六宮之首的候選外以後，頓時清淡了不少，平素也鮮見她在宮裡走動，不知是收斂了性子，還是受了打擊而一時不振。這會子她亦只著了身素淨衣衫，梳了簡單的參雲髻，坐在位上細細品茗，狀若四周無人。

雪貴人滿臉堆笑瞥向我，眼底卻閃過一絲不屑，口中直道：「說來還是德妃娘娘福分最好，連著產下公主、皇子的，這會子又有了身孕。瞧姐姐濃寵不斷，膝下兒女成群的，直教人好生羨慕！」

我面露微笑，與淑妃二人端坐正中。二人同坐正中，我雖懷有身孕，可無論從衣著頭飾抑或從神情氣質來看，今兒個精心打扮過的淑妃猶略遜一籌。

我只當沒聽出雪貴人話中之刺，含笑朝眾人道：「妹妹們新近入宮，亦須得用心努力，早日為皇家開枝散葉才是。」

新進的幾人一聽，立時紅了臉，微低著頭沒有說話。

我端出莊秀之態，眼角餘光瞥見淑妃長長睫羽微微扇動，指上兩片修長護甲所鑲嵌的各色碎玉在夕陽映射下分外耀眼。

她的視線帶著一股寒意掃過蓮貴人，一路瞟來，經過我的時候略微頓了頓，又自然而然地閃避開去。爾後見她端起竹絲白紋的蓋碗茶杯，優雅嫻靜地呷著茶。

我不由暗笑一陣，續和眾人聊些閒話。明明是她招眾人一同品茗賞菊，而今氛圍反倒像我才是主人，她自己連吭也不敢吭一聲。

我一派平和地與眾人談笑，淑妃面無表情地坐於我旁側，一副若無其事之狀，然頭上微微晃動的金翠啣珠五鳳花簪洩露了她此刻心緒。

我暗歎了口氣，低頭看著自己一身金絲緞百鳥朝鳳花紋的正式宮裝，配著絲白內襯，突湧起滑稽之感，不由搖搖頭，看向殿外。

約莫過去一盞茶的工夫，淑妃笑著道：「妹妹們別光坐著說話啊，金秋菊花開得正是喜人，大家各自去觀賞觀賞吧。」

「嗯，如此甚好！」我笑著附和道，率先同淑妃一起出了白玉亭，沿著亭後的玉階緩步而下，木蓮一見，忙緊隨跟著。

白玉亭周圍早已布置妥當，擺滿了各式各色的金菊，有婀娜地開著的，有含苞待放的，有奪人眼目的金，有溫馨喜人的紅，有素雅淡然的白……

起先姐妹們還一路相偕走著，到後來竟三三兩兩地散開去，因著就在白玉亭處，宮女、太監們都於不遠處候著，眾人身邊登時沒了奴才隨侍。我自是同淑妃在一處，旁邊跟著蓮貴人和鶯才人。

「眾位姐姐，妹妹聽說萬綠湖西側蓮花池裡的蓮花這兩日開了，瞧此節分，想來應是今歲最後一次開花了，不如我們一道去看看吧？」鶯才人一臉雀躍。

淑妃瞧看了看已然落下半邊的日頭，轉頭笑著問我：「天色尚早，去去也無妨，只是不知德妃妹妹可乏了？」

「還行，難得眾姐妹好興致，我也不能掃了大家的興，這就去吧。」

一行人一致同意後，旋相攜離了白玉亭，一路朝萬綠湖西側蓮花池而去。

未抵蓮花池便聞得花香，極目望去，滿池蓮葉相連，出水挺立的花兒開得異常嬌豔動人，微風吹來，花香四溢尤沁人肺腑。

「幾位姐姐快看，這花兒開得眞喜人啊，婢妾聽宮女們說，今年新添了許多品種呢！」鶯才人一反平日的文靜，連連讚歎道，跑到角落邊入湖石階處戲水。

我和淑妃二人淨笑著，一前一後沿湖邊小徑緩緩行去，木蓮遠遠落在了後頭。

「妹妹，你可得多多保重啊！」淑妃不知何時挪到我身旁，關切地看著我，「妹妹，前年潯陽不幸夭折了，做姐姐的同感萬分悲痛，本想去看妹妹，又怕惹你傷心……」她面色微黯，滿臉歉然。

我一聽，心中那處舊瘡疤恍若被人生生撕開般疼痛，臉上卻平靜如常，淺笑道：「姐姐，事情都過去這麼久，妹妹已不悶在心裡了，倒教姐姐惦記掛念。要怪就怪潯陽那孩兒沒有這福分。」

「哎，妹妹你能想得開，那是最好了。你本就嬌貴些，如今又懷龍胎，身子越發重了，切得格外留心才是啊！」淑妃拉著我的手，拐過一角，四周登時空無一人。

淑妃引我走至白玉欄邊，極輕柔地撫著我的肚子，在我耳側呢喃道：「妹妹，前年你已平安誕下皇子，此次若又能平安誕下皇子或公主，可謂膝下兒女成群，他日寵冠六宮、青雲直上尤指日可待了……」

淑妃狀甚親暱，薄唇蠕動著，一臉溫柔神情，我卻清楚見出她陰冷的目光直射過來，扶著我的手逐漸添力，直把我朝欄杆外推去。

我心下乍驚，轉身看著幽幽湖水，雙手不由得握緊了冰冷的欄杆。

轉頭再看去，只見淑妃仍在說個不停：「妹妹啊，不如我們選個良辰吉日，一同赴歸元寺祈福吧……」

淑妃嘴上溫柔地說著，手上卻絲毫沒有鬆力，我腹中的胎兒好像感應到什麼，猛地動了一下，痛得我冷汗淋漓。

我雙手不敢鬆懈半分，只吃力地高叫：「姐姐，你……」

淑妃手下越發使勁，口中卻道：「妹妹，你怎麼啦？可是覺著不舒服？」

「德妃娘娘，您怎麼啦？」背後拐角處響起了木蓮的聲音，「嬪妾這便喚奴才們過來伺候著！」

木蓮不知何時已立於我和淑妃之後，高聲疾呼，我立時感到背後的那隻黑手消了力氣。

我扶著欄杆的手頓時痠軟下來，手心一片冷汗，連雙腳也微微打顫，心裡一陣駭然，若木蓮被絆住而沒及時出現，後果……不堪設想！

「沒事，淑妃娘娘擔心著我罷了，妹妹不必這般驚慌。」我朝木蓮莞爾一笑，說罷又朝淑妃深深地福了一福，歉然道：「姐姐，想不到姐姐竟是這般善心之人，以前妹妹聽信他人讒言而對姐姐多有得罪之處，還望姐姐寬宏大量，不與妹妹計較才是！」

「哎呀，妹妹，你這是做什麼呀……」淑妃慌忙扶起我，軟言道：「都是自家姐妹，何須見外。」

站在她背後的木蓮冷哼一聲，眼中滿是不屑。

「姐姐，你瞧那朵蓮花如何？」我突然指著遠處荷葉。

「妹妹，你說的是哪朵？」看著滿池的蓮花，淑妃順著我手指處瞧著，滿臉疑惑道。

「就是那朵啊，今年新進的一品蓮花——舞妃蓮啊。」我笑盈盈地指著遠處，故作詫異，「姐姐，你沒看到麼？就在那處，那邊那片荷葉旁啊！」

「真的麼？移栽過來時眾人都在議論的舞妃蓮麼？」淑妃手扶白玉欄杆，踮起腳來略略俯身望去，「妹妹，我還是沒瞧見你說的那朵……」

「娘娘，你說的是那邊那朵麼？」木蓮上前來，和我一左一右圍住了淑妃。

「蓮妹妹也看到了麼？我怎麼沒看到呀？」淑妃好奇心起，越發地向外傾去。

我輕輕一笑，「姐姐不用著急，你很快就可看到了。」

說罷，我抬頭和木蓮相視一笑，二人各伸出單腳，勾在她踮著的腳跟處稍微一抬。淑妃驚叫幾聲後，旋即「撲通」的掉進池裡。

「妹妹，你怎麼……」她好像不會泅水，奮力地拍打水面後沉沉浮浮好半天，嗆了幾口水。

「哎呀，姐姐你怎這般不當心，掉進池裡去啊！」我裝出驚嚇狀，冷眼看著德妃在水中掙扎，縷金大紅衣裙驟似一朵妖豔之花在水中漂蕩開來。

「姐姐，快！快伸手過來，妹妹拉你！」我說著伸出手去。

淑妃用盡全力拍打著水挨近，好不容易抓住我的手，人才浮將上來。

她剛喘了口氣，木蓮隨即近前道：「德妃姐姐身子重，讓嬪妾來拉淑妃娘娘吧。」

「謝謝，謝謝蓮妹妹！」淑妃喘著氣，在水中凍得牙齒直打顫，含糊不清道。

木蓮傾身拉住了淑妃的手，淑妃吊到嗓子眼的心甫剛落下，木蓮手上卻一抖，淑妃霎時又脫了手，沉下水去。

我將腳輕輕伸上欄杆，木蓮一把抓住我，將我拉了下來，神色凝重地朝我頷首，輕聲道：「娘娘，嬪妾得罪了。」

我正發愣間，她突然發力將我往前推去，我一下子撞上了白玉欄杆，小腹即刻傳來一陣刺痛。

我驚恐萬分，倏地抬頭看向木蓮，失聲道：「木蓮，你……」

木蓮歉然看著我，臉上淡淡而眼角含笑，倏地從欄杆上滾落下去，「撲通」一聲沉入了深幽冰冷的池水中。

「啊！」我大吃一驚，尖叫出聲，高嚷道：「救命啊，快來人啊！」靠著白玉欄杆緩緩倒下。

不遠處戲水的鶯才人想是聽到了響聲，起身直奔而來。一見暈倒在地的我，忙上前扶起我，連聲叫道：「娘娘，娘娘，你怎麼啦？」

我朦朧睜開眼，倏地想起還在水中的木蓮，驚慌地拉了鶯才人，「鶯妹妹，快，快叫人過來，淑妃姐姐和蓮妹妹落水了！」

鶯才人一聽，趕忙轉身高聲叫喚白玉亭那邊的奴才們。

我忍著疼，吃力地扶在欄杆上，看著湖中掙扎的二人，著急之餘一口氣沒上來，再次暈厥過去。

三十八　包藏禍心

是夜，華燈初上，夜晚的月華宮在燈火照耀下益顯富麗堂皇，臨近中秋的冷月使宮殿樓閣皆覆上了一層朦朧之紗。

如許美好夜色竟無人欣賞，東暖閣內外人影幢幢，卻是靜悄一片。眾人屏氣凝神，生怕一個不小心，暖閣中焦急煩躁的皇上就把怒氣發洩在了自個兒頭上。

「啓稟皇上，德妃娘娘秉氣虛弱，復又受驚而動了胎氣，才會暫時昏迷，腹中龍胎並無大礙……」南宮陽端正跪在我榻前，恭敬地對皇上稟道。

皇上不停地來回踱著步，「只是受驚？那爲何到此時仍未醒轉？」皇上惱怒地瞪著南宮陽，語氣不善，「德妃昏迷之中手捂小腹，眉頭輕蹙，而那宮裝上留有明顯擦痕。南宮陽，你敢欺君不成？」

「皇上息怒！」跪在地上的南宮陽額上立時冒出細細一層冷汗，隨即沉聲回道：「皇上，微臣有下情回稟。」

皇上揮揮手，小安子忙帶屋內的奴才們行過禮，爾後魚貫而出。

皇上冷眼看著南宮陽，聲音透出些威嚴，「你想說什麼就說吧！」

「啓稟皇上，據微臣診脈兼細察之下，足可斷定德妃娘娘昏迷之前曾與人有過爭執推擠，以致擦傷腹部而嚇得動了胎氣，昏迷不醒。」

「哦？你是說……」皇上一聽，陷入沉思。

「回皇上，此僅是微臣診脈所悉，至於實際情況恐只有當時在場的幾位主子才知曉，畢竟除了德妃娘娘，尚有淑妃娘娘和蓮貴人落水！」

我靜靜躺在床榻之上，朦朧間二人的對話傳入耳中，木蓮！對，木蓮怎麼樣了？

我努力想張口詢問，卻只吐出咳嗽之聲，二人皆轉過頭望著我。皇上頓時一臉欣喜，沒顧得跪在地上的南宮陽，忙趨前側坐床榻邊，拉過我的手柔聲道：「言言，你醒啦，可把朕嚇壞了。」

「妹妹……蓮妹妹……」我雙眼望著他，用盡全力喊了出來。

皇上見我這般神情，眉頭越發蹙緊，若有所思地看著我。

屛風外傳來小安子顫巍巍的通稟聲：「啓奏皇上，蓮貴人剛剛醒轉，直嚷著要見德妃娘娘！」

「她說要見就要見麼？也不怕攪擾了德妃……」皇上說到一半，觸見我眼中的渴望，他沉吟一下後才問道：「蓮貴人也落水了，身子如何？」

「回皇上，楊太醫已然替蓮貴人請了脈，蓮貴人身子本就羸弱，好在落水時間尙短，只略受寒氣，方才已飮過薑湯，楊太醫說並無大礙，只需好生調養一些時日，便可痊癒。」小安子跪在屛風外，恭敬回道。

「嗯。」皇上聽罷點了點頭，沉吟片刻後又說：「如此，就讓她過來吧。」

「是，皇上，奴才遵旨！」小安子恭敬磕了頭，躬身退出。

未幾，珠簾響動，屛風處傳來木蓮的聲音：「娘娘……」

轉過屛風卻見皇上端坐床榻前，她忙揮開眾人，疾步上前跪了，恭敬磕頭道：「臣妾拜見皇上，萬歲萬歲萬萬歲！臣妾不知皇上在此，駕前失儀，請皇上恕罪！」

我側頭看見跪在地上的木蓮，她剛換了身素淨衣服，連頭髮都不及梳理，便急急過來探望我。

「蓮兒，快起來吧。」皇上柔聲道：「難得你一片誠心，自個兒身子不好，還掛記著德妃。」

「娘娘宅心仁厚、體貼下人，宮中素來有口皆碑。全怪臣妾粗心，竟沒時刻跟在娘娘身邊，這才……」木蓮上前跪落床榻前，她拉著我的手，眼眶都紅了，聲音中滿是歉意和悔恨。

「蓮妹妹，是我自個兒不小心，豈能怪你？你就別自責了。」我忙打斷木蓮的話。

皇上看看木蓮，又看看我，柔聲問道：「言言，今兒傍晚在蓮花池究竟是怎麼回事啊？」

「沒、沒什麼。」我眼神閃躲著，不敢直視皇上，吶吶回道：「皇上，今兒傍晚時分，臣妾同淑妃姐姐在池邊賞花，姐姐不慎掉入池中，蓮妹妹好心去拉姐姐，不料連自個兒也被拉了下去。臣妾一見，嚇壞了，所幸鶯妹妹喚來奴才們，這才無事……」

「娘娘，您……」木蓮在旁失聲呼道，臉上閃過瞬間的詫異，隨即又隱遁回去，只低著頭不語。

「哦？是這樣麼？」皇上平淡口氣中聽不出半分波動，他頓了一下，沉聲喝道：「蓮兒，你來說說，今兒傍晚是怎麼回事？」

木蓮驟被點到名，嚇得渾身發顫，偷偷抬頭瞟了一眼皇上，見他陰沉著臉緊盯自己，忙低下頭去，額上冒出一層冷汗，只吶吶回道：「回皇上，今兒、今兒傍晚……」

「蓮貴人，欺君之罪可是要殺頭的，你得想清楚了再說！」皇上低沉嗓音中透出無比威嚴。

木蓮嚇得立時住了口，躊躇半天才抬頭看向我，歉然道：「娘娘，嬪妾知您心善，可這麼大的事兒，娘娘想替她瞞著，已是不可能了。嬪妾只能如實向皇上稟報，請娘娘恕罪！」

木蓮退後幾步，先朝躺在床上的我磕了頭，復轉身朝皇上磕頭，恭敬回道：「皇上，今兒酉時淑妃娘娘請了眾人在白玉亭品茗賞菊，姐妹們見園中菊花開得喜人，便散了各自欣賞著。鶯妹妹直說蓮花池中的蓮花開了，又道有今年新進的舞妃蓮，淑妃娘娘、德妃娘娘、鶯才人和臣妾遂一同前往觀看。鶯妹妹萬分欣喜，早早地就跑到前面去了，淑妃娘娘和德妃娘娘走在中間，臣妾見兩位娘娘聊得甚爲投契，沒敢上前打擾，只遠遠跟在後頭。兩位娘娘轉過拐角後，臣妾便見不著了，待臣妾轉過拐角，卻見……卻見……」

木蓮說到此處已是臉色慘白、目露驚恐，額上冷汗直流，牙齒打著顫，半晌說不出話。

皇上一見，生急了，沉聲追問道：「你究竟看到了什麼？你倒是快說啊！」

「臣妾看到……臣妾看到……」木蓮結巴著，就在皇上著急萬分待要發怒的節骨眼，木蓮喊出了石破驚天的一句，「臣妾看到淑妃娘娘將德妃娘娘推向白玉欄杆，想將娘娘推下池去！」

「什麼！」皇上怔在當場，回過神後厲聲喝道：「蓮貴人，你可知你說了甚話？」

「回皇上，臣妾句句屬實！」木蓮既已起了頭，便一副豁出去之樣，娓娓述道：「臣妾趕忙趨近詢問，淑妃娘娘才未得逞，反倒是德妃娘娘連連說她身子不適。不料淑妃娘娘一計不成而又生一計，指著荷葉深處，直讓德妃娘娘傾身去看什麼舞妃蓮，眼看著德妃娘娘就要掉進池中，臣妾拚死奔上前護住德妃娘娘，卻不慎將淑妃娘娘給撞入了蓮花池。」

「那你自己是怎地掉下去的？如若淑妃掉入了蓮花池中，你又是如何掉下去的？別告訴朕，是德妃推了你下去！」皇上目光炯炯盯視木蓮，不放過她臉上一絲表情。

木蓮直直跪落他跟前，目光坦然誠懇，恭敬回道：「淑妃娘娘掉進蓮花池中，這秋日向晚時分的池水冰冷異常，淑妃娘娘又不會泅水，直喝了幾口水。德妃娘娘心善，著急萬分欲上前伸手拉淑妃娘娘，臣妾怕德妃娘娘再出個好歹，忙上前幫忙，不料……不料臣妾沒用，沒把淑妃娘娘拉上來，自個兒反倒落進了蓮花池。所幸德妃娘娘高聲呼來鶯才人，臣妾和淑妃娘娘這才得救了！」

躺在床榻的我早已淚流滿面，泣不成聲。皇上一見，心疼地替我揩去眼淚，摟我入懷。

我嚶嚶痛哭，半晌才哽咽道：「皇上，臣妾好、好怕，臣妾還以爲再看不到皇上了。蓮妹妹句句屬實，臣妾萬想不到淑妃姐姐她竟然……皇上，多虧了蓮妹妹，否則臣妾不知還能不能夠看到皇上……」

皇上一聽，摟著我的手不由得添上幾分力道，彷若一鬆手我就會不見似的。他輕聲道：「蓮兒，你先起來吧。下去好生養著，好好調養身子，朕不會虧待你的！」

木蓮暗自鬆了口氣，忙磕頭道：「是，皇上，臣妾告退！」說完躬身退了幾步，方才在彩衣攙扶下轉身離去。

我依在皇上肩窩處低聲抽泣，皇上僵直著身子又陰沉著臉，雙手輕柔地摟我在懷，似有千言萬語哽於喉中。

半晌，皇上才沉聲喚道：「小玄子！」

「奴才在！」一直候在門口的小玄子忙打了簾子進來，恭敬立在跟前候旨。

「淑妃怎麼樣了？」皇上平靜的聲音中聽不出喜怒。

「回皇上，淑妃娘娘最先落池，後同蓮貴人一併被內廷侍衛救起，然因在水裡稍久讓娘娘嗆了不少水，現下雖已醒轉，可身子仍然虛弱得緊。」

我住了低泣，從皇上懷中抬起頭來，臉頰上猶掛著淚痕，哽咽道：「皇上，今已近中秋，天氣轉涼，那蓮花池水中到底陰寒刺骨，受了濕氣對身子不好。臣妾已無大礙，皇上還是去探望姐姐爲好。」

「你？」皇上略皺了皺眉，「言言，她這般待你，你卻……」

「肅郎對臣妾關懷體貼，臣妾無以爲報。不過臣妾始終記得太后的教誨，後宮各處須雨露均霑，淑妃姐姐到底落了水，皇上若留在臣妾宮中，難免……」我登時紅了眼眶，哽咽著再也說不下去。

皇上突然動了氣，怒聲道：「又是母后！朕就知道……」說到一半又倏地止住，垂下頭來聞著我髮間幽香，眼中一片憐惜，萬般不捨。

良久，他神色一斂，沉聲道：「小玄子，傳朕旨意，永和宮淑妃不慎落水，寒氣侵骨，異常虛弱，特准留在永和宮內悉心調養，沒有朕的旨意，任何人不得前去打擾！」

這旨意表面全是關心之意，可實際等同禁足，將淑妃軟禁在永和宮內。

我一聽，急道：「皇上，不可！臣妾懇請您收回成命！」

「言言，你怎麼……」皇上聽我此言，滿臉不信地驚呼著。

我拉了他的手，悄聲道：「皇上，臣妾又何嘗不厭惡於她，可宮中爲了立新后之事早已流言漫天了。傍晚之事，蓮妹妹句句屬實，可當時只我三人在場，這宮裡人都知蓮貴人是臣妾去斜芳殿探望她後，皇上才晉了位賜住在臣妾宮裡的。皇上倘單憑臣妾和蓮妹妹之言便要處罰淑妃，別人斷然不相信是姐姐存了害人之心，反而會說是臣妾爲了爭寵固位而設下的毒計！到時、到時臣妾就算滿身是嘴也說不清了。」

俄頃，他才低聲呢喃道：「朕知道言言你受委屈了！朕明明知曉她要來害朕的骨肉，你卻還要朕若無其事地去面對她？去永和宮探望她，關心她的身子麼？」

皇上搖了搖頭，毅然道：「不，不可能，朕辦不到！言言，別的事朕都可依著你，唯此事朕不能依著你，只要想到有雙惡毒眼睛盯著你腹中的龍胎，隨時可能出手加害他，朕就寢食難安。朕絕不允許這種事發生！」

皇上堅定地抬頭，朝小玄子高聲道：「小玄子，還愣著做甚？還不快去傳旨？」

「是，皇上，奴才遵旨！」小玄子朝皇上一拱手，答應著躬身退了出去。

「皇上，這……」我心中竊喜，臉上卻仍表現不贊同，無奈地喚著皇上。

皇上摟我入懷，輕輕拍背安撫我的情緒，沒有說話。

「啓稟皇上，娘娘的藥煎好了。」珠簾外響起小安子的聲音。

「還不快送進來！」皇上一聽，忙喚道。

小安子匆匆掀了簾子，疾步將湯藥端入，待要擱放旁側小几上，皇上卻示意他奉到跟前。皇上親手端起青花瓷碗放近嘴邊吹了吹，又親口試了試，確定不燙了才送到我嘴邊，讓我就著他的手將碗中之藥喝下去。

小安子早已備好蜜餞，待我服完藥，忙奉上讓我含在嘴裡去苦味。

皇上扶我輕輕躺落，抓住我的手淺笑道：「放心吧，有朕在呢！你也累壞了，先好好歇歇吧！」

我躺在床榻上，溫婉地笑看著他。

他眼中滿是柔情，把我的小手握在他手中，拿另一隻手輕撫過我的眼，緩聲道：「言言快睡吧，朕在這兒陪著你，等你睡著了朕才離開。」

我掙扎著，卻終抵不過湯藥功效而沉沉睡去。

待我醒來時，已是豔陽高照。

彩衣一臉欣喜地上前道：「主子，您醒啦？」

我打量了四周，朦朧記起昨日落水之事。

彩衣掩嘴笑道：「主子，昨兒晚上萬歲爺待您熟睡後才離開的，臨走時千叮嚀萬囑咐奴婢們好生照顧您呢。」

我霎時紅了臉，嗔怪道：「我又不是那等意思……」隨即又覺得無須費力解釋，忙轉了話題，「現下什麼時辰？」

彩衣邊伺候我起身，邊笑道：「回主子，已近晌午了。」

我頷首道：「可有派人去看蓮貴人？她現下如何了？」

「奴婢就知主子會問，早早的便讓秋霜前去看過了。」彩衣笑道：「蓮貴人喝下楊太醫的藥，睡了一覺，身子已無大礙。她方才還來過這兒，主子尚未醒來，奴婢便讓蓮貴人再回去多歇著。」

我點了點頭，走至梳妝鏡前，靜看彩衣爲我梳著精緻的髮髻，問道：「小安子呢？怎麼不見他哩？」

「他呀？一大早便沒見著人影，也不曉去了哪裡。」彩衣悉心替我梳著頭，一邊答道。

「主子，奴才回來了。」小安子恰打了簾子入內。

「喲，小安子，你老這麼神出鬼沒的，都快嚇死人了！」彩衣瞟了一眼小安子，嗔怪道。

「嘿嘿……」小安子痞痞地一笑，「我當然要跑快點啦，否則可又給了你機會在主子面前編排我的不是。」

「你……」彩衣被他堵了個正著，連連朝我嗔道：「主子，您看小安子……早知道奴婢就狠狠說他幾句壞話，省得他淨冤枉奴婢。」

「成了，成了。」我含笑從鏡中看著老愛鬥嘴的兩人，「小安子，你這般氣喘吁吁的，可是上哪兒去了？」

「回主子，奴才閒著沒事，便往各宮裡聽奴才們閒話家常去了。」小安子朝我躬著身，恭敬回道。

「哦！都聽到些什麼新鮮事了？也說給本宮聽聽，逗樂逗樂。」

「回主子，如今各宮還能說什麼？至多不過是昨兒個蓮花池之事，泰半皆說淑妃娘娘偷雞不成倒蝕一把米，想趁無人之時害德妃娘娘不成，竟還被蓮貴人撞見，如今被皇上幽禁永和宮，怕是要被徹查了！」小安子興奮地轉述著眾人的議論。

「嗨，這哪算什麼新鮮事啊？」我無聊地打了個呵欠，「可有別的新鮮事麼，換一個來聽聽。」

「回主子，」小安子躬身道：「奴才還探聽到，淑妃娘娘被內廷侍衛救起後送回永和宮，雖服下御醫開的方子，但因嗆了不少水，身子虛弱得緊，估計到現下也未醒轉。」

「是麼？」我細細瞧著彩衣為我梳的飛鳳髻，柔聲道：「淑妃姐姐落水了，想來這會子玉體正虛呢。小安子，還不趕快備些禮，本宮這就過去探望淑妃姐姐。」

「哎……主子。」小安子躊躇少頃，甫道：「主子，皇上已傳下旨意，未有允許皆不得打擾淑妃娘娘靜養。」

我但笑不語，只從袖中取出皇上欽賜的那塊「如朕躬親」的金牌，笑道：「後宮之事本就由本宮打理，再加上這件，還不夠分量麼？」

小安子這才欣喜地點著頭，躬身退了出去。

「彩衣啊，等會子要去探望淑妃娘娘，可得打扮得清淡些，就不消著宮裝了，去將前兒個皇上令繡房新送來的秋衫取一套來便行。」

我吩咐著，又對銅鏡左右細看，從首飾盒中取了那支皇上御賜而我總嫌招搖未曾佩戴過的五鳳鑲紅寶石髮簪，斜斜地插在髻上。

宮女們取來秋衫，我緩步趨前穿上，對鏡而立。鏡中佳人梳著精緻髮髻，凝脂肌膚嵌著豔麗五官，身姿婀娜，及地長裙掩住了凸顯的小腹，款款移動間猶如白雲輕移，十足高貴典雅又儀態萬千。

我滿意地點點頭，彩衣忙上來扶我出殿門，登上小轎。從偏殿出了宮門，一路朝永和宮後門而去，行至永和宮門口，把守的侍衛趨前攔下。

我輕掀轎簾，將手中金牌朝簾口一擺，那侍衛忙退了開去，小轎一路由後門進了永和宮。

小安子打賞過守門侍衛，甫跟上來，扶了我下轎。我徐步走上臺階，朝正殿而去，殿中空無一人，我令彩衣扶我直奔東暖閣。

暖閣門口守著的小宮女待要行禮，我忙示意她住了，只喚人把她帶下去。

我輕輕打了繡簾，舉步踏入暖閣，立於屏風後。只見淑妃無力地靠在金絲繡枕上，臉色蒼白，顯然猶未從落水的驚嚇中恢復過來。

「主子，喝口參湯吧。」海月從小宮女手中接過彩紋細瓷碗，殷勤伺候在側。

淑妃在海月攙扶下抬首，凌亂汗濕的烏髮貼在她光潔額頭上，原本秀氣的小臉顯得更加纖細單薄。

她就著海月的手喝下幾口湯，身上才漸漸有了暖意。

海月伺候淑妃喝完參湯，取了引枕讓她靠著，這才轉身吩咐奴才們準備些清淡的膳食。

「海月，海月！」淑妃低喚著，聲音微帶沙啞。

海月吩咐到一半，聽得淑妃呼喚便忙轉身趨前，半跪在矮凳上輕聲道：「主子，可是想要什麼？」

此時的淑妃臉上脂粉全無，一雙黑白分明的眼睛在清瘦小臉上越發大得嚇人，她斷斷續續問道：

「皇上……皇上呢？」

「這……」海月沉吟著，避開淑妃的目光，略顯驚慌。

「本宮問你們，皇上呢？」淑妃也不知是哪裡來的氣力，忽地一下坐起身，月白的素紗單衣，慘白無色的臉上眼神淒厲，披頭散髮之樣乍看還以爲是個女鬼呢！

海月嚇得瑟縮一下，又上前扶了她，伺候她靠著引枕，也不答話。

「昨兒晚上，本宮服下湯藥睡昏過去，皇上是不是來過了？你怎麼不喚醒本宮？你敢違抗本宮的旨意麼？」

「娘娘息怒，奴婢不敢！」海月嚇得跪在床榻前，顫聲答應著，「昨兒晚上，奴婢左等右等也不見皇上過來，怕娘娘傷心，便私自派人去請過皇上了，不過……」

「不過什麼？」淑妃不禁惱怒起來，恨恨地瞪著海月。

「聽說德妃娘娘受了驚嚇，動了胎氣，皇上一直待在月華宮中……」海月低垂著頭，吶吶回道。

「皇上居然這等偏心！」淑妃嘶聲吼著，雙手用力抓著錦繡絲被，指節都泛了白，「到底是本宮落水，還是那個賤人落水？」

「當然是淑妃姐姐落水了！」我脆聲應話，扶著小安子的手，儀態萬千地緩步轉過屏風，走到床榻之前，「可這也不能說皇上偏心吧？若是這宮裡誰落水皇上都得來探望，那豈不是今兒這個落水，明兒那個落水，最後來個集體落水，皇上怎地忙得過來啊？」

「你！」淑妃看到容光煥發立於屋中的我，頓時勃然大怒，抬手就搧了海月一個耳光，「一群廢物，都是怎麼辦事的？連這個賤人到本宮跟前了也無人通報，是不是存心想氣死本宮？」

淑妃喘了幾口氣，又點頭冷笑道：「既是如此無用，還留著你做甚！」

海月一聽，臉色發白，不住地磕頭道：「主子息怒，主子饒命啊！」

「喲！想不到事到如今，淑妃娘娘架子還是這麼大，怒氣還是這麼盛啊！」我不冷不熱的話語中透著些許譏諷，「也對，瘦死的駱駝比馬大，這宮裡頭畢竟位分最高的還是淑妃娘娘，娘娘跺跺腳，這後宮的地也要震幾下哩！」

「德妃，你給本宮滾出去！沒有本宮的允許，你不准踏入永和宮半步！」淑妃聽我話裡含刺，更加發狂失控。

我呵呵冷笑著，不以為意地笑道：「呀，淑妃娘娘發威了！」隨即又冷哼一聲，「看來淑妃娘娘是還不曉發生了什麼事吧？海月，還不快告訴你家主子，昨兒晚上皇上便派人過來傳旨了！」

「傳旨？」淑妃倏地轉頭怒視著海月，「皇上派人來傳旨，你為何不喚醒本宮？」

「主子息怒，昨兒個衛公公前來傳旨，見娘娘還未醒轉，執意要奴婢喚醒娘娘。奴婢見衛公公臉色不善，便求著衛公公討了個情面，沒有喚醒娘娘。還是衛公公心善，讓奴婢等娘娘醒來後轉告娘娘：皇上口諭，主子您不慎落水，寒氣侵骨，異常虛弱，須留在永和宮內悉心調養，沒有皇上的旨意，任何人不得前來打擾！」

淑妃一聽，蒼白的臉上神情呆滯。

海月嚶嚶痛哭著，又道：「昨兒晚上宮門四周都有殿前侍衛把守著，這會子誰也不准進出了。奴婢見主子剛剛醒轉，身子虛弱，沒敢稟了主子，怕您承受不住，不想、不想德妃娘娘卻過來了！」

「賤人！是你，肯定是你！」淑妃用盡全力，張牙舞爪地撲到床邊，一把扯住我的衫裙，厲聲道：「毒婦，明明是你推我落水，卻又在皇上面前搬弄我的不是，才害皇上誤會了我，怪罪於我，是不是？是不是你！」

小安子上前一把抓了淑妃的手，向裡邊一推，淑妃無力地摔回被褥之間。

海月驚呼一聲，上前欲扶淑妃。

淑妃卻雙目空洞地看著斜對面牆上掛著的那幅美人撲蝶圖，呢喃道：「皇上……皇上……您冤枉臣妾了！」

「眞的是冤枉麼？」我仍不放過精神已顯恍惚的淑妃，冷言追問道：「昨兒個在蓮花池邊時，你眞的就那般無辜麼？那本宮背後那隻黑手是誰的？難道大白天的見鬼了不成？」

「娘娘，娘娘！」海月轉身跪落我腳邊，連連磕頭道：「德妃娘娘，求您發發慈悲，就別再激我家主子了！」

我低頭凜然瞥她一眼，朝小安子一揮手，立時便有兩個小太監上前捂了海月的嘴，將她拖了下去。

「你！」淑妃見我如斯霸道，偏又無能爲力，頓時失卻了力氣，陷入厚重鬆軟的錦被之間。此時的淑妃顯得異常虛弱無助，竟有些楚楚可憐之態。

我上前立於她跟前，目光炯炯俯視著她，一字一句道：「你敢說你昨兒個就沒動過半點邪念？沒有我腹中的龍胎，你不就多了一分勝算麼？甚至沒有了我，你不就可如願以償麼？」

淑妃躲避著我的目光。

我冷笑一聲，繼續說道：「所幸我早有準備，否則這會子只怕躺在床上的便是我，而立在月華宮中的便是淑妃你了。」

「哼！我一時心軟，才讓你奸計得逞。」淑妃冷哼道，嘴角逸出一絲譏笑，「你以爲今已成功鬥垮我了麼？指不定明兒皇上便頒下另一道聖旨，迎我出去呢！你眞以爲你鬥垮了我便能夠高枕無憂，如願以償麼？」

「呵呵！」我不以為意地展顏露笑，倏地斂了神色，「其實當不當皇后，對我來說根本無甚差別，這六宮之事本是我說了算，可對淑妃娘娘而言，那差別就大了。」

「不當皇后麼？你這代管六宮能代到幾時也是個未知數，你眞以為你能聖寵不衰？你以為這後宮能一直是你一人獨大麼？別天眞了！」

淑妃冷冷一笑，一言擊中了我的隱憂。

「淑妃娘娘說了半天，指的無非就是寧壽宮那位。你如今之所以敢這麼理直氣壯地與我公然為敵，處處刁難於我，所仰仗的不也是她麼？」

我索性捅破了那層紙，將淑妃背後之人搬上了檯面。

（待續，請繼續閱讀《棄女成凰（卷四）君恩淺薄》）

國家圖書館出版品預行編目資料

棄女成凰（卷三）奪后之路／木子西著；── 初版 .
── 臺中市：好讀 , 2013.8

面：　公分，──（眞小說；32）（木子西作品集；3）

ISBN 978-986-178-287-4（平裝）

857.7　　　　102005099

好讀出版

真小說 32

棄女成凰（卷三）奪后之路

作　　者／木子西
總 編 輯／鄧茵茵
文字編輯／林碧瑩
美術編輯／鄭年亨
行銷企畫／陳昶文

發 行 所／好讀出版有限公司
台中市 407 西屯區何厝里 19 鄰大有街 13 號
TEL:04-23157795　FAX:04-23144188
http://howdo.morningstar.com.tw
（如對本書編輯或內容有意見，請來電或上網告訴我們）
法律顧問／甘龍強律師

戶名：知己圖書股份有限公司
劃撥專線：15062393
服務專線：04-23595819 轉 230
傳眞專線：04-23597123
E-mail：service@morningstar.com.tw
如需詳細出版書目、訂書，歡迎洽詢
晨星網路書店 http://www.morningstar.com.tw

印刷／上好印刷股份有限公司 TEL:04-23150280
裝訂／東宏製本有限公司 TEL:04-24522977
初版／西元 2013 年 8 月 1 日
定價：220 元
如有破損或裝訂錯誤，請寄回台中市 407 工業區 30 路 1 號更換（好讀倉儲部收）

Published by How-Do Publishing Co., Ltd.
2013 Printed in Taiwan

ISBN 978-986-178-287-4

情感小說 · 專屬讀者回函

書名：棄女成凰（卷三）奪后之路

姓名：________ 性別：□男 □女 生日：____年____月____日

教育程度：________

職業：□學生 □教師 □一般職員 □企業主管

□家庭主婦 □自由業 □醫護 □軍警 □其他________

電子郵件信箱（e-mail）：________ 電話：________

聯絡地址：□□□ ________

您怎麼發現這本書的？

□書店 □______網路書店 □朋友推薦 □______網站／網友推薦

□其他________

買這本書的原因是

□內容題材深得我心 □價格便宜 □封面與內頁設計很優 □其他________

您閱讀此本小說的原因：□喜愛作者 □喜歡情感小說 □值得收藏 □想收繁體版

□其他________

您喜歡閱讀情感小說的原因

□打發時間 □滿足想像 □欣賞作者文采 □抒解心情 □其他________

您不喜歡哪類情感小說的情節設定

□人人都愛女主角 □女主角萬能 □劇情太俗套 □太狗血 □虐戀 □黑幫

□其他________

最無法忍受的主角人物關係

□父女 □師生 □兄妹 □姊弟戀 □人獸 □ BL □其他________

您最常接觸情感小說的方式

□購買實體書 □租書店 □在實體書店閱讀 □圖書館借閱 □在________

網站瀏覽 □其他________

您喜歡的情感小說種類（可複選）

□宮廷 □武俠 □架空 □歷史 □奇幻 □種田 □校園 □都會 □穿越 □修仙

□台灣言情 □其他________

推薦你喜歡的情感小說作者或作品（多多益善喔）

____

您這對本書還有其他想法嗎？請通通告訴我們：

____

請填妥後對折黏貼，直接投郵即可，無須貼郵票。

廣告回函
台灣中區郵政管理局
登記證第 3877 號
免貼郵票

好讀出版有限公司　編輯部收

407 台中市西屯區何厝里大有街 13 號

電話：04-23157795-6　傳眞：04-23144188

沿虛線對折

購買好讀出版書籍的方法：

一、先請你上晨星網路書店http://www.morningstar.com.tw檢索書目或直接在網上購買

二、以郵政劃撥購書：帳號15060393 戶名：知己圖書股份有限公司並在通信欄中註明你想買的書名與數量

三、大量訂購者可直接以客服專線洽詢，有專人爲您服務：客服專線：04-23595819轉230 傳眞：04-23597123

四、客服信箱：service@morningstar.com.tw